INTOUCHABLE

JEAN-CHRISTOPHE PORTES

City
Thriller

Du même auteur

Dans la série Victor Dauterive, un enquêteur sous la Révolution
L'Affaire des corps sans tête, City Éditions / City poche
L'Affaire de l'homme à l'escarpin, City Éditions *(prix du polar Saint-Maur en poche 2018)* / City poche
La Disparue de Saint-Maur, City Éditions / City poche
L'Espion des Tuileries, City Éditions / City poche
La Trahison des Jacobins, City Éditions
L'Assassin de septembre, City Éditions

Minuit dans le jardin du Manoir, Le Masque / Le Masque poche *(Prix du roman d'aventures 2020)*
Les Enfants du dernier salut, City Éditions / Le livre de poche *(Avec Colette Brull-Ulmann)*
Les Experts du crime, City Éditions / City poche

WWW.JCPORTES.COM

Couverture : Shutterstock / Studio City
ISBN : 978-2-8246-1813-5
Code Hachette : 23 5474 9

Collection dirigée par Christian English et Frédéric Thibaud
Catalogues et manuscrits : city-editions.com

Dépôt légal : Février 2021

Cette histoire s'inspire de faits réels qui se sont déroulés au Royaume-Uni dans les années 1970 et suivantes, aux États-Unis dans les années 1980, et en France plus récemment.

1

Il retient ses phrases pour ne pas envenimer les choses, les yeux fixés sur la route, ses grosses mains appuyées sur le volant, ses mains que j'ai aimées autrefois, mais qui me dégoûtent presque maintenant, ces grosses mains tristes et bêtes qui n'ont plus de charme, qui se sont perdues dans le quotidien, et maintenant dans le passé.

— Je pourrai pas rester longtemps, dit Michel, gêné par mon regard, la voix un peu sourde.

— J'avais compris.

En partant de la gare, je lui ai laissé le volant, à cause sans doute d'anciennes habitudes. La vieille Ford sent le chaud et le vieux, elle s'est racornie mais je la garde, vestige d'un passé dont je ne peux ni ne veux me défaire. Tu es sûre que tu veux pas conduire ? Mais oui je suis sûre, je te montrerai le chemin. Bien sûr que ça ira à l'hôpital, pourquoi ça n'irait pas ?

Maintenant il voudrait ajouter quelque chose, relancer la conversation mais n'a pas d'idée et les petits immeubles du centre-ville défilent, et il fixe la route comme si c'était très important. Deux ans que je ne l'ai pas vu. C'est tellement étrange d'être à nouveau côte à côte. On dirait des acteurs fâchés qui veulent rejouer une pièce, mais les mots sont anciens, la mise en scène ne colle plus, elle n'a plus de sens.

Même la bonne nouvelle, l'arrivée du bébé, ne change rien à l'affaire.

La dérive a commencé dix ans plus tôt, ce soir où Manon a appelé, ce soir où je n'ai pas réagi – lui non plus d'ailleurs, et je lui en veux toujours, je lui en voudrai toujours. Nos vies se sont définitivement séparées quelques semaines plus tard, après l'assassinat de Manon. *Assassinat*, je sais que ce n'est pas le bon terme, on me l'a souvent reproché, mais pour moi c'est le seul valable.

Je me détourne et passe en revue les enseignes ternies, les magasins fermés, les taches de gras sur les trottoirs pleins de poussière, tous ces défauts que la lumière efface d'ordinaire. Plus loin, c'est toujours pareil à la sortie d'Antibes, un carrefour idiot au-dessus du chemin de fer, avec les inévitables crétins qui forcent et qui finissent par bloquer tout le monde.

La conversation avance sans but. Clara va bien. Le bébé aussi, ça s'est super bien passé pour un premier. Oui, moi aussi ça va. Ils m'ont repris chez Bernier, en fait, le truc de l'autoentrepreneur, c'était pas si mal pour recommencer. Plaquiste, un peu d'électricité aussi… Et toi alors ?

Je n'aime pas parler de Clara, ça me fait trop penser à Manon, c'est plus fort que moi. Elles avaient sept ans d'écart, elles étaient différentes et je faisais des différences entre elles. Je le savais, j'essayais de changer mais je n'y arrivais pas, ou bien seulement en surface. Et elles s'en rendaient compte, elles en souffraient et moi aussi.

Depuis la mort de Manon, c'est pire. Je pense toujours à ce que j'aurais pu faire, à ce que j'aurais *dû* faire. Et ça me fait horreur d'être comme ça, engluée dans ce passé impossible à digérer.

J'aurais été plus horrifiée encore si j'avais su à cet instant ce qui m'attendait à l'hôpital. Oui, j'aurais fait demi-tour à coup sûr. Mais un quart d'heure plus tard, nous nous sommes garés et je suis descendue.

Il y avait une place au fond du parking, le long d'une armoire électrique. Michel a grimacé en posant une basket dans une flaque noirâtre, il a ri nerveusement et moi aussi.

L'hôpital se dresse devant nous. Les blouses blanches, l'odeur, elles me font toujours le même effet.

À cent pas de l'entrée la peur m'étrangle déjà, je me sens comme une amputée d'un bras qui risque de perdre l'autre. Je ferme les yeux, je m'arrête pour respirer, et je repars en tentant de chasser mes souvenirs, mais comment ? Je sais que c'est impossible. Impossible.

Michel marche vite en traînant sa petite valise. Il a fait un effort pour être beau, mais sa chemise propre le boudine, autrefois je me serais moquée de lui, et il aurait ri. Mais pas ce matin, j'ai trop de mal ici. Un médecin barbu m'inspecte au passage, il doit croire que c'est moi la malade, à traîner comme ça, la mine revêche à la remorque de mon mari. Mon expression le surprend, agressive. Il se détourne.

Deux femmes attendent dans le couloir de la maternité au premier étage, deux mochetés à vingt ans et vingt kilos près. Avant, j'aurais ri d'elles, et Manon, et Michel et Clara aussi.

Clara qui ne m'a jamais vraiment ressemblé, plus petite que moi et plus ronde, alors que Manon avait ma taille, fine, le nez petit, le visage en triangle. Dans une porte vitrée, je vois le reflet d'une femme sans attrait en débardeur et jeans, taches de rousseur et cheveux à la Jeanne d'Arc, des plis aux commissures des lèvres. Mes rides du bonheur ne me servent plus. Je ricane et je grince, c'est tout.

Clara doit nous attendre, remplie de bonheur, mais j'ai du mal à me concentrer sur elle, je déteste ce silence feutré, ces odeurs de chimie et de plâtre, de fades repas, ces alarmes qui sonnent, on ne sait jamais pourquoi ni pour qui, ces docteurs qui flottent dans les couloirs avec leurs mystères, avec tout ce qu'ils savent et nous cachent.

Tout ce qu'ils nous cachent.

Manon devait l'aimer, cette ambiance. Et pourtant c'est ce qui l'a détruite. Et je suis la seule à le croire. C'est insupportable.

Je ferme les yeux. Je respire.

Des cris de joie.

Même jeune accouchée, très fatiguée donc, Clara essaye toujours de plaire, d'être parfaite. Elle se redresse à demi, heureuse de me voir avec son père, comme si ça changeait quelque chose, comme si on pouvait revenir en arrière comme ça, en un battement de cils, elle et ses ongles vernis, ses yeux azur, ses joues rondes d'enfant alors qu'elle a combien ? trente et un ou trente-deux ans, lisse et propre, coiffée comme un bébé qui sort du bain. Un petit brillant tremble dans le creux, à la base de son cou. Le petit dort à côté, les traits chiffonnés, yeux et poings fermés, et je sens ma poitrine se fendre lorsque Michel le prend, et mon esprit part des siècles en arrière, quand Manon est née, puis Clara, et que nous avons commencé notre vie, que nous avons espéré, que nous avons eu notre maison et nos grands projets, comme tout le monde, et que nous avons vécu en croyant que rien de mal ne pouvait nous arriver.

Ça va maman ? Mais oui ça va ma chérie, bien sûr que ça va ma Clara. Incapable de dire autre chose, je serre ses doigts et des larmes brillent dans ses yeux clairs, puis dans les miens, brouillés d'un coup et pleins de mélancolie. Il flotte dans la chambre l'odeur miraculeuse de lait de corps, de lait maternel, de draps frais et de café. Des fleurs nouvelles se sont accumulées dans un coin, sur la table bleu ciel.

Greg a pas pu venir, il sera là tout à l'heure. Papa dormira chez nous. Oui bien sûr qu'il dormira chez toi.

Elle dit : *papa*. Je sais ce qu'elle pense et veut, elle aimerait revenir à *avant*. Le bébé nous ressouderait, tout serait réparé. J'observe Michel, ses grosses mains qui soulèvent le poids plume de l'enfant, le serrent doucement contre son buste, il retrouve des gestes très anciens, une religion ancienne. Le bébé a un jour et je suis grand-mère, tout ça me paraît irréel.

Et l'étreinte de nos doigts se prolonge, comme si c'était la première fois qu'on se touchait la main, moi et Clara.

Plus tard, Michel me parle dans le couloir, mais je ne l'entends pas vraiment. Grands-parents, ça fait drôle non ? Oui oui, bien sûr que ça fait drôle.

Je sais ce qu'il voudrait que je réponde, mais non, tout ce bonheur ne me fera pas revenir en arrière. Au fond de lui, il le sait aussi. On ne replante pas les arbres arrachés. Il se détourne, l'œil humide.

Et moi, je flotte dans un étrange état, entre bonheur et peine. Après l'ascenseur nous retrouvons le rez-de-chaussée, comme un tableau identique avec d'autres figurants placés là : malades, ambulanciers, visiteurs, chacun perdu dans sa vie.

Tu me conduis chez Clara. Oui je te conduis chez Clara. Elle m'a donné ses clés, tu les garderas. Je suis certaine qu'il aimerait voir mon studio, moi je ne veux à aucun prix. Je réalise que j'ai un peu honte de ma nouvelle existence, triste et sans avantage.

Et je le vois.

Il est là, planté dans le hall, habillé en blanc, un fantôme du passé sur qui je me dirige avec Michel.

Au début, c'est difficile à croire même si ce n'est qu'un homme blond aux cheveux lisses. Michel me parle toujours d'un ton joyeux, presque content et confiant. Il faudrait refaire la chambre du bébé, pas de problème, avec Greg ce serait vite fait, un jour ou deux, cet après-midi on pourrait acheter ce qu'il faut.

Le son de la voix de Michel s'éteint tout doucement. Plus de son. Le silence.

Il est là, debout comme un spectre en blouse blanche, une apparition de cauchemar au coin de la cafétéria dans des odeurs d'expresso, de panini. Sa face ovale un peu bizarre, lisse, hors du temps, le type qui traverse tout, sur qui on retombe partout. Mon cœur fait un bond, ma vision se brouille et mes tempes bourdonnent, le dos moite, une boule de haine à la gorge.

Quelques pas encore, c'est bien lui, à dix mètres. Décontracté, deux stylos et un stéthoscope, des papiers plein les poches. Sous la blouse, une chemise claire. Je ne l'ai jamais touché, jamais approché au point de le sentir. Il doit être sans odeur, puisqu'il est sans âme. Deux femmes en en tenue d'hôpital l'écoutent, une blonde plus âgée, une brune aux cheveux frisés, de grands yeux noirs, de type méditerranéen. Sans l'entendre parler, je retrouve son arrogance intacte, la fascination qu'il exerce, son culot infernal et ce sourire mécanique de celui *qui sait*.

Il ne m'a pas vue. Ou au contraire il m'a parfaitement reconnue, il joue l'innocent en blouse blanche et il se peut que son cerveau malade tourne déjà à toute vitesse, qu'il élabore un plan pour m'éliminer. Moi aussi.

Encore trois pas. En tendant la main je pourrais le toucher. Je suis à sa hauteur, j'entends sa voix mêlée à celle de Michel, à mes côtés. Je détaille ses lunettes fines à montures dorées, son nez droit, sa bouche qui remue, une émotion puissante m'étreint, me parcourt du creux des reins à la nuque, me hérisse le poil. Peut-être que je vais m'évanouir mais non, je passe, tout simplement.

À côté de l'assassin de ma fille.

Michel à ma droite, lui à ma gauche.

Arrivée à l'entrée du hall, je me retourne, c'est plus fort que moi. Et je me précipite, je rebrousse chemin presque en courant mais il n'est déjà plus là. Un immeuble vient de me tomber dessus. Pendant toutes ces années j'ai voulu l'effacer, me dire, me persuader qu'il avait disparu, qu'il n'existait plus, qu'il *n'exerçait* plus. Mais pourquoi aurait-il arrêté de le faire ?

Depuis dix ans, l'assassin de ma fille travaille à l'hôpital.

Depuis dix ans il tue d'autres patients.

C'est aussi simple et net et réel que le bébé de Clara.

2

Manon a été retrouvée un peu avant minuit à Royan, plus exactement à 23 h 35 sur la commune de Vaux-sur-Mer, pas loin de Saint-Palais-sur-Mer, l'une des parties les plus huppées de la ville, essentiellement des propriétés de vacances, certaines très belles avec des noms plaisants, elles se ressemblent toutes, avec leurs murs blancs et leurs toits d'ardoises rondes.

C'était en mars, il faisait frais, un retraité avec son chien avait aperçu une forme allongée sur la plage, au pied d'une cabane à carrelet. Il n'avait pas eu le courage de s'approcher, et donc avait appelé sa femme à la maison, qui avait alerté la police. Entretemps il était descendu dans la conche, dans la pénombre bleutée, le bruit du ressac, et il avait découvert le corps de ma fille contre les pilotis de la cabane, son visage très pâle tourné vers les nuées, la bouche souillée. Elle portait un petit blouson de cuir, le cou protégé d'un foulard imprimé qui frissonnait sous le vent.

Quelques minutes plus tard, l'équipe de police avait trouvé le retraité au même endroit, immobile, son petit chien inquiet remuant la queue. Il claquait des dents, choqué. Il avait deux filles du même âge et n'avait jamais vu de cadavre.

Dans le sac à main de Manon, on avait trouvé ses papiers, sa carte bleue, un porte-monnaie intact contenant deux billets de 20 euros, son portable allumé, mais sans le code, on ne pouvait pas s'en servir. Les pompiers aussi étaient arrivés, puis un médecin qui avait déclaré la mort. Évidemment.

Il avait examiné ma fille – Dieu que ces mots sont durs à écrire – pendant que les pompiers patientaient plus loin en cercle, leurs visages illuminés dans le rythme lent et le bleu et l'orange des gyrophares. Il en avait conclu au suicide. Ingestion de médicaments puis d'alcool, d'après l'odeur. Il y avait des traces de vomi au coin de ses lèvres. Je l'ai lu sur le rapport, avec d'autres détails tous insupportables.

L'OPJ de permanence, un grand à la mâchoire carnassière, n'accordait aucune attention au médecin qui s'était relevé et lui parlait. Il fixait le visage blême de Manon, ses traits purs, son joli nez droit qui lui faisait un profil de statue romaine, ses sourcils arqués, élégants. On avait retrouvé sa carte de professionnel de santé – interne, vingt-neuf ans. Elle était belle, ça, on pouvait le dire. Il pensait que quelque chose s'était rompu dans son esprit, comme un virus, un poison qui détraque et brise une machine faite pour durer. Il avait téléphoné au substitut du procureur, cependant que ses collègues emportaient le corps vers l'institut médico-légal de Poitiers, à quatre heures de route de là.

Avec un *bleu*, Girard était ensuite passé à l'appartement de Manon, dans une petite rue toute proche du front de mer, un des seuls secteurs sans villas à Royan. En réalité, il avait l'idée d'y trouver quelqu'un, un fiancé ou un mari, il subodorait une affaire sentimentale, une dispute qui aurait mal tourné. Mais l'appartement était vide, il avait donc utilisé la clé et poussé la porte du bout de l'ongle pour ne pas laisser d'empreinte.

Tout était tel que je l'ai trouvé moi-même quelques semaines plus tard. Mais moi, je venais déménager le reste des affaires de ma fille, alors que lui enquêtait – enfin, commençait un embryon d'enquête. Le deux-pièces semblait à l'abandon, sans odeur particulière, les meubles en teck et l'écran de télé couverts de poussière. Dans la salle de bains, une culotte raidissait sur l'étendoir à linge, rien dans la cuisine ni sur le bureau encombré de dictionnaires médicaux.

Manon souriait sur quelques photos punaisées sur un panneau de liège – elle et moi, on se ressemble tellement. Manon et Clara, Manon et des amis, Manon et son père qui faisait la gueule, comme souvent. Le policier étudiait tout ça comme un entomologiste une galerie d'insectes, en se demandant ce qui s'était passé pour que cette belle fille renonce à vivre.

Car pour lui c'était un suicide, et rien d'autre.

Il avait enfilé ses gants en latex. Après avoir trouvé ce qu'il cherchait dans un dossier de factures, il avait posé les scellés de justice sur la porte refermée, avec de longues bandes rouges autocollantes.

Scellé de police – Ne pas ouvrir
Nature de l'infraction : cause de la mort inconnue

Revenu au commissariat, il nous avait appelés grâce à notre adresse dénichée sur un relevé bancaire. Avant ça, il avait fumé une cigarette et bu un café pour faire une pause, pour se donner du courage. Il pouvait être quatre heures du matin.

C'est moi qui avais décroché, je me souviens de chaque mot, de chaque pause entre les mots.

— Madame Leclerc ?

Il avait énoncé ses noms et qualités. Girard, OPJ au commissariat de Royan. Officier de police judiciaire. Je ne sais pas pourquoi, j'avais aussitôt compris, et ma voix s'était éraillée, et mes mains s'étaient crispées sur le combiné. Michel s'était levé, il me tenait, j'avais pleuré dans ses bras puis l'instant d'après je l'avais repoussé, comme si tout avait été de sa faute.

Et c'était injuste évidemment, parce que coupable, je l'étais autant que lui.

Nous nous sommes habillés pour filer dans le petit jour. Rien ne me semblait vrai. Trois heures et demie de route de Pornic à Royan, à l'époque, la Ford marchait bien, on ne craignait pas les pannes. J'ai détesté cette ville avec ses sous-entendus de soleil et de vacances, ces belles villas, je voyais les amis, le vin blanc frais et les chemises en lin et les sorties en bateau. Pourtant à ce moment tout était sinistre, un décor abandonné.

J'ai refusé de passer au commissariat, parce qu'au téléphone le flic nous avait dit qu'il faudrait identifier le corps, et je voulais retarder le moment. Michel a donc roulé le long de la baie sans s'arrêter, avec l'horrible sensation d'une indifférence totale, que tout le monde s'en foutait, de notre drame, que c'était une mort sans importance. Le soleil se levait doucement, cruel sur une mer étincelante, sur ce que je croyais être un bras de mer, mais c'était l'embouchure de la Garonne.

Nous n'avons pas dit un mot, Michel cherchait la route, les yeux rouges et les mâchoires serrées. Il n'y avait plus rien à dire, c'était trop tard. Deux semaines trop tard exactement, au moment du coup de fil. C'était à ce moment-là qu'il aurait fallu agir mais nous n'avons rien fait.

Nous avons laissé filer.

La Ford roulait dans des odeurs iodées, un délicieux petit vent. À un moment, la route s'incurvait, surplombant une crique. L'estafette de police se trouvait là, immobile au tournant. Personne autour. Je ne suis pas sortie, les battements de mon sang me prenaient à la gorge, lèvres tremblantes et poings serrés, en essayant de me dire que tout ça n'était pas vrai, que quelqu'un s'était trompé et que ce n'était pas Manon qu'on avait trouvée.

Et des images passaient, nettes et précises comme dans un album. Manon à trois ans. Manon et ses jouets, et ses amies.

Manon ado me piquant mes talons hauts, riant et marchant de travers. Manon étudiante, avec ses lunettes sages sous la lampe de bureau. Puis Manon quittant la maison, devenue femme, et mille autres images jusqu'à ce que le moteur s'éteigne.

J'ai tressailli. Michel me touchait le bras.

Le décor était splendide, un petit bout de Bretagne, une anse rocheuse entourant une langue de sable, la mer basse. En contrebas, un flic regardait la mer, appuyé d'une main au granit. Une cabane à carrelet semblait surveiller l'océan comme un mirador. Deux autres policiers attendaient au pied des pilotis.

Il n'y avait rien à voir, le corps avait été levé depuis longtemps. On ne peut pas, on ne peut pas madame. Madame s'il vous plaît. Un autre policier était remonté de la conche, plus vieux, ils m'ont repoussée, tirée en arrière, et Michel les aidait. Et je me débattais, comme ivre et sourde, mes cris perçants montaient au bord de la route. De loin, deux promeneurs contemplaient la scène, fascinés.

— Il faut d'abord reconnaître le corps, madame. Madame s'il vous plaît. Si vous êtes de la famille il faut aller reconnaître le corps.

J'ai fini par admettre. Quelqu'un me tendait un mouchoir en papier.

Le vieux flic s'était installé à l'arrière de la voiture, l'air d'être notre prisonnier, mais c'était lui qui donnait les consignes.

Et le calvaire a continué, Michel a redémarré, direction Poitiers, l'institut médico-légal.

J'étais dans la scène sans y être, je me voyais entrer dans la morgue, je m'entendais marcher dans le couloir, mes pas résonnaient, mon corps éprouvait le froid et mes yeux, l'éclat froid des tiroirs en inox, je parcourais des yeux la forme fine sous ce drap blanc, au fond de ce long tiroir, n'osant croire en sa réalité.

Mais le drap s'est baissé, c'était vraiment Manon, ma fille, son visage découvert jusqu'à la naissance des épaules. Sa peau de nacre, déjà un peu verdie.

Hier soir j'étais vivante, chez moi, dans une autre vie. Et ce matin, dix heures et quart à l'horloge ronde au mur, tout était rayé du monde, moi-même je n'existais plus, balayée de la surface du sol comme par une explosion nucléaire. Foudroyée, anéantie. Après la déflagration, une fournaise de sept mille degrés, il ne reste rien, seulement d'anciennes structures vides, mortes. Comme moi.

C'est elle. Oui c'est elle.

La voix de Michel grésillait à mes côtés, faible et cassée, une voix d'ivrogne. J'aurais voulu hurler mais rien ne sortait, comme dans un très mauvais rêve. Nous étions sonnés, deux cadavres qui avancent, qui répondent, mais sont en réalité très loin, perdus dans d'indicibles douleurs.

L'employé a voulu remonter le tissu, j'ai bloqué son poignet, il a sursauté et attendu.

Je voulais graver cette image en moi, pour un peu j'aurais pris une photo. Ce n'était pourtant pas une bonne idée. Car si c'était bien le corps et la chair de Manon, ce n'était plus elle. Les yeux clos, les joues lisses, les paupières bistrées, la bouche pincée, son petit nez, toujours joli, comme j'aimais le regarder de profil. Une belle jeune femme qui me ressemble tant, mais morte. Comme moi.

Nous nous sommes retrouvés dehors, dans la lumière pâle. Le retour, je ne m'en souviens pas. Puis ça a été le commissariat de Royan devant un grand flic pressé, sa mâchoire carrée, ses cheveux frisés et sa chemise rouge.

Il parlait en relisant un papier. *On a retrouvé le corps hier à 23 h 35. Un voisin, un retraité résidant chemin du Large à Vaux-sur-Mer, Charente-Maritime. A déclaré avoir aperçu une forme allongée sur la plage, conche de Gilet. S'étant approché, a constaté qu'il s'agissait d'une femme brune, cheveux longs, environ trente ans…*

— Et l'enquête.

— L'enquête ?

Ses sourcils s'étaient arrondis avec surprise. J'ai regardé Michel, un pincement de révolte au ventre. Il ne réagissait pas, la nuque raide, les yeux au mur, les mains crochées sur ses biceps, écarlate avec sa respiration bloquée, un bloc de douleur.

Le flic a eu un geste vague. L'enquête. On verrait d'abord l'autopsie. Il a contemplé son bureau vide, sa tasse remplie de stylos, ses Post-it, son ordinateur marqué *ministère de l'Intérieur*, au mur un poster, des armoires bourrées de dossiers colorées, d'autres chaises plus loin. Puis il a posé d'autres questions d'un ton préoccupé, mais sans noter nos réponses.

Manon avait fait presque toutes ses études à Nantes, au CHU et ensuite ici. Enfin ici, dans la campagne autour de Royan. Une clinique ultramoderne, pour les personnes très âgées ou en soins palliatifs, dans le coma, ces choses-là. Elle voulait être légiste, je n'aimais pas l'idée. Je n'aimais non plus l'idée de ce stage. Comment pouvait-on aimer ça, tous ces gens en fin de vie, presque des cadavres ?

Mais tout ça n'avait plus d'importance, plus aucune.

L'attitude de Girard me faisait mal. On aurait dit qu'il entretenait la conversation, qu'il cherchait sans chercher, pour nous faire plaisir, ses grandes mains croisées devant lui, bien charpentées, bien accordées à sa grosse mâchoire carrée.

Je ne disais plus rien, seul Michel parlait. Manon avait presque terminé ses études. Oui, elle avait un petit ami, le chef de service.

— Son nom ?

— Bonnamy. Docteur Simon Bonnamy. C'était son chef de service.

Girard a noté, puis il a lâché le mot. Et pour être bien sûr qu'on comprenne, il a répété. *Suicide.* Je faisais celle qui n'entend pas, la langue collée au palais, la tête pleine de bourdonnements.

À cet instant, des hommes sont arrivés près de nous en parlant bruyamment, d'une voiture volée, d'une caméra de surveillance. Tu nous emmerdes, fais chier, assis-toi. Leur prisonnier, un jeune homme avec un diamant à l'oreille, a obéi sans un mot, l'expression verrouillée, il avait les mains menottées dans le dos. J'ai voulu protester, je ne comprenais pas qu'on soit mélangés comme ça. Un autre flic les a rejoints, un colosse qui ressemblait à un voyou, les gobelets de café minuscules dans ses mains. Il s'est assis et son siège en tissu a couiné sous son poids. Il m'ignorait totalement.

Girard a répété sa question, me fixant droit dans les yeux, brusquement sérieux, comme pour me faire comprendre que c'était ça, la question, la seule qui comptait vraiment.

— Est-ce que votre fille était dépressive ?

Il a dû répéter plusieurs fois.

— C'est possible, a admis Michel, du bout des lèvres. Enfin un peu ces derniers temps. Peut-être.

Je l'ai fusillé du regard, le méprisant soudain, avec ses traits épaissis par la graisse, son grain de beauté sur la joue. Jamais il n'avait été si éloigné de son apparence d'autrefois. Il me faisait horreur.

— Bien sûr que non, Manon n'était pas dépressive. Bonnamy la harcelait. Il l'a menacée.

Dans le coin de mon champ de vision, Michel a subitement relevé le buste, avec un minuscule coup d'œil dans ma direction, mais il n'osait pas parler. Pour la première fois, Girard avait décroisé les mains. Son attitude avait changé, presque comme s'il se sentait enfin concerné, il m'encourageait en hochant sa grosse mâchoire.

— D'accord. Quelles menaces, exactement ?

Enfin, on en venait au coup de fil.

J'ai brusquement réalisé que c'était notre seul élément, et qu'on ne trouverait probablement rien d'autre. Qu'il n'allait sans doute pas nous croire, pas *me* croire. Penser que je délirais, que j'exagérais, que je m'étais raconté des histoires parce que la réalité était trop difficile à supporter. Et pourtant, je l'avais bien reçu cet appel, la voix de Manon me résonnait encore dans le crâne, haletante et pleine d'angoisse, et cette angoisse persistait dans mon esprit, elle me réveillait parfois la nuit.

L'appel avait eu lieu à 3 h 20 du matin. Mais bien sûr à cette heure-là, je dormais, téléphone éteint. Levée assez tôt, j'avais fait du café et parlé avec Clara, avant qu'elle ne prenne la route pour Nantes, et je n'avais découvert le message que vers huit heures, peu après avoir branché l'appareil pour le recharger.

Girard griffonnait patiemment sur un Post-it – tout un coin de son bureau en était couvert, dans un patchwork fluorescent.

— Et ce message, il disait quoi ?

J'ai pris une courte inspiration avant de répondre.

— Ça disait : *Maman, je t'appelle. Ça ne va plus du tout avec Simon. Il a des problèmes à la clinique, il me fait payer. Il me fait peur. Je voudrais que tu viennes me chercher.*

Je connaissais la phrase sur le bout des doigts, je me l'étais répétée des dizaines de fois, à un moment je l'avais même écrite sur un papier que je gardais dans mon portefeuille, pour être sûre.

Il semblait à la fois déçu et surpris.

— C'est tout ce qu'elle a dit ?

— Oui.

— Très bien. Et les problèmes, c'était quoi exactement ?

— Je ne sais pas. *Il* avait des problèmes et il lui faisait payer. C'est ce qu'elle a dit. Et surtout elle parlait tout bas, j'ai cru qu'elle s'était cachée, dans les toilettes, ou à la cave. Ou de sa voiture, je sais pas. Comme si elle se cachait. Elle avait l'air d'avoir très peur.

— Très bien. 3 h 20, vous dites. *Il me fait payer*, c'est ce qu'elle a dit ?

— C'est ce qu'elle a dit. Dans le sens qu'il se vengeait sur elle, qu'il la faisait souffrir, c'est clair quand même.

Girard hochait la tête, pesant le pour et le contre.

— Vous dites qu'il faisait peur à votre fille.

— C'est Manon qui disait ça, pas moi. C'était dans son message.

— Peur à quel sujet, comment, elle vous l'a dit ?

Je n'en savais rien, rien du tout. Pourtant le policier essayait de comprendre, de m'aider, une expression peinée sur le visage, mais impatient aussi.

— Tout à l'heure vous avez parlé de menaces. Quel genre de menaces ?

— Bonnamy lui faisait peur. Elle pleurait, ça s'entendait dans sa voix.

— J'ai bien compris, mais précisément, c'était quoi ?

— C'étaient pas des menaces, a murmuré Michel – j'ai presque sursauté en me tournant vers lui, les traits crispés. Je l'aurais tué. Il ne l'a pas *menacée*, elle a dit *qu'il lui faisait peur* et qu'elle voulait partir.

— Le message parlait de violences, de choses comme ça ? De coups ?

— Non. Elle pleurait. C'est… elle suppliait. Elle était pas comme d'habitude. Jamais elle avait été comme ça.

Girard a poussé un petit soupir. Puis esquissé une grimace.

— D'accord. Bon. Je peux l'entendre, ce message ?

Je m'y attendais, bien sûr, mes artères cognant à m'étouffer, et j'ai répondu dans un filet de voix :

— Je l'ai effacé.

Dans un moment de bêtise, d'émotion, parce que je l'avais écouté dix ou vingt fois, j'avais fini par taper sur la mauvaise touche et l'appel de Manon s'était perdu pour toujours. Le réalisant plus tard, j'avais pris comme un choc au plexus, j'en avais pleuré en fouillant mon téléphone et je l'aurais écrabouillée, cette machine, écrasée à coups de marteau, émiettée, mais ça n'aurait servi à rien. J'en ai perdu le sommeil plusieurs nuits de suite, bourrelée de remords avec l'idée que perdre ce message, c'était perdre deux fois Manon.

Est-ce qu'on pouvait récupérer l'enregistrement ? Sur le moment, j'étais trop sonnée pour y penser, je n'ai posé la question que le lendemain. Girard semblait épuisé, submergé de pensées sombres. Ben non, on ne pouvait pas le récupérer, le message. Sûrement pas, on n'aura pas un expert pour *ça*. C'est irrécupérable.

Ce n'était pas pour ça qu'il nous avait fait revenir. Il avait saisi une feuille dans son minuscule dossier sur le coin de la table et s'était éclairci la voix, une ombre planant sur ses traits.

— Bon, je n'ai pas de bonnes nouvelles, je suis désolé mais au moins... Bref, on a reçu les résultats de l'autopsie. L'IML a envoyé ça ce matin. Pardon, l'institut médico-légal à Poit...

Une série de pas très rapides résonnait dans le couloir. Puis un claquement de portières et le départ en trombe d'une voiture. Et deux secondes plus tard la sirène.

Girard a repris la parole sans réussir à cacher son malaise.

Manon avait avalé beaucoup d'alcool. Du whisky, l'équivalent de deux grands verres. Également, elle avait *ingéré* des somnifères en quantité massive, le médecin avait trouvé vingt-deux gélules encore non digérées. Très au-delà de la dose mortelle. Enfin il avait détecté du Tracrium, un anesthésiant très puissant, uniquement utilisé dans les hôpitaux, sous forme d'ampoules, à utiliser en injections intraveineuses ou intramusculaires.

Suicidée.

Je suis restée perdue en moi-même, le visage de ma fille morte flottant dans la pièce, ses traits pâles et affaissés, me disant que Manon ne sentait pas l'alcool à la morgue, qu'ils leur mentaient, que c'était Bonnamy qui…

— La petite question, a fait Girard en reposant son papier, c'est l'ampoule de Tracrium. On ne l'a pas retrouvée. Elle a dû la jeter à la mer.

— Pourquoi ! Pourquoi la jeter ?

Je me suis surprise à crier.

— Ou bien elle s'est perdue. Je suis désolé. J'essaye simplement de reconstituer avec ce qu'on a. D'abord elle a bu, pour se donner du courage. Ensuite elle s'est injecté le produit, puis elle avait une minute ou deux pour prendre les somnifères, pour être sûre qu'elle reviendrait pas sur… sa décision. Vous comprenez ?

— Elle n'avait aucune raison. C'est ce Bonnamy. Lui aussi il est médecin, non ?

Michel voulait que je me rasseye. Je l'ai repoussé, violemment. Je tremblais. Ça ne pouvait pas être ça. C'était impossible, insupportable.

— C'est Bonnamy qui l'a tuée. Il l'a forcée à boire, ensuite il lui a fait prendre les somnifères et il a injecté le produit. Il ne voulait pas qu'on tombe sur l'ampoule, parce que c'est trop médical, il est parti avec et il l'a fait disparaître.

— Anne. S'il te plaît.

— Il l'a tuée ! Il l'avait menacée !

Mes cris s'étaient levés comme une tempête, une vraie crise de nerfs qui couvait depuis notre arrivée la veille. Michel s'était levé, tout pâle et impuissant, tandis que plusieurs policiers m'emportaient, gesticulante, d'abord dans le couloir puis dans une pièce, et je m'accrochais au chambranle, aux rebords des bureaux, et il avait fallu un bon moment pour que je redescende, que je revienne enfin à moi, assise dans la salle de repos tout près d'une machine expresso noire de crasse, d'un plateau semé de sucre et de café en poudre.

L'image était intolérable. Manon marchant seule vers la plage, s'asseyant avec Dieu sait quoi en tête, il faisait doux ce soir-là, une soirée sans vent, et elle s'était assise face à la mer, elle avait vidé sa flasque de whisky, puis elle s'était injecté le poison. Ensuite elle avait avalé la boîte de somnifères et la lassitude s'était emparée de tous ses muscles, et elle avait glissé dans le néant.

Girard avait bouclé son enquête en huit jours.

Il avait la facturette du pharmacien et celle du whisky à la supérette du coin. Évidemment l'ampoule disparue, c'était un souci, mais la plage n'avait pas été considérée comme scène de crime, si bien que les policiers n'avaient pas vraiment cherché, présumant qu'elle avait été emportée par les vagues.

Il avait trouvé d'autres choses à la clinique, certainement auprès de ses collègues ou du directeur. Ah oui, cette pénible affaire. Merci de me recevoir. Non non, vous faites votre travail, vous savez, on est tous sous le choc ici.

Selon cette prétendue enquête, Manon Leclerc ne supportait plus son travail à la clinique, le directeur ne la trouvait pas *à la hauteur* et avait voulu la virer. Mais, comme Bonnamy l'avait défendue, il s'était contenté de la mettre à pied. Manon était retournée vivre seule dans son petit appartement du bord de mer. Une semaine plus tard elle achetait sa petite bouteille d'alcool fort et ses somnifères, avec une ordonnance truquée. Le Tracrium, elle l'avait sûrement volé à la pharmacie de l'hôpital.

Les caméras de surveillance ne révélaient rien de la nuit du suicide : il n'y en avait pas aux abords de la conche où elle avait fini ses jours.

Enfin, Bonnamy n'était pas à Royan le soir de sa mort. Il était à cinq cents kilomètres de là, dans un congrès de médecins à Paris. Des dizaines de témoins l'avaient attesté.

Voilà pour les souvenirs. Ce passé qui n'est que douleur, une plaie à vif qui a tué tous les bons souvenirs.

Antibes dort maintenant. Mon petit studio baigne dans l'ombre, il doit être bien plus que minuit, j'ai tiré le tabouret près de la fenêtre ouverte, dans la cuisine. Même s'il n'y a rien à voir. Le studio a beau être à dix minutes à pied de la Méditerranée, ça pourrait être à huit cents kilomètres, ce serait pareil. On distingue dans la pénombre des façades en béton rose, des fenêtres sur sept étages, béantes ou obstinément closes, dans des odeurs de bitume et de renfermé, pas une once d'iode marin.

En sortant de l'hôpital, Michel m'a demandé si ça allait – il se doute bien que non – mais j'étais trop bouleversée pour répondre. Je ne suis même pas sûre d'avoir vraiment vu Bonnamy. Je lui ai dit que ce n'était rien, juste un petit passage à vide quand je croise des hommes en blanc. L'explication lui a suffi. Ça va aller, ça va, t'inquiète pas. Tu devrais arrêter de venir à l'hôpital. La prochaine fois je viendrai seul. Mais non, ça va aller.

Je l'ai déposé chez Clara et Greg et, une fois chez moi, j'ai attendu que le jour décline, l'oreille perdue dans ces mille bruits de l'immeuble en essayant de me figurer le quotidien des gens. À Pornic, le pavillon n'était pas immense, mais tout me semblait plus grand, plus aérien, moins oppressant. Je suppose que j'ai changé, que je suis devenue acariâtre, que je ne supporte plus rien. La nuit tombée, je suis restée le visage dans l'obscurité, près de la fenêtre, en pensant à tout ce qui s'est passé à Royan, il y a dix ans, à l'assassinat de Manon.

Manon, tuée par Bonnamy.

Bonnamy qui exerce maintenant à Antibes.

Depuis combien de temps ? S'est-il installé ici directement après son départ de Royan ? A-t-il exercé ailleurs ? Comme médecin ? Mes pensées se perdent, se bousculent. Je suppose qu'il est toujours gériatre, ou quelque chose comme ça, pour le savoir, je n'aurai qu'à demander son nom à l'accueil. Rien qu'à cette idée-là, devoir dire son nom à voix haute, et donc penser à Manon, mon rythme cardiaque s'emballe, submergé de vagues de haine.

Si c'est bien lui que j'ai vu, je dois en être sûre. Mais ensuite. Quoi, ensuite ?

Pour Manon, l'enquête était close, le dossier était *vide*, m'avait dit Girard quand je lui avais de nouveau téléphoné, quelques jours plus tard. Sa voix oscillait entre patience et irritation. C'est un suicide, c'est tout, il faut vous y faire. Faites-vous aider. Je n'ai pas besoin de me faire aider. Comme vous voudrez mais moi, je vous dis qu'il n'y a rien, madame Leclerc. Il n'y a rien du tout. Moi, je ne peux rien.

J'avais essayé de lui parler de Catherine, rencontrée entretemps, mais il m'avait renvoyée dans mes cordes. Pas le temps d'écouter ça. Peut-être qu'il avait raison. Après coup, j'ai eu honte, je me suis trouvé bête, obsédée, à moitié folle. Oui, il est possible que cette pauvre Catherine soit une dingue, une parano.

Comme moi en somme.

La seule qui aurait pu agir, c'était moi, un matin de mars, dix ans plus tôt. Bien sûr, j'avais rappelé Manon dès que j'avais eu son message, mais elle avait donné le change. Mais non, je suis désolée, il n'y a rien maman. On avait bu, je m'étais engueulée avec Simon. Mais tu es sûre, tu ne veux pas que je descende te voir ? Plus tard maman, là, j'ai trop de travail.

Les jours suivants elle était très bien au téléphone, elle parlait de son travail, d'un projet de mariage ou de bébé avec Bonnamy, mais c'était de la comédie, un leurre pour endormir mes soupçons, me persuader que, vraiment, tout allait bien.

Elle trichait et mentait, masquée derrière sa bonne humeur, alors qu'un acide la rongeait de l'intérieur, elle promettait de passer nous voir, bientôt, bientôt, et moi, je hochais la tête bêtement, en refoulant mon inquiétude. J'aurais dû m'écouter, ne pas attendre, sauter dans ma voiture et filer vers Royan, j'aurais vu Manon et j'aurais compris, forcément, et je l'aurais ramenée chez nous, je l'aurais protégée puisque c'est ce qu'elle voulait.

Et je l'aurais sauvée, et j'aurais sauvé tout le reste aussi.

Au lieu de ça, je m'étais contentée de vagues paroles, j'avais été lâche et aveugle. Et maintenant je payais, encore et encore, le prix amer.

Je sursaute, une porte claque quelque part, en face. Quelqu'un traverse la cour en bas, sans un bruit comme un chat.

J'ai arrêté de lutter et je suis partie dans la cuisine, la gorge sèche, j'ai ouvert le petit placard sans allumer la lumière. J'ai dépiauté les cachets et j'ai tout avalé, et puis je me suis couchée en attendant le noir.

Alors tout recommence.

L'idée devrait m'excéder, mais elle me déprime.

C'est incroyable, cette femme. Sur le coup, de loin, je n'y ai pas cru. J'ai dû vite réfléchir, faire appel à tout mon sang-froid, m'efforcer de faire abstraction d'elle, de ne lui donner aucune prise. C'est incroyable, elle n'a presque pas changé depuis dix ans, simplement plus mince, plus aigre, les traits tirés, travaillée de l'intérieur, c'est sûr. Au bord de l'implosion dès qu'elle m'a vu.

Son mari marchait devant, plus gros et plus lent, un peu abattu. J'ai revu le visage de leur fille dans un éclair, et la rage est montée, j'ai dû faire un effort pour la cacher.

Concentré, j'ai continué à parler, bien détaché comme il faut, et je l'ai sentie passer juste à côté de moi, comme au ralenti, me scannant du regard et l'espace d'un quart de seconde, j'ai cru qu'elle allait m'agripper par le col et hurler. Mais qu'est-ce qu'elle aurait voulu ?

Que je lui crie dessus, que je lui dise ses quatre vérités ? À quoi bon, cette femme est folle ! Folle et dangereuse, c'est certain.

Une fois rentré, j'ai appelé le service. Qu'ils ne m'attendent pas demain, je ne me sens pas très bien. J'ai fait l'état des lieux pour l'agence, regardé ce qu'il faudrait emporter, songé à la suite. Et plus tard je me suis assis seul sur la terrasse, le soleil déclinant rougissait le ciel, et les massifs de fleurs du jardin, un petit jardin bien agréable sur les hauteurs d'Antibes.

3

Catherine savait des choses.

Elle pourrait m'aider, il n'est pas encore trop tard.

J'entends encore sa voix, ses petits gloussements lorsqu'elle riait, je revois ses yeux doux, globuleux derrière ses verres. Elle était ronde, souriante, toujours un peu en retrait, en réflexion d'on ne sait quoi, comme une petite fille qui essaye d'appréhender un monde trop complexe. Mais elle n'y arrive pas, elle n'y arrivera jamais et elle donne le change, c'est comme ça.

Impossible de me remémorer son nom de famille, même pas d'une syllabe, d'un détail qui sortirait du lot, rien. Pourtant je m'accroche à cette idée surgie dans la nuit, la retrouver et lui parler, comme je saisirais un fil pour le tirer doucement.

Je tape la recherche sur l'écran de mon téléphone : *Catherine, Royan, infirmière*, surprise de voir autant de pages s'afficher, même si ça ne mène pas à grand-chose.. *Les dix meilleures infirmières de Royan. Le top 45 des infirmières libérales. Prendre rendez-vous avec une infirmière...* J'ouvre les liens, mais ça prend un temps fou, chaque nouvelle page met cinq bonnes minutes avant d'occuper l'écran fendillé.

Je n'y arriverai pas. Qu'est-ce que je lui dirais, d'abord ? Que j'ai revu Bonnamy, que Bonnamy travaille à l'hôpital à

Antibes ? Et après ? C'était il y a dix ans. Elle doit être retraitée aujourd'hui, peut-être gâteuse. Peut-être morte…

Je pars dans le salon, je reviens, l'assiette me scrute avec son gros œil rond sans me donner pour autant l'envie d'y toucher. J'ai une heure devant moi. Clara quitte l'hôpital aujourd'hui avec son bébé, j'ai promis de la raccompagner chez elle, tout le monde sera là, Michel et Greg, comme pour une fête familiale, même si la famille est virtuelle.

Une idée me vient.

L'immeuble de Catherine à Royan était blanc, comme beaucoup dans cette ville. Surtout il était à côté d'un magasin de surgelés, une chaîne bien connue. Je tape *Royan* et le nom de la chaîne et le magasin s'affiche, avec l'adresse et le numéro de téléphone. Catherine habitait juste à droite, donc deux numéros de plus ou de moins dans la rue. Les idées viennent facilement, mais mon smartphone renâcle et traîne, l'écran devient blanc durant de longues minutes, la barre d'état avance millimètre par millimètre.

Il me reste une demi-heure.

Je me vois déjà rater le départ de Clara de la maternité, devoir la rejoindre chez elle, m'excuser, supporter les regards apitoyés. Mais je continue, c'est plus fort que moi. D'après la photo enfin affichée sur Google Street, Catherine habitait donc au 25 de la rue Pierre-Lamy. Fébrile, je lance une recherche avec cette adresse. Il y a bien une Catherine tout au bout de la rue, mais elle est psychothérapeute et je ne reconnais pas son nom. S'affichent aussi les coordonnées d'une créatrice de bijoux, en Dordogne. Ridicule. Il me reste cinq minutes avant de partir, tant pis. J'inventerai une excuse et Michel se fera un plaisir de souligner mon retard, mon instabilité. Pour se venger de tout, de mon départ il y a deux ans. Je sais, je suis folle. Je sais.

Je tremble d'impuissance, les mains crispées sur ce téléphone idiot, avec ses chargements de pages qui durent des heures. Finalement je déniche un nom à la bonne adresse, un seul : un Jean-Claude *Quelque Chose*, au 25 rue Pierre-Lamy. Oh, si j'avais du temps, des moyens, si je pouvais, je partirais à Royan maintenant. Je sais exactement pourquoi.

Au bout de deux sonneries, le Jean-Claude en question décroche, et je suis si surprise qu'il me faut une seconde ou deux pour trouver les mots.

— C'est pour quoi ?

Il s'éclaircit la voix, comme quelqu'un qui ne parle pas souvent, je visualise un retraité pas pressé du tout et courtois, à l'ancienne, du genre à répondre même aux centres d'appels avec leurs employés nord-africains et leurs questionnaires standardisés. Et je brandis (bêtement) le poing, comme si c'était une grande victoire.

— Voilà... Je cherche une amie. Je sais que c'est un peu ancien, mais enfin. Elle s'appelait Catherine, elle avait soigné mon père à la clinique Saint-Pierre, il y a dix ans. Je ne me souviens pas de son nom. Mais elle était propriétaire ici, elle m'avait reçue. Je suis madame Leclerc.

Ma phrase est venue d'un seul coup, sans que je la prépare.

Il graillonne de nouveau.

— Ça doit être Catherine Fréchet.

— Oui ! Oui c'est ça.

Le nom m'a donné comme un coup de poing dans l'estomac. Catherine Fréchet, son allure sans aspérité, son visage rond et doux et ses yeux clairs, sa mine inquiète, triste et inquiète. Elle n'était pas infirmière, mais cadre. C'est pour ça qu'elle savait tout ce qui se passait à la clinique, et c'est pour ça aussi que Bonnamy l'avait écartée.

— Donc, vous ne savez pas..., il racle sa gorge encrassée, sans doute, par trente ans de clopes...

Des battements sourds résonnent dans ma poitrine et mon ventre.

— Je suis désolé. Catherine est morte.

Un nouveau silence, il m'explique. Elle est morte renversée par une voiture. Il y a eu délit de fuite.

Il me donne la date, et c'est un nouveau choc. C'était deux mois *après l'assassinat de Manon.*

Catherine renversée. Délit de fuite. Les mots résonnent bizarrement, accentuent mon malaise, ce vertige qui m'entraîne depuis que j'ai revu Bonnamy.

Catherine, je l'ai connue à Royan, le jour même où Girard nous avait donné les résultats de l'autopsie. Un suicide, non. Même avec ce rapport je n'y croyais pas, je n'y ai jamais cru, je n'y croirais jamais. Pour Michel c'était trop. Il en avait marre, il voulait rentrer, comme un soldat épuisé qui veut quitter le front, pour ne pas devenir fou. Sur le moment, je l'ai haï, je l'aurais tué mais maintenant, je comprends. À l'époque, il croulait sous les problèmes d'argent. Son seul client était un gros entrepreneur de Saint-Nazaire qui le pressait comme un citron, et en échange lui promettait monts et merveilles, des gros chantiers par-ci par-là, qu'il soit juste un peu patient. Pendant ce temps, il tirait les prix vers le bas et à force, Michel avait dû virer des employés, il se sentait un sous-homme, un futur SDF, un rien le mettait hors de lui, il avait plus de 30 000 euros de découvert à la banque et il guettait comme un amoureux fébrile l'appel de son salopard, en fin de compte, le *gros chantier* n'est jamais arrivé.

La mort de Manon l'avait cassé un peu plus, il était obnubilé par l'idée de rentrer, de préparer l'enterrement, de prévenir les gens, merde, qu'est-ce qu'on foutait encore là ! Et puis il fallait bien aussi parler à Clara, elle devait savoir.

Je n'entendais rien, je voulais voir Bonnamy.

— Voir Bonnamy pourquoi ?

— Tu sais bien pourquoi. C'est lui qui a tué ta fille, tu comprends ça. Tu as oublié le coup de fil ?

Il était monté dans les tours, comme jamais depuis qu'on se connaissait. Merde, mais c'était dingue ! Il hurlait, sa voix bourdonnait dans l'habitacle sur une place de parking à côté du commissariat, face à nous une église en béton qui ressemblait à un silo à grains. Mais j'ai tenu bon et le flot a fini par se tarir, il est rentré dans sa coquille, silencieux et plein de rancune, et louchant malgré lui sur son écran de téléphone, espérant un appel de son boss. Moi, j'aurais bien pris un couteau, une hache, je l'aurais bien découpé vivant.

Bonnamy n'était pas à la clinique, nous l'avons trouvé chez lui à l'écart de Royan dans la campagne, une maison minable à un coin de route, on aurait dit celle d'un retraité pauvre, où une végétation sauvage l'avait emporté dans un jardin hirsute, à la pelouse rachitique.

Le bouton de sonnette était cassé, nous avons attendu un moment avant de voir un homme surgir du sous-sol, vêtu d'un pull informe râpé, les cheveux blonds lisses séparés d'une raie, l'air tout droit sorti d'une photo de classe d'autrefois. Certains pouvaient le considérer beau, mais pas moi. Il était fade, distant, sans intérêt, marchant à petits pas, chargé d'un carton, qu'il a déposé au sol dans un crissement de poussière.

J'ai suffoqué de douleur en reconnaissant à l'intérieur les affaires de Manon, son pull bleu, un plaid bariolé qu'elle avait emporté de Pornic. Je ne lui ai pas laissé le temps d'ouvrir la bouche. Il se foutait de nous, il se débarrassait des affaires de Manon comme il s'était débarrassé d'elle, d'une vague connaissance ! Lui me dévisageait, à peine étonné et pas du tout gêné, le visage morne. Ma rage montait, une fureur indicible, j'en tremblais, j'en bafouillais.

— Vous nous aviez vus, hein.

Michel voulait me faire taire.

— Vous nous aviez vus devant la maison… Vous vous êtes bien amusé à nous regarder sonner derrière vos rideaux, alors que vous savez très bien que la sonnette est cassée. Ça vous a bien amusé de sortir ses affaires et de nous les jeter sur les pieds, c'est ça hein.

— Je n'ai rien jeté…

— Qu'est-ce que vous lui avez fait ? Qu'est-ce que vous avez fait à ma fille ?

Durant un quart de seconde, j'ai vu Bonnamy changer, j'ai ressenti physiquement son indifférence, sa violence, son sentiment de supériorité, sa cruauté, et cette fraction de seconde-là a suffi à forger ma haine, définitive et sans retour, et ma conviction.

Ce type avait tué Manon. Ou l'avait poussée à se suicider.

Il restait là les bras ballants, comme un bon docteur face à la souffrance des autres mais qui doit s'en détacher. Michel avait eu toutes les peines du monde à me faire remonter en voiture, il tenait à récupérer les affaires de Manon.

Je devais avoir l'allure d'une camée, assise raide sur mon siège passager, les yeux rouges. J'ai attendu un bon quart d'heure.

Michel n'a rien dit jusqu'au retour à Royan, il écrasait le volant, barricadé dans sa peine tandis que nous traversions un paysage plat. Je me retenais de l'insulter, de lui faire un peu plus mal mais je ne voyais plus quoi dire pour augmenter sa peine, alors je me suis tue aussi, jusqu'à ce qu'il se gare sur la première place venue, dans le centre-ville.

Je rentre à Pornic, tu fais quoi maintenant ? Je reste. Pour quoi faire ? Je reste, c'est tout.

Il faisait un joli soleil.

Ça a été facile de trouver un hôtel, il m'a déposée et de loin je lui ai fait signe que c'était bon, qu'il y avait une chambre et il a vite redémarré, et j'ai senti mon cœur se briser, vraiment se briser en mille morceaux, et vingt ans de ma vie s'effacer.

Sans moyen de déplacement, je ne savais pas quoi faire, l'œil fixé dans le faux plafond blanc-gris de l'hôtel. Retourner au commissariat, voir Girard ? Me rendre à la clinique, parler aux collègues de Manon, au directeur, je trouverais bien un moyen de m'y rendre ?

Mais pour leur dire quoi, pour faire quoi ?

Le téléphone a vibré. Michel, à tous les coups. Il voulait sûrement s'excuser, me demander de revenir à Pornic avec lui. Je n'ai pas décroché, et comme ça a encore sonné dix minutes plus tard, je me suis arrachée du lit, un numéro inconnu s'affichait.

Au bout du fil, c'était une petite voix de femme, comme affolée au son de ses propres phrases, elle s'interrompait presque d'elle-même.

— Anne Leclerc ? Vous êtes la maman de Manon ?

J'ai dit oui.

— Je suis Catherine Fréchet. On ne se connaît pas.

Son souffle s'entrecoupait.

— J'ai eu votre numéro de téléphone par une amie de votre fille. Je travaille à la clinique. Enfin, je *travaillais à la clinique*…

Elle avait appuyé sur ces derniers mots, comme pour sous-entendre quelque chose de très grave. En tout cas elle voulait me voir, absolument.

Au sujet de Manon et de Bonnamy.

Catherine avait des rondeurs et un joli sourire, mais l'expression fuyante à cause des antidépresseurs, mais ça, je ne l'ai su qu'après. Ses yeux tournaient, sur nos tasses de thé et de déca, elle me donnait l'impression d'avoir oublié ce qu'elle voulait dire. Comme je n'avais pas su où aller ni elle, nous nous étions réfugiées dans un bar qui donnait sur la promenade, un petit îlot de lumière et de bruit dans l'océan morne de Royan la nuit. Il était plein de jeunes et d'hommes, on avait l'air perdues, comme deux voyageuses qui se seraient trompées de gare.

Après un moment de silence, elle m'a dit qu'elle avait connu Manon à la clinique, où elle était cadre infirmière, c'est-à-dire chargée des plannings, quelque chose de très administratif, des tableaux de présence et d'horaires. Avant, elle avait été IBODE. Oh pardon c'est vrai, vous ne connaissez pas. Infirmière-de-bloc-diplômée-d'État, enfin bref, elle travaillait dans les salles d'opération. Et certains chirurgiens étaient corrects et d'autres vraiment odieux, imbus de leur personne, vraiment odieux, insupportables…

S'interrompant, elle m'avait regardée avec peine. Son regard était bon et mouillé derrière ses verres correcteurs, une gentille petite fille qui ne veut pas déranger, qui s'excuse de tout, gentille maman, bonne citoyenne, bonne conductrice. Plus tard, j'ai compris qu'elle avait surtout peur. Peur que je ne la croie pas et de passer pour une folle.

Elle avait inspiré un grand coup, les paupières frémissantes :

— Bonnamy a tué. Tué trois fois. Trois personnes. À la clinique.

Elle observait la salle, évidemment personne ne nous regardait. Et comme il y avait du bruit et que sa phrase ne m'avait pas paru vraie, et que l'émotion m'étouffait, l'incrédulité aussi, je la lui ai fait répéter.

Elle a redit :

— Bonnamy a tué trois fois. À la clinique. C'est un tueur en série. C'est pour ça qu'il a assassiné Manon. Elle devait savoir elle aussi.

À cette époque, Catherine avait la soixantaine, veuve depuis quatre ans. Son mari avait été découvert mort dans son garage, la partie gauche du crâne tapissait le mur, un fusil de chasse couché sous une jambe repliée, des traces de poudre plein les doigts.

Elle avait mis des années à s'en remettre, renonçant entre-temps à son boulot d'infirmière libérale, incapable de faire autre chose que sa toilette, son ménage et ses repas. Son mari n'avait pas expliqué son geste, il n'y avait aucun mot, simplement on avait cru comprendre qu'il jouait, qu'il s'était surendetté avec des crédits revolving et qu'il avait craqué, on s'était aperçu après-coup qu'il cachait des lettres de relance et d'huissiers.

Après sa déprime, elle avait dû reprendre un travail, ça avait été à la clinique Saint-Pierre, comme cadre infirmière. Elle s'occupait des absences et des congés, pas des recrutements parce que le directeur la trouvait trop molle et trop gentille. Bonnamy avait été embauché quelques semaines après elle, c'est-à-dire deux ans avant l'arrivée de Manon comme interne.

Immédiatement, elle l'avait détesté.

— Je ne sais pas pourquoi, m'a-t-elle dit. Sûrement sa façon de parler, de toujours prendre tout le monde de haut. J'en avais connu des comme ça, à l'hôpital, à mes débuts. C'est pour ça que j'avais arrêté, que je m'étais mise en libéral, vous savez ? Et avec lui ça recommençait. Genre, c'était l'hôpital le plus important de la terre, n'importe quoi.

Je l'écoutais, sceptique, une avalanche de questions coincées dans la gorge. Elle ne mettait aucune intonation dans sa voix, on aurait pu croire que tout ça ne la concernait pas, qu'elle parlait toute seule, comme une *folingue* (l'expression de Michel, plus tard). Le bar s'était vidé, il ne restait que deux ou trois piliers au comptoir, qui ne nous voyaient même pas.

Et elle avait raconté les meurtres.

La première patiente s'appelait Annie Berruyer, soixante-neuf ans, déglinguée, troubles du rythme cardiaque, diabète, insuffisance respiratoire, toute la panoplie du client en médecine générale.

— Certaines personnes âgées ont tellement de pathologies qu'à la fin on ne sait plus. Même elles, elles ne savent plus où elles ont mal, elles en ont assez, leur vie s'en va de partout, vous savez. Bref, un jour on l'a retrouvée toute bleue, cette Annie Berruyer, c'est possible qu'elle ait elle-même débranché son assistance respiratoire, ça arrive.

Je l'écoutais, glacée et toujours plus incrédule.

— Et ce n'était pas ça…

Catherine avait changé de figure, ses yeux s'allumaient soudain, ils pétillaient.

— Non. C'était Bonnamy.

— Quelqu'un l'a vu ?

— Non. Mais il lui tournait autour. Une infirmière m'a dit qu'elle l'avait vu sortir plusieurs fois de sa chambre, alors qu'il n'avait rien à y faire en principe. L'infirmière avait posé des questions à madame Berruyer, madame Berruyer lui avait raconté que oui, un médecin blond lui avait fait une piqûre. La douleur a été tellement forte qu'elle s'est réveillée, vous savez. Elle a crié mais le médecin blond est parti. Ça, je ne l'ai su qu'après.

Le bar fermait et nous avons fini la conversation chez elle, un deux-pièces impeccable à côté du fameux magasin de surgelés. Catherine avait fait du thé, le salon sentait bon, chaque chose bien rangée, des livres et des magazines empilés sur une table basse en verre. Elle parlait d'une voix plus nette, tournant sa tasse chaude entre les paumes. Ses mains n'étaient pas très belles, courtes et boulottes, avec des bagues bon marché.

Ensuite, il y avait eu Sylvie Grandperret, quatre-vingt-neuf ans, morte deux mois plus tard à peu près de la même façon. Toute bleue les doigts crispés sur son drap d'hôpital jaune. Catherine s'en souvenait très bien, de ces doigts, elle les voyait encore avec leurs articulations noueuses, la peau blême sous laquelle courait le bleu des veines, comme des serpents sous une surface d'eau gelée.

— C'est vrai qu'à la clinique, on avait beaucoup de morts, plus qu'ailleurs, mais c'est normal puisque c'était des gens en fin de vie. Mais quand même, vingt par an et par service, ça rentrait dans la moyenne. Là, ça faisait plus d'un seul coup, et toujours avec Bonnamy. (Nouveau gloussement triste. Catherine me regardait par-dessus sa tasse, de nouveau mélancolique.) Moi, je l'ai vu juste après la mort de madame Grandperret, il était très froid. Pas froid en fait, content. Comme pour un travail bien fait, vous savez ?

Une image me revenait. Celle de Bonnamy lorsqu'il sortait les affaires de Manon dans le carton. Content de lui, content de faire mal.

— Vous en avez parlé au directeur ?

Bien sûr que oui. Elle lui avait parlé du témoignage de l'infirmière, celle qui avait vu sortir Bonnamy de la chambre de madame Berruyer. Elle-même avait évoqué ses propres doutes, ce qu'elle n'osait appeler *son intuition.* C'était maigre, vraiment. Pour que les choses aillent plus loin, il aurait fallu d'autres témoignages, des plaintes des familles. Or les familles, elles s'en moquaient, elles passaient vite fait pour signer les papiers et récupérer les affaires. Les morts n'étaient pas suspectes, elles étaient banales. Bonnamy remplissait lui-même les certificats de décès. Arrêt cardiaque. Arrêt respiratoire. Et voilà.

Le directeur avait fait le point. Il avait un gros salaire, un quotidien très confortable, l'institution avait bonne réputation, elle tournait bien et les statistiques étaient relativement bonnes. Ça se bousculait au portillon et les lits étaient tous occupés, pas de mauvais payeurs, vraiment, ça tournait bien. Donc, il avait viré l'infirmière, un peu trop parano et grande gueule à son goût, et changé Catherine de service. Elle en tremblait encore d'indignation, mais elle avait dû avaler la couleuvre comme elle l'avait toujours fait probablement, avec ses gloussements tristes et sa résignation.

Pire encore, le directeur avait parlé de Catherine à Bonnamy, évoqué ce qu'elle racontait de lui, ses soupçons. En réaction, Bonnamy avait commencé à la harceler. Un jour il lui avait fait une remarque sur l'hygiène dans son nouveau service, devant tout le monde, la voix forte et cassante. C'était négligé, mal tenu. Elle en avait été toute retournée, elle n'en dormait plus et se demandait ce qui n'avait pas marché, ce qu'elle avait fait de travers pour que tout tourne aussi mal. Chaque nuit, elle songeait au départ de son mari, à sa cervelle sur le mur du garage. Ça aussi c'était de sa faute, elle n'avait rien vu, rien compris.

Elle s'en voulait aussi de ne pas avoir insisté au sujet de Bonnamy, de ne pas avoir parlé à la police ou écrit au procureur.

Moi, j'avais fini mon thé depuis longtemps, fascinée, revivant à distance la descente aux enfers de cette femme.

Un troisième meurtre avait eu lieu, Charlotte Garnier, soixante-douze ans, une pauvre vieille qui avait été dactylo dans une usine du coin, bien des années plus tôt, c'était sa seule fierté. Asphyxie, arrêt respiratoire, retrouvée figée et glacée dans son lit un matin à l'aube, on avait calculé qu'elle était morte depuis au moins minuit.

Or cette nuit-là, Bonnamy se trouvait à la clinique alors qu'il aurait dû être chez lui. Mais soi-disant qu'il n'était pas tranquille pour madame Garnier, c'est ce qu'il avait expliqué au directeur, d'une voix tellement assurée, et si contrite aussi que ce dernier n'avait rien trouvé à y redire.

Plus tôt vers huit heures, le fils Garnier était arrivé, un artisan dans sa camionnette blanche de plâtre. Bonnamy lui avait interdit la chambre, comme ça sans raison, par pure méchanceté. Un quart d'heure plus tard il en était sorti et s'était dirigé droit sur lui : votre mère est morte, vous pouvez y aller maintenant.

Et il était reparti, faisant voler sa blouse blanche sur ses mollets.

Apprenant tous ces détails d'une aide-soignante, Catherine avait fait une crise de nerfs en plein couloir, à propos d'une chose qui n'avait rien à voir, une photocopieuse tombée en panne. Tout le monde s'en foutait de la photocopieuse, tout le monde se foutait de tout, de ces pauvres vieux qu'on laissait à la merci d'un fou. Il avait fallu deux hommes pour la maîtriser, la pousser dans une chambre et lui injecter une dose de calmant, et on avait appelé le Samu.

Elle avait été mise à pied et n'était plus jamais revenue à la clinique.

Catherine m'avait aussi parlé de Manon. Tout le monde savait qu'elle était avec Bonnamy. Mais dernièrement elle voulait le quitter, il paraît que ça se passait mal. Très mal. Mal, comment ? Mal, c'est tout.

— Il se servait d'elle comme un jouet, il était méprisant, comme il est toujours. Si vous l'avez vu, vous devez savoir. Arrogant, toujours sûr de lui. Il n'a pas dû supporter qu'elle le quitte. Il lui a… enfin il a dû faire comme pour les trois femmes, une surdose de morphine ou de potassium, avec un arrêt respiratoire… Vous devriez demander l'autopsie…

Sa voix s'est étranglée.

La nuit était tombée, un silence ouaté formidable, et lorsqu'une voiture passait dans la rue, on aurait dit que c'était la seule voiture à moteur au monde. Une lumière brillait dans un coin de sa petite cuisine américaine toute proprette, les yeux de Catherine étaient injectés de sang et maintenant nos tasses étaient vides et froides.

Je me suis sentie à bout de forces. Écœurée de déception.

— Bonnamy était à Paris quand Manon est morte, ai-je dit.

Ma gorge s'est bloquée. Malgré moi, je pensais à cette plage à Royan, à l'alcool, aux somnifères et à l'ampoule de Tracrium disparue. J'ai eu l'impression d'être vidée de l'intérieur, une enveloppe informe, j'avais conscience de son regard pesant par-dessus sa tasse, dans la pénombre, mais je n'avais pas le courage d'y répondre.

Tout ce qu'elle m'avait appris ne me servait à rien.

— Mais je ne comprends pas. Vous m'avez dit que Bonnamy avait tué votre fille.

— Je croyais. Mais ce n'est pas ce que pense la police. Bonnamy n'était pas avec elle au moment de… Il était à Paris, vous comprenez ? Ce n'est pas lui. Elle s'est injecté elle-même de quoi… s'endormir, voilà. C'était un suicide.

Et j'ai reposé ma tasse, plus lasse que jamais avec malgré tout l'intuition nouvelle, insidieuse et atroce que les flics ne faisaient pas leur travail à fond, qu'ils s'en débarrassaient. Le suicide, ça les arrangeait bien, ils pouvaient passer à d'autres affaires moins compliquées ou plus intéressantes pour leurs statistiques.

Et Catherine enfonçait le clou :

— D'accord, mais Bonnamy était peut-être là, enfin à distance. Il lui a téléphoné, il l'a menacée ou lui a envoyé des textos. Vous savez, des fois on récupère dans choses dans les téléphones. Les experts, vous savez…

C'est vrai, on avait trouvé le mobile de Manon dans son sac à main, mais personne ne s'en était occupé et ça m'était sorti de l'esprit. Catherine insistait : il fallait que j'appelle l'inspecteur, que je lui demande une expertise, au moins qu'il fouille dans l'historique des appels.

Je n'étais plus en état d'écouter, trop frustrée, amère. J'ai regagné ma chambre d'hôtel et le lendemain très tôt, j'ai appelé Girard. Comme il n'était pas disponible, je me suis rendue sur place et j'ai attendu, personne ne voulait me recevoir. Un flic est venu m'expliquer qu'il fallait que je revienne plus tard et ça m'a mise hors de moi, j'ai exigé de parler au commissaire, là maintenant, sinon je cassais tout, et ils ont bien voulu me faire entrer.

Girard m'attendait avec le commissaire, j'ai été surprise de découvrir qu'il s'agissait d'une femme. À des années-lumière de moi, un genre de rockeuse à tatouages, cheveux blonds peroxydés, ronde, autoritaire. Girard la dépassait d'une tête, mais il ressemblait à un écolier à côté de sa directrice d'école. J'ai parlé à tort et à travers, je devais avoir une tête de folle, décoiffée et les lèvres sèches, j'étais livide, je tremblais de faim et d'énervement, je répétais tout cinq ou six fois de suite.

Bonnamy est un psychopathe, un tyran, un pervers, il a poussé Manon à commettre le pire. Il a bien tué trois vieilles de sang-froid, dans ce cas pourquoi ne s'en prendrait-il pas à une femme amoureuse, jusqu'à la rendre folle, la pousser à se supprimer, par la force des mots, à distance…

Les mots sortaient en flots, ils me posaient des questions que je ne comprenais pas, je ne répondais à rien. Au bout d'un long moment la commissaire a réussi à prendre la parole.

— Je sais que ce sont des moments difficiles, madame Leclerc. Nous avons fait tout ce qu'il fallait faire.

— Mais Bonnamy…

Elle a fait un geste rond, définitif.

Girard opinait à ses côtés en serrant les mâchoires.

— J'ai pris note. Nous allons vérifier. Mais le lieutenant Girard a dû vous dire que le docteur Bonnamy n'était pas à Royan le soir où…

Je n'écoutais rien, je revenais à la charge, je recommençais du début. Bonnamy, son attitude louche, les trois patientes décédées. Oui, on va vérifier madame. Le portable, il faut l'analyser, regarder l'historique des appels. On va regarder ça madame. Les mots sortaient sans fin comme d'une fontaine absurde, toujours les mêmes, et finalement ils m'ont fait sortir, une fois calmée. Girard m'a même raccompagnée à mon hôtel, j'étais raide sur mon siège, avec l'impression que le monde entier m'était hostile. Je détestais la police et la terre entière, et moi plus encore.

Le jour suivant je suis restée à Royan, puis un jour encore, mais comme il ne se passait plus rien, j'ai appelé Michel, qu'on en finisse. Il est venu aussi vite qu'il a pu. Après l'enterrement j'ai recontacté Girard. Il m'a gentiment expliqué au téléphone que l'affaire était classée. C'était terminé pour la police. Ensuite j'ai vu une avocate, elle a été honnête : rien dans le dossier ne permettait de relancer la moindre procédure. Ce serait peine perdue, je gaspillais mon temps et mon argent, et elle m'a fait comprendre que je ferais mieux de faire mon deuil. J'ai vu un autre avocat plus jeune, en grosse cravate et belle chemise gaufrée, les cheveux plaqués en arrière, un sourire en carton-pâte. Il m'a assuré qu'on pouvait tenter quelque chose, mais ça me coûterait cher.

Malgré ma détresse j'ai compris que c'était un escroc et je suis sortie en ravalant ma rancœur. Quelque temps plus tard, Catherine m'a rappelée, avec quelque chose d'éteint dans la voix. Elle voulait savoir si j'avais fait quelque chose, si j'avais pu voir pour le téléphone de Manon et ce que disaient les experts, est-ce que j'avais pris un avocat, parce qu'elle en connaissait un très bien, elle, mais j'ai coupé court, presque méchamment. Sur le moment, je l'ai presque haïe. Je n'ai plus eu de nouvelles, et plus cherché à en avoir.

Et c'était idiot.

J'aurais sûrement agi autrement si j'avais su qu'elle était morte quelques jours plus tard, assassinée par Bonnamy.

4

Le voisin de Catherine était bavard et curieux, précis. Il se souvenait bien de l'accident qu'il m'avait raconté en long, en large et en travers. D'après les rumeurs, cette pauvre madame Fréchet avait été virée de sa clinique. En arrêt maladie et sous antidépresseurs, elle avait fini par se jeter sous une voiture, un matin brumeux, deux mois pile après le *suicide* de Manon.

Il y avait eu délit de fuite et aucun témoin, tout le monde s'en souvenait dans le quartier, ça avait fait toute une histoire, et c'était même dans le journal. Quelqu'un avait scotché des appels à témoins sur les réverbères, et le papier s'était jauni et désagrégé.

Une fois la conversation terminée, j'avais trois quarts d'heures de retard, Clara et le bébé avaient dû quitter la maternité depuis belle lurette. J'ai remercié le voisin et enfilé quelque chose, je suis descendue en trombe pour démarrer la Ford.

La probabilité d'arriver à l'heure au CHU est minuscule, mais on ne sait jamais, sa sortie aurait pu être retardée, après tout, ça arrive parfois. Le trajet vers l'hôpital est pénible, j'ai fait tomber mes lunettes de soleil en essayant de les mettre et je plisse les yeux, aveuglée, le pouls à deux cents pulsations minute, indifférente aux autres conducteurs à qui je grille la politesse, et qui m'accompagnent de leurs coups de klaxon.

J'avais fini par admettre le suicide de Manon, plus ou moins, mais maintenant tout est changé.

L'accident de Catherine, le délit de fuite, je n'y crois pas. À mesure que son ancien voisin me racontait, je me représentais la scène : le directeur de la clinique posant des questions à Bonnamy, exhumant les dossiers des trois victimes. Bonnamy pensant aux certificats de décès signés de sa main, à une autopsie toujours possible, ensuite on détecterait des traces d'arsenic ou de potassium, ou d'autre chose. Bonnamy réalisant que tout ça venait de Catherine, trouvant sans difficulté son adresse, se renseignant sur ses horaires, louant une camionnette blanche... Bonnamy se garant, guettant Catherine, appuyant sur l'accélérateur, ses pupilles bleues remplies d'égoïsme et d'une indifférence monstrueuse, ses mains fermes sur le volant, son torse et sa tête secoués au moment du choc, le bruit mou d'un corps, puis l'accélération, terrorisé à l'idée qu'un témoin l'ait vu.

Il a pris des risques, c'est vrai. Mais il pouvait très bien penser qu'il n'avait plus le choix, que c'était sa seule option. Catherine avait compris son jeu de mort, son faux intérêt pour ces vieilles dames, ses présences et ses visites injustifiés, ses pulsions secrètes, qui dilataient parfois ses pupilles, qu'on pouvait déceler dans son attitude, malgré lui.

L'assassinat de Catherine c'est la pièce qui manquait au tableau, le détail qui transforme ce désordre en quelque chose d'intelligible, de clair et net. Elle savait pour les meurtres. Il l'a éliminée. Je suis sûre que quelqu'un d'autre doit savoir quelque chose, quelque part. Impossible qu'il en soit autrement.

Je frissonne de colère en me garant. Je revois ses yeux durs, son allure de garçon sage d'une autre époque, je devine son arrogance, son obsession de se venger de Manon parce qu'il ne supportait pas qu'elle ait voulu le quitter, parce qu'elle était belle et insouciante, parce qu'elle refusait d'être un jouet entre ses mains.

Sans y connaître grand-chose, je sais que de tels êtres existent, toxiques. Ils sont faibles mais entrent en vous et vous anéantissent, comme un parasite dans le sang, ils vous instillent leur propre faiblesse, vous font perdre vos repères et vos amis, votre estime, vous convainquent que vous ne valez rien ; il a manipulé Manon des mois durant, jusqu'à ce qu'elle se persuade qu'elle s'était trompée de métier, qu'elle ne finirait pas l'internat de médecine et qu'elle ferait mieux de s'injecter l'ampoule en intramusculaire, une fois que c'est fait on ne revient pas en arrière, surtout quand on a ingéré de l'alcool et dix fois la dose de somnifères.

Et je tremble de haine en pensant à sa joie perverse, à son impunité et sa disparition, et ces idées se balancent dans mon crâne comme autant de vagues en furie, se fracassent derrière les orbites et je traverse le hall en planant, sans rien voir ni personne, filant vers les ascenseurs qui mènent à la maternité. J'entrevois mon reflet dans une vitre, l'air évadée d'un asile de déments.

Lorsque je pousse la porte, une famille d'Africains sursaute et se tourne vers moi, surpris puis effrayés, comme s'ils s'attendaient à ce que je sorte un fusil à pompe. Je ressors. Une infirmière me console, votre fille vous a attendue un bon quart d'heure, elle est peut-être encore sur le parking ? Elle me sourit, maladroite et gênée pour moi.

Je cours jusqu'au parking, jette un coup d'œil circulaire aux rangées de toits de voitures. Et rebrousse chemin.

J'hésite un long moment. Et je le fais. Tant pis.

L'hôtesse d'accueil doit avoir mon âge, le contour des lèvres souligné au crayon, ses grandes boucles d'oreilles créoles tressautent à chaque mot et respiration, bien droite dans son siège pour ne pas froisser son chemisier.

— Le docteur Bonnamy ? C'est pour une consultation ?

Je fais oui des paupières, cherchant à calmer ma respiration, avec la sensation que tout le monde voit clair dans mon jeu, qu'une surveillante va m'arrêter dans le couloir, ou pire, que je vais tomber nez à nez avec Bonnamy. Dans ce cas je n'ai aucune idée de ce que je dois faire. Je n'ai d'ailleurs aucune idée de ce que je fais tout court, si bien que pendant une seconde ou deux, je songe à battre retraite, il n'est pas trop tard.

Mais je reste là, l'hôtesse fouille son écran et relève le nez.

— Vous êtes sûre du nom ? Je le vois pas.

Je bredouille, l'émotion m'étouffe à demi. Et si je m'étais trompée ? Ce serait un sosie ? Ou bien il a changé d'identité… Elle passe son ongle carminé sur un cahier plastifié.

— Ah si, Bonnamy. Gérontologie. Il est vacataire, c'est pour ça. Vous aviez rendez-vous ?

Elle me jauge par-dessus le comptoir en faux bois. Je me retourne. Trois personnes attendent derrière la ligne de confidentialité, un couple âgé, une femme élégante, visiblement exaspérée.

— … parce que c'est uniquement sur rendez-vous.

Et comme je ne réponds pas, elle pousse un soupir :

— … allez voir si vous voulez… Deuxième étage, bâtiment B, au fond à droite, il y a des ascenseurs. Gérontologie. Mais à cette heure le secrétariat est fermé.

Elle appuie sur ces derniers mots avec son accent chantant, je remarque son eye-liner qui s'effrite aux coins des paupières. Deuxième étage, bâtiment B, gérontologie. Dans l'ascenseur, j'essaye de rassembler mes pensées. Vacataire, c'est donc une sorte d'intérimaire, il remplace les médecins en vacances ou en congé maladie. Depuis combien de temps est-il à Antibes ? Ce n'est pas vieux, sinon son nom serait renseigné dans l'informatique, je suppose.

À l'étage, une voix numérique m'arrache à mes pensées. Tout semble si normal, tellement organisé. Un tueur, en plein hôpital. C'est impossible, ça se verrait forcément, ça se saurait, on finirait forcément par lui mettre la main dessus, il commettrait forcément une faute. Je repense aux traits fatigués de Girard, à Royan. À ses mots quand il m'a exposé la conclusion de son enquête. Lors du suicide de Manon, Bonnamy était à cinq cents kilomètres de là, dans un congrès de médecins à Paris. *Des dizaines de témoins en ont attesté.* C'est lui qui a raison, je suis folle, je suis devenue folle. Une fois sortie de l'ascenseur, je n'avance plus.

J'attends un moment dans un vestibule, prête à m'esquiver.

Un couloir bleu ciel s'ouvre plus loin, rempli d'odeurs qu'on tente de masquer mais rien n'y fait, ces odeurs me parlent, me disent que la mort n'est pas loin, qu'elle attend sagement devant chaque porte. Si Bonnamy exerce ici, ce n'est pas un hasard.

Il *aime* ces odeurs, j'en suis sûre.

Que fera-t-il s'il me voit ? Une rage froide prend le dessus, qui me donne la force d'avancer jusqu'au bureau de l'infirmière. Une silhouette masculine en blouse blanche passe à vingt mètres, au fond du couloir. Un interne à barbiche.

— Le docteur Bonnamy ? On l'a pas vu aujourd'hui.

Une infirmière tourne la tête vers sa collègue, l'interpelle avec le même accent que l'hôtesse, en bas.

— Bonnamy, tu l'as vu, toi ?

L'autre grommelle que non, elle disparaît dans le chuintement synthétique de ses sabots.

— C'est pour une consultation ? Vous avez quelqu'un de votre famille ici ?

Elle doit être proche de la retraite, la peau tannée par le soleil, les cheveux très courts, un bracelet-montre coincé à la boutonnière de sa blouse.

— Ça fait longtemps qu'il est vacataire ?

J'ai du mal à finir ma phrase, persuadée que Bonnamy va finir par arriver, et je ne saurai pas quoi faire. J'esquisse un pas en arrière.

— Je sais pas, moi. On va dire, deux ou trois semaines. Pourquoi ?

Une lueur intriguée scintille au fond de ses pupilles, elle m'examine comme pour enregistrer mon image. Heureusement, l'interne à barbiche surgit et nous sépare, provisoirement. Il me jauge lui aussi, lointain, perdu dans son monde.

— Il a démissionné. Il a téléphoné ce matin, dit-il entre deux pensées.

L'infirmière me regarde, estomaquée. Une ondée de sueur glaciale me parcourt le dos.

— Ça alors ! Démissionné. Tu es sûr ?

L'interne grommelle que oui, c'est ça. Pas étonnant non. Qui c'est qui voudrait bosser dans ces conditions-là… Le reste se perd dans le bruit de ses pas. Personne ne marche ici, ça ressemble plus à une course, la marche athlétique permanente des soignants.

— Ça alors. Démissionné.

Elle n'en revient pas, la fille, elle ne s'aperçoit même pas que je tiens à peine debout, choquée. Bonnamy n'a pas démissionné. Il s'est *enfui*. Il m'a reconnue et il a filé, en route vers d'autres services et d'autres meurtres.

Je suis à nouveau dehors je ne sais comment.

Une silhouette bien connue surgit alors, qui m'épouvante, me fait presque hoqueter de dégoût.

— Mais qu'est-ce que tu fous, bordel ?

Au moment de quitter l'hôpital avec Clara, Michel a remarqué la Ford sur le parking et il est revenu m'attendre dans le hall, avec sa tête de chien battu. Il voudrait me faire la leçon mais mon expression le déstabilise au-delà de toute mesure, d'autant que je me jette presque sur lui.

— Bonnamy est là, je lui dis d'une voix que je ne reconnais pas, si basse et déformée qu'il me fait répéter.

Même après, il n'a pas l'air de comprendre, pas l'air d'y croire. Bonnamy, le médecin qui a tué ta fille, tu te souviens ? Il exerce ici. Je sais qui est Bonnamy, nom de Dieu. Qu'est-ce qui te prend ? Tu déconnes ! Il surveille autour de nous, effaré. C'est pour *ça* que tu étais en retard, tu te rends compte de ce que tu fais à Clara ? Je ne lui fais rien, à Clara. Je suis là.

Mais je suis là sans être là. Je suis repartie d'un seul coup dix ans en arrière, au commissariat de Royan, à ce moment où j'ai hurlé et où les flics ont dû m'isoler, quand j'ai su au fond de moi que Bonnamy était l'assassin de ma fille, oui, je me retrouve exactement à cet instant, inchangée, comme sortie d'un cocon, palpitante de haine.

J'avais pensé que tout s'effacerait, que *le temps guérit les blessures*, c'est ce qu'on dit, que j'accepterais le suicide, que je ne parlerais plus d'*assassinat*.

Mais non. Je suis plus ridée et plus sèche, mais je suis la même, ma colère intacte. Pendant dix ans tout était resté caché sous un mince vernis minuscule, comme un volcan endormi prêt à ressurgir. Et je poursuis devant Michel, effaré. Plus pour raisonner à voix haute que pour le convaincre – je sais trop ce qu'il va me répondre.

— Bonnamy m'a reconnue. Il a démissionné. Il a quitté l'hôpital. Il s'est sauvé.

— Non. Arrête. Arrête, me parle pas de ça.

On se parle vite tout bas, front à front dans le passage devant les portes vitrées, comme deux marcheurs à l'arrêt au milieu d'un gué.

— Pas de ça pourquoi ? Qui m'en empêche ?

— Ta fille t'en empêche. Ta fille, celle qui est vivante. Clara t'attend avec ton petit-fils sur le parking. Et lui aussi, il est vivant. Il vient de naître, il a besoin de toi.

— Catherine a été tuée. Il l'a tuée.

Il essaye de se remémorer. Qui c'est ça, Catherine, merde ? Et je vois à l'affaissement de ses traits qu'il se souvient. On en avait parlé cent fois, il lui en voulait à Catherine, il la détestait presque pour m'avoir mis en tête à l'époque ces idées à la con de meurtres en série. Il l'appelait Catherine *la folingue, la dingue, la dépressive, la mytho* qui croyait que chaque petite vieille morte à l'hôpital était forcément victime d'un serial killer, comme dans une série télé à la con.

— Je ne veux rien savoir. C'est une dingue, ta Catherine, personne ne l'a tuée, Manon.

— Bonnamy l'a assassinée… Je l'ai appris ce matin.

Michel a boxé le vent du poing fermé.

— Tout à l'heure, Clara a pleuré quand elle a vu que tu étais pas là. Tu te rends compte ?

Je ne bouge pas, blafarde, partie vers d'autres territoires. Lui est au bord des larmes.

— Anne, écoute. Je ne veux rien savoir. Il faut oublier. C'est fini.

— Il y a eu délit de fuite. Elle était la seule à pouvoir faire une procédure contre lui. Elle connaissait les témoins… Il l'a tuée avec une voiture, deux mois après avoir tué Manon. C'est lui. Il a voulu la faire t…

Michel a reculé de quelques pas, la bouche ouverte, les yeux humides, mais aucun mot ne venait. Il est revenu vers moi en bousculant un couple, comme pour m'agripper le tee-shirt. À sa figure de grenade dégoupillée, l'homme qu'il a manqué de faire tomber prend son épouse par le bras et repart à toute vitesse.

— Ne recommence pas avec la merde d'histoire de tueur en série.

— Je ne recommence pas. Je *commence.*

Il a reculé de nouveau, mais cette fois il est emporté par le flot, l'air vieilli de vingt ans.

Peut-être que je suis folle.

La journée du lendemain s'écoule bizarrement, entre irritation et moments d'amour pur. Respirer l'odeur du nourrisson, presser ses doigts incroyablement petits et tendres, croiser les yeux de Clara me plonge dans des océans de tendresse, des mots tournent lentement en moi, des mots merveilleux que je ne lui ai jamais dits et que je n'ose toujours pas lui dire, et pourtant je sais qu'elle les attend.

Nos fronts penchés sur le berceau se touchent presque, nos cheveux s'entremêlent, je savoure son odeur propre et parfaite, et je ferme les yeux en la revoyant petite, en revoyant ses bras à elle, son visage d'enfant si souvent tourné vers moi.

Des larmes ont afflué mais Michel est arrivé.

Il ne tient pas en place, tourne et retourne dans le deux-pièces de Greg et Clara. Prend les mesures de la chambre du bébé. On va faire ça vite fait, bien fait. Ça aurait dû être fait depuis longtemps, hein Greg. Dès demain on s'y met, en deux jours c'est bon.

Mais il voit bien que je l'ignore, il en souffre et en rajoute, malheureux, la mine d'un type qui vient d'avaler un verre de citron cru.

Notre lente dérive a commencé il y a un moment, deux ou trois ans avant l'assassinat de Manon. À ce moment, Clara venait d'avoir dix-huit ans et s'apprêtait à nous quitter pour démarrer ses études à Nantes. Nous nous sommes retrouvés seuls tous les deux, Michel grossi, Michel et ses soucis d'argent, toujours plus terne et bourru, aigri par ce quotidien qui tournait au vinaigre. Nous deux, on aurait dit des voyageurs d'un long train qui se sont oubliés en cours de route, n'ont ni vécu ni ressenti les mêmes choses et se redécouvrent avec surprise sur le quai à l'arrivée, subitement des étrangers.

L'enterrement de Manon nous a séparés un peu plus. J'ai repris mon travail aux *Délices de la côte*, les filles me regardaient comme une extraterrestre, elles auraient voulu dire quelque chose, faire quelque chose mais je ne voulais rien d'elles ni de personne, surtout pas de leur pitié. Michel a pioché dans ses dernières économies pour m'emmener à Venise, ce qu'on avait toujours voulu faire, mais ce n'était plus qu'un voyage d'adieu. Et si nous avons parfois ri c'était à propos du passé, il ne nous restait que ça de commun. Michel a gardé la maison pour lui, moi je me suis installée à Antibes, rue des Lits-Militaires, pas trop loin de Clara.

J'ai renoué avec elle, tant bien que mal, m'accrochant à ce bébé qui arrivait, je croyais que tout pourrait recommencer grâce à lui. Jusqu'à ce jour à l'hôpital.

Farid, mon employeur à Antibes, m'a téléphoné pour me proposer un extra et j'ai accepté, de toute façon je n'avais pas l'intention de rester avec Clara et le bébé jusqu'à minuit et j'ai besoin d'argent. Le soir, c'était un banquet dans les collines de l'arrière-pays. Farid me suit parfois du regard, je sais qu'il me désire et ça m'irrite, la nuit est d'encre sous la voie lactée, la Méditerranée brille au loin, ponctuée de villes scintillantes, avec tout autour l'ombre baignée des senteurs de pin et de thym.

Un vieil homme en costume clair me demande une coupe de champagne. Ses cheveux ont été blonds autrefois, ses yeux larmoient, bleus bordés de rose derrière ses lunettes à branches dorées, j'ai l'atroce impression de voir Bonnamy avec trente ans de plus, vieux médecin décati mais libre, suprêmement heureux d'avoir trompé tout son monde avec une telle impunité.

Peut-être que je suis folle.

En rentrant au milieu de la nuit, je n'ai pas voulu prendre de somnifère et le lendemain je suis retournée au CHU, en gérontologie. Je voulais être sûre.

— Le docteur Bonnamy. Oui, il a vraiment démissionné, pourquoi ?

Elle me dévisage, tête penchée, surprise de me voir revenue.

— Je l'ai connu. Je l'ai connu, avant. Je voulais juste savoir ce qu'il est devenu.

D'autres interrogations me viennent à l'esprit. Comment il se comporte avec les patients, est-ce qu'il fait des choses surprenantes, est-ce qu'il vient au service en dehors des heures habituelles, est-ce qu'il vous a parlé d'un travail à Royan dans une clinique de gérontologie, il y a environ dix ans, est-ce qu'il y a eu des morts ici, des morts qui vous ont paru bizarres…

Questions impossibles à formuler, qui suis-je pour les poser ? Elle ne répondrait pas ou me signalerait à sa hiérarchie. Un enquêteur demanderait à ma place si Girard avait examiné le téléphone de Manon, s'il y avait eu un témoin lors de l'assassinat de Catherine, si le directeur de la clinique Saint-Pierre n'avait pas tremblé pour son poste et pour ses bonnes statistiques.

— Vous savez où il est parti ?

L'infirmière me considère, guère étonnée, je ne dois pas être la première à lui demander des choses étranges ici.

— Écoutez, j'ai plein de choses à faire. Si vous avez des questions, vous pouvez vous adresser au secrétariat, mais c'est ouvert seulement le matin. Sinon à l'administration, ils doivent savoir, d'accord ?

— Et son adresse ?

Elle s'éloignait déjà mais se retourne avec un petit rictus.

— Alors là, j'en sais rien, il ne nous parlait pas, à nous. Je crois juste qu'il a été généraliste, avant. Je ne sais plus bien où, dans le Nord, mais c'est pas sûr.

— Où dans le Nord ?

Ma gorge s'est asséchée d'un coup. Elle sourit gentiment.

— Je n'en sais pas plus. Revenez demain pour le secrétariat, d'accord ?

J'ai réagi trop vite et j'ai filé, je sais que je n'aurais pas dû. C'est montrer que je ne suis pas sûr de moi, instiller le doute. Je n'aurais pas dû démissionner du service, filer aussi vite.

Trop tard.

Mais que faire maintenant ?

Que faire, avec *elle* ?

Retrouver son adresse a été très facile. Une certaine Clara Leclerc avait accouché à l'hôpital. L'autre fille sûrement. Manon m'en avait parlé. Manon, c'est ça, je me souviens. Elle, la mère, habite seule un studio dans un quartier minable. Je m'y suis rendu, j'ai même sonné mais ça ne répondait pas. Je suis revenu à la voiture, j'ai attendu la nuit, pour voir, pour réfléchir.

Sonner chez elle ? Et après ?

Engager un avocat ? Mais pour quel motif…

Tout ça tourne en rond dans mes méninges, très vite sans jamais se fixer nulle part. Très tard dans la nuit sa voiture se gare, je reconnais la Ford – la même qu'à Royan.

Puis je la reconnais, sans son mari qui est mort, peut-être, ou alors elle a divorcé. Sa silhouette fine se découpe par instants dans la lueur jaunâtre de l'éclairage urbain. Mon ventre se tord et mon visage se crispe, et mes mains. Je pense à sa fille. Manon. Manon Leclerc. C'est vieux tout ça, c'est tellement ancien. Je revois son visage, elle était jolie celle-là, je revois aussi des ombres sur la mer, la nuit, j'entends le ressac, je me souviens de mes efforts lorsque je suis descendu sur cette plage, dans l'obscurité. Au final, tout me revient, je revois tout ce que j'ai fait cette nuit-là.

Elle tape son code, elle entre, les vitres grincent et se referment, elle disparaît dans son hall qui sombre dans le silence.

Que faire avec elle. Question.

Le bruit de la réception tinte encore à mes oreilles, sur Antibes assoupie, il flotte dans l'air un relent d'essence et de crasse, de chaleur qui s'évacue mal.

Deux heures du matin. Je n'allume pas la lumière, tout vibre dans un abîme de silence, ma porte refermée. Balcon ouvert, une voiture passe au loin, tout est clos et éteint. Donc, il a été généraliste dans le Nord. Mais où dans le Nord ? Je ne sais que faire de cette information, mon attention se perd vers une fenêtre allumée, à l'étage d'un vieil immeuble à côté du mien. On ne voit personne. En journée quelle que soit l'heure, un homme attend toujours ici, accoudé au rebord, café à la main. À ses côtés un gros chien immobile semble communiquer des pensées secrètes. Deux guetteurs qui surveillent le néant.

À cette heure ils dorment, attendant Dieu sait quoi, une surprise, un rien qui vaudrait la peine de sortir.

Une idée me vient, je ne sais comment. J'allume mon téléphone, je tape : *Bonnamy, généraliste, Nord.*

Et l'écran affiche ses résultats, ligne à ligne. C'est, sur le moteur de recherche, une page d'articles mais le chargement trop lourd plante mon appareil. Furieuse, je dois l'éteindre, le rallumer.

Un message de Clara s'affiche alors, que je n'avais pas vu :

Tu veux venir demain ? On fait des lasagnes dac ?

Je répondrai demain. Et je relance ma recherche, contrariée. De nouveau je dois éteindre mon vieux smartphone qui refuse de fonctionner, avec l'envie de le jeter par la fenêtre. Après une longue attente, la page Internet s'affiche :

Inquiétude à Manicamp.

Deux articles de presse locale apparaissent. J'essaye d'en ouvrir un, qui s'affiche avec une lenteur qui me met hors de moi. La première tentative échoue. À la deuxième, seules les quinze ou vingt premières lignes de l'article apparaissent. Je dois m'arrêter, respirer, tenter de retrouver mon calme, recouvrer ma vue qui se brouille.

Ce n'est absolument pas ce à quoi je m'attends.

5

L'Union

Inquiétude à Manicamp

Mis en ligne le 30/10/2001 @Pauline Dumont

Manicamp défend son généraliste. Nous avons souvent parlé dans nos colonnes du pôle de santé inauguré à Manicamp en septembre de l'année dernière par monsieur le député-maire, René Bourlion. Après des années de disette médicale, ce pôle flambant neuf apportait un véritable soulagement dans cette région, où le manque de structures est un problème récurrent. Il faut dire que tout avait été prévu dans ces bâtiments de 300 mètres carrés : kinésithérapeutes, infirmiers, diététicienne, psychologue, opticien et pharmacien. Mais surtout, les 25 000 habitants de la communauté d'agglomération de Chauny-Tergnier-La Fère bénéficiaient d'un nouvel Ehpad avec onze lits en Alzheimer. L'arrivée d'un médecin spécialiste, le docteur Simon Bonnamy, complétait ce dispositif où œuvraient déjà deux généralistes juniors. C'est dire si la surprise a été totale lorsque le Conseil de l'Ordre des médecins de l'Aisne a décidé la semaine dernière de le suspendre pour une durée de deux mois...

Vous souhaitez accéder à l'intégralité de nos articles ? Optez pour l'actualité en illimité / Je m'abonne.

PAR *LA VOIX DU NORD* / PUBLIÉ LE 13/12/2001 / PARTAGER / TWITTER

***MANICAMP : UN MÉDECIN GÉNÉRALISTE SUSPENDU DEUX MOIS, SES PATIENTS ORPHELINS, LE FONCTIONNEMENT DU PÔLE DE SANTÉ GRAVEMENT PERTURBÉ* (Photo Pascale Perrot)**

« Par raison administrative, le cabinet médical est momentanément fermé. » L'affiche apposée par le Dr Simon Bonnamy à la porte de son cabinet plonge depuis le 3 décembre beaucoup de ses patients dans l'incertitude et le désarroi.
Établi depuis près d'un an au pôle de santé de Manicamp, près de Laon, à la fois comme généraliste et référent de l'Ehpad, le Dr Bonnamy a été suspendu deux mois par l'agence régionale de santé (ARS), ainsi que par le Conseil de l'Ordre des médecins. Une double sanction synonyme de galères pour certains de ses patients souffrant de pathologies chroniques. Un simple renouvellement d'ordonnance peut s'avérer compliqué.
Très apprécié de la majorité de ses patients, le Dr Bonnamy a fait appel de ces mesures et se dit victime d'une cabale. « Je dois faire de l'ombre à certains, lâche-t-il au téléphone, excédé. Un médecin trop populaire, ça ne plaît pas à tout le monde. »
Membre éminent du Conseil de l'Ordre des médecins dans le département, le Dr Delaune réfute ces déclarations : « Ce praticien nous avait été signalé par la Caisse d'assurance maladie comme recevant plus de 120 patients par jour. L'assurance maladie est bien obligée d'enquêter, car on ne sait pas s'il s'agit de prestations fictives ou non. »

Cette activité intense cacherait-elle autre chose, comme un trafic de médicaments comme l'ont sous-entendu certaines rumeurs ? C'est peu probable, d'ailleurs, le procureur de la République n'a pas été saisi. De son côté, le porte-parole de la Caisse primaire d'assurance maladie de l'Aisne indique que...
La suite réservée à nos abonnés...

J'ai eu du mal à faire mes courses.

Que penser de cette affaire ?... Il semble que ce ne soit qu'une minable fraude à la Sécu, sanctionnée par deux pauvres mois de suspension, si ça se trouve, Bonnamy a été blanchi depuis par l'enquête, et puis tout ça est si vieux. Le procureur *n'a pas été saisi*, dit l'article. Je n'y connais rien, mais je comprends que la justice ne s'est même pas penchée sur le sujet.

Mes pensées s'embrouillent à mesure que je remplis mon panier en plastique rouge, à la supérette en bas. Non. Je n'ai pas pu me tromper à ce point. Manon n'est pas morte pour rien. Catherine non plus. Je ne suis pas folle. Bonnamy *n'est pas* juste un petit fraudeur à la Sécu.

Viande hachée, carottes, lait et farine, beurre, tomates et sauce. Clara m'attend pour déjeuner. Après la caisse, je pose mes courses à l'arrière de la Ford et je consulte à nouveau mon téléphone, où sont toujours affichés les articles, je me détesterais d'avoir à recommencer la recherche. L'idée de changer de smartphone me vient, pourquoi pas d'acheter un ordinateur. Avec quel argent ? Là, l'idée ne me vient pas...

À la relecture des articles apparaît le nom d'un médecin. Je le note sur une vielle facturette de parking, celle de l'hôpital, tiens.

Pierre Delaune. Le docteur Pierre Delaune, qui parlait au nom de l'Ordre des médecins. Tant pis, je ferme ma page Internet pour chercher son numéro de téléphone. À cet instant précis, comme une malédiction, mon appareil se met à vibrer, et ce bruit me fait sursauter, me fait presque paniquer.

Tu as pas oublié on t'attend pour les lasagnes ??
Gros bisous

Derrière, un carré bizarre, sans doute un émoticône, ces trucs ronds ridicules que mon vieil engin convertit systématiquement en hiéroglyphes carrés illisibles.

C'est Clara, elle cache à peine son anxiété, comme une infirmière psychiatrique qui redoute en permanence la crise d'un patient, souriante mais ne lui tournant jamais le dos. Une bouffée de remords monte, mêlée de tendresse. Elle devrait m'en vouloir, me détester même, mais elle ne le fait pas. Ma petite Clara, toute propre et toute belle, pour toujours.

Le numéro que je recherchais s'affiche enfin, je le compose. Pierre Delaune, généraliste à Chauny.

Pendant la sonnerie, j'étouffe, toujours assise derrière mon volant. D'autres idées passent, bizarres et incohérentes. Et si ce Delaune était mort ? Il aurait vu des choses, et Bonnamy l'aurait tué pour garantir son silence, comme Catherine. Ou alors ce serait un complice de Bonnamy, les deux hommes se seraient entendus pour…

— Le docteur ne donne pas de consultations ce matin. Vous pouvez venir, mais c'est sans rendez-vous. Vous êtes une de ses patientes ?

C'est une femme qui décroche, je dirais *a priori* une secrétaire d'âge mûr, aimable, qui ne se presse pas, comme ça se fait encore en province.

— Je ne suis pas patiente. Je fais des recherches… sur les fraudes médicales. J'ai des questions à lui poser…

Je m'éclaircis la voix, moi-même stupéfaite par ce que je viens de dire. La secrétaire me fait répéter.

— Les fraudes à la Sécu ? C'est en rapport avec le Conseil de l'Ordre ? Vous êtes journaliste ?

— Voilà. C'est ça.

Mais je vois presque sa moue de doute.

— Il faudrait rappeler, le docteur n'est pas là. Allô ?

Mon téléphone vibre et lance des tonalités : Clara qui m'appelle. De surprise, j'ai failli le faire tomber.

— Laissez-moi vos coordonnées, me dit la femme. Le docteur va vous rappeler.

Elle semble surprise par mon silence et par ma voix hachée. Je lui donne mon numéro, front moite et doigts tremblants, étonnée qu'elle me prenne autant au sérieux.

Tout le monde m'attendait chez Clara, je suis arrivée plus d'une demi-heure en retard et on n'a pas cuisiné les lasagnes, ça aurait été trop long. Mais finalement le repas s'est bien passé, on a raconté nos histoires d'autrefois, ce jour où les filles avaient fait des crêpes, il y en avait partout, le feu avait failli prendre dans la cuisine, cette autre fois où le chat était resté coincé derrière un meuble, l'histoire de la panne sur la nationale le soir de la Toussaint, la mythologie familiale.

Si bien que j'avais presque complètement oublié mon appel dans la voiture, au moment où le téléphone a sonné. À vrai dire, je n'avais pas envie de l'avoir au bout du fil, ce docteur Delaune, je craignais d'être ridicule, de ne pas savoir quoi lui dire. D'ailleurs, dès les premiers mots, j'ai voulu raccrocher.

Les fraudes, j'ai répété en me réfugiant dans la cuisine (à l'autre bout, il devait entendre les rires et les bruits d'assiette). Clara donnait un biberon au petit, il avait régurgité partout, elle était furieuse et son père trouvait ça très drôle. Mais non vous ne dérangez pas. Mais c'est bien vous qui avez appelé ce matin ? Oui, c'est moi qui ai appelé. Attendez.

Je suis ressortie de la cuisine, j'ai traversé le salon, enjambé le rebord qui donne accès au mini-balcon.

— Vous faites un article sur les fraudes à la Sécu ? Mais pourquoi chez nous ? C'est pour quel journal ?

J'hésite, je ne me suis pas préparée.

— Les fraudes, oui. Aussi… j'ai des questions sur le docteur Bonnamy, voilà. Je voulais savoir s'il n'y avait pas d'autres choses…

Un silence au bout du fil.

— Qu'est-ce que vous cherchez, exactement ? fait Delaune.

Il a la voix pâteuse, coupable et méfiante, et je sens mes tempes battre, puissamment. *Il n'y a pas que les fraudes. Il y a autre chose.* Autre chose que cette histoire de fraude à la Sécu. Il sait autre chose. Jamais sinon il ne me poserait cette question, il ne parlerait pas de cette manière-là, il n'aurait pas cette voix, cette espèce d'hésitation. Et il enchaîne vite, comme pour essayer de se rattraper, d'effacer ce qu'il vient de laisser supposer :

— Et vous travaillez pour quel journal ? *La Voix du Nord* ?

— Le docteur Bonnamy… a peut-être tué… (J'ai failli dire *tué ma fille*.) Enfin peut-être. C'est ce que je cherche.

— Tué…

Un nouveau silence. Je m'en veux d'être aussi directe, je n'ai pas réussi à biaiser, à prendre de gants. Michel s'est approché de la baie vitrée, un verre à la main, tout content de lui, le ventre en avant, je tire sur le panneau coulissant pour le fermer complètement.

— Vous vous rendez compte de ce que vous me demandez ! Je ne peux pas en parler au téléphone.

Il est si troublé qu'il oublie de me redemander pour qui je travaille. Donc, il sait quelque chose, il y a quelque chose. Mais quoi ? Pourquoi n'en aurait-il pas parlé à la justice, pourquoi le procureur n'a-t-il rien fait ? Pourquoi n'y a-t-il rien dans la presse, pourquoi Bonnamy n'a-t-il pas été condamné à quelque chose, ou fait au moins l'objet d'une enquête à l'époque ? J'aurais forcément trouvé une trace sur Internet. Ça ne colle pas, ça ne tient pas debout.

— D'accord. Mais en parler où ? Comment ?

— Pas au téléphone. Venez me voir si vous voulez. Mais je vous préviens que je n'ai pas grand-chose à vous dire. Votre journal vous paye bien les déplacements, non ?

— Oui. Oui, bien sûr.

J'ai raccroché en me traitant de folle.

Comme si je pouvais me déplacer à l'autre bout de la France, avec un compte en banque presque vide ! Alors tout va bien, tu viens avec nous ? Mais bien sûr que je viens avec vous. Tu fais une drôle de tête. Mais non je ne fais pas une drôle de tête, alors on la fait où, cette balade ? Nice ou le bord de mer ?

Je débarrasse avec les autres, mais je ne suis plus du tout là, le cerveau en éruption. On s'est installés dans la voiture à cinq, ça a été toute une histoire pour sangler le siège bébé, Michel et Greg s'engueulent à mots couverts.

J'essaye de réfléchir mais je ne vois pas de solution. Partir à Laon, je ne sais où au Nord, avec 250 euros sur mon compte, c'est tout simplement impossible. Voilà où j'en suis.

Quitter Antibes m'a profondément déprimé.

J'aurais pu m'occuper de cette bonne femme, c'est sûr, mais comment exactement, ça, je n'en étais pas sûr. Et je savais aussi que ça n'aurait rien réglé, au contraire, ça m'aurait fait prendre des risques. Non, c'était une mauvaise idée.

Par conséquent j'ai décampé. Et j'ai fait ce que j'aurais dû faire depuis longtemps, m'effacer, qu'on perde complètement ma trace. Bonnamy n'existe plus, il n'exerce plus, il a disparu, maintenant cherchez tant que vous voudrez, messieurs dames.

Jusqu'à maintenant, ils n'ont rien vu, ils vont continuer à ne rien voir, et moi, je vais continuer à faire ce que je veux, avec qui je veux et comme je veux. Je continuerai à rire d'eux, à leur afficher mon masque froid, à me délecter du trouble et du plaisir qui montent.

Avec ce bon Dieu d'Internet, je devrais faire attention. Tout est prévu, je vais changer de nom et effacer les photos, effacer la mémoire. Je suis tombé sur un article sur moi, à Manicamp. Ça m'a mis dans une rage froide, je ne l'avais pas vu celui-là. On ne peut pas être parfait en tout.

À y repenser, j'avais aimé ce passage dans le Nord, pourtant les paysages étaient les mêmes que ceux de mon enfance, normalement, j'aurais dû détester. Parfois, je suis bizarre, je reconnais. Mais j'ai aimé, j'étais seul, tranquille et bien payé. Delaune m'aimait bien, c'était un homme intéressant, enfantin et croyant dans ce concept de *gentillesse*, et pourtant il en voyait, des horreurs. Incompréhensible. Le mal lui était inconnu, il vivait dans un château de hobereau en pleine campagne, avec au loin une rangée d'arbres, des amis notables, des enfants polis.

Il m'a surpris, je crois.

Cette nuit où il neigeait, je me souviens des deux voitures dans le fossé, côte à côte, dans des tourbillons glacés. Il paraît qu'il y avait toujours des accidents ici, après la voie ferrée. Pour deux victimes, c'était déjà trop tard. Pour les autres, j'ai lancé les perfusions, et j'ai senti que Delaune me surveillait, près du camion des pompiers, dans un carré de lumière sur la chaussée luisante.

Il me surveillait.

On entendait les grésillements de la radio, des voitures roulaient au pas, on voyait dans les regards de leurs passagers cette lueur intéressée et effrayée, leurs figures pâles, ils flairaient l'odeur de la mort comme je la flairais.

Enfin pas exactement comme moi.

6

Clara était seule, nos joues se sont effleurées dans son odeur vanillée, son petit diamant jetait des lueurs délicates. Et ce scintillement, cette palpitation, c'était celui de son buste, tremblant et inquiet. Je la sens fermée, pleine de reproches.

Je pose mon sac et lui lance un coup d'œil. Ça va ? Oui ça va. Le bébé ? Le bébé, ça va.

Il dort dans sa petite chambre, les poings et les yeux fermés, agités de petits rêves. Comme à chaque fois, la tendresse me submerge, le temps de prendre ses doigts minuscules dans les miens, de sentir sa peau de satin. Clara m'observe, surprise, comme si mon amour était incongru, qu'elle m'en croyait incapable.

— Greg et papa font des courses pour les travaux, a-t-elle dit, ses yeux rivés sur le bébé comme les miens.

Elle semble retranchée en elle, j'ai une vague idée de ce qu'elle me reproche mais je tourne autour du pot, comme si je craignais des coups.

— Aujourd'hui je peux faire les lasagnes, si tu veux.

Elle me tourne le dos.

— J'ai prévu autre chose.

Les mots ne sont jamais venus naturellement entre nous, ça a toujours été comme ça. Mais, même sans parole, je sens son désarroi et ses questions, sa douleur.

Le bébé réveillé, nous le changeons en mêlant nos coudes. Plus tard, les hommes rentrent à grand bruit, apportant l'air du dehors, chargés de rouleaux de papier peint, de pinceaux neufs et de colle, fiers comme s'ils allaient bricoler une maison neuve avec tout ça.

Michel force son indifférence. Mais je sens qu'il bouillonne.

— Ah, t'es encore là. T'es pas aux Moustiers ?

Maintenant, je sais. Clara fuit, soudain préoccupée par sa cuisine.

Il reprend :

— On peut savoir ce qui te prend ?

Il jette les rouleaux au bord de la table, qui tombent aussitôt et Greg court les remettre en place ; Greg qui ne comprend jamais rien, avec sa petite moustache, ses cheveux en bataille et ses sourcils arrondis. Le bébé, ça ne l'a pas arrangé, il est plus ahuri que jamais.

Michel revient à la charge :

— Tu vas faire quoi aux Moustiers ?

Les Moustiers-en-Retz, c'est tout près de notre ancienne maison, à Pornic. Mes parents y possédaient un mobil-home, à leur mort ce fut mon héritage, mais je n'y suis jamais vraiment allée. Je n'aimais pas cette grosse boîte en plastique blanc, ce camping coincé entre la mer et des maisons de vacances pratiquement toujours vides. Michel le lorgnait, il aurait voulu que je le vende, au moins que je le loue, ce putain de mobil-home. Mais je ne voulais pas, sans trop savoir pourquoi, peut-être simplement pour le plaisir de lui refuser quelque chose. Je ne le supportais déjà plus, sans vouloir me l'avouer.

Tu vas faire quoi là-bas ? T'y vas jamais, tu vas faire quoi ? Mais rien ! On va refaire la chambre du bébé. Ta fille vient d'accoucher. On a besoin d'argent. Et toi tu pars en vacances ? Non, je ne *pars pas* en vacances.

Il m'horripile, à jouer le mari, il voudrait croire que la *famille Leclerc* existe encore. Les lèvres crispées, je me détourne mais il revient à l'assaut tandis que Greg et Clara tentent de se cacher.

Tu fais quoi aux Moustiers ? C'est à cause de Bonnamy ? Tu fais quoi exactement ? Tu veux quoi ? Il tremble de colère, colère de n'être plus aimé, d'avoir perdu une fille puis sa femme, puis son travail, puis de devoir subir une nouvelle vie qu'il déteste.

— Tu fais quoi exactement ? Tu crois pas que tu en as assez fait avec cette histoire ? Merde à la fin. Tu vas faire quoi aux Moustiers ? Dis-le.

Nos regards se croisent, au moment où apparaît Clara dans l'encadrement de la porte de la cuisine.

— Papa. Si elle veut partir, laisse-la partir.

Il hoche le menton, interloqué. Jamais elle ne donne son avis ni n'intervient. Ces quelques mots ont tellement dû lui coûter. Il rougit comme s'il allait se mettre en colère, et je revois dans un flash ses hurlements dans la voiture, à Royan, à côté du commissariat.

— Ta mère a vu Bonnamy à l'hôpital l'autre jour. Voilà ce qu'il y a. Tu vas faire quoi ? Lui courir après, le tuer ?

Mon cœur tape à grands coups. Clara connaît ce nom, bien sûr. Elle l'a entendu des milliers de fois, jusqu'à la détestation. Bonnamy, l'assassin de sa sœur, le poison qui nous a décomposés.

Michel pivote vers moi et me scanne, pour une fois lit en mes pensées, et je dois faire un effort pour garder contenance.

— Tu t'es mis quoi en tête ? Ta fille vient d'accoucher, c'est ton premier petit-enfant. T'as pas un rond. Tu fais quoi ? Tu vas vendre, c'est ça ? Dis-le, merde !

Le regard lagon de Clara sur nous me transperce. Tout à coup c'est elle l'adulte, et nous les gosses. Et d'ailleurs c'est vrai, c'est elle maintenant la mère, elle qui porte le monde, et moi je ne suis plus rien, je ne porte rien, je ne fais que traîner ce passé qui me tue.

— C'est vrai ? Tu as revu Bonnamy ?

Je lève le menton.

— À l'hôpital d'Antibes. J'ai essayé d'appeler Catherine, tu sais l'infirmière à Royan. Il l'a tuée. Voilà.

Monsieur Leclerc monte d'un ton, ses mots claquent entre les murs bétonnés du petit salon, putain, Catherine, *la folingue*. Il l'a tuée, c'est sûr, ben voyons ! C'est un tueur en série, et c'est pour ça qu'il continue tranquillement à faire médecin à l'hôpital, et qu'il est pas en prison, hein ? Quand est-ce que tu vas arrêter avec ça ? MERDE !

Il abat la main sur la table, les rouleaux mal rangés s'écroulent, il fuit dans la cuisine et y tourne en rond, et je l'entends renifler. Puis il revient en trombe, les yeux rouges, claque la porte de l'appartement et le silence retombe derrière lui. Greg, le pauvre, il tient Clara par la main. Il veut la consoler mais elle le repousse doucement. Ça va. Ça va aller.

— C'est à cause de Bonnamy que tu pars ?

— Bonnamy a tué Manon. Il a tué Catherine. Il a tué d'autres personnes à l'hôpital, à Royan. Il a continué ailleurs. On ne peut pas… Je ne peux pas…

En parlant, il me semblait entendre la voix de quelqu'un d'autre mais je suis allée au bout, même si je sais bien que mes mots ouvrent un gouffre entre nous, qu'aucune explication ne pourra la convaincre, que je me perds à ses yeux en prononçant ces mots.

— On ne peut pas quoi ? Tu vas faire quoi aux Moustiers ? Tu vas vendre ?

— Non. Je dois réfléchir, c'est tout.

Un silence, encore. Elle sait que je mens, sûrement, et l'amertume monte, immense, une sensation réellement physique au fond de ma gorge.

— Il ne faut pas que tu m'en veuilles.

Ses beaux yeux bleus brillent, comme un lac sous la pluie, elle se détourne avec pudeur, le brillant frémissant au rythme des pulsations de son sang.

— Il vaut mieux que tu partes maman…

— Je te dirai, d'accord ?

— Pars s'il te plaît.

Les mots se bloquent.

Je sors.

De l'endroit où je me suis installé descend en cascade tout un paysage vert et marron, c'est très joli même si je dois reconnaître que je n'ai jamais été sensible à ce genre de choses. Quelques semaines ont passé, ça pourrait être des mois et des années, mais je ne suis pas sûr que je pourrais me contenter du spectacle. D'abord il me faut de l'argent. Ensuite me manque l'odeur des couloirs, la caresse légère des pyjamas de couleur, leur parfum de coton bien lessivé, l'attention des patients, leur terreur de la mort, tout ça me manque, et bien d'autres choses encore.

Je me souviens.

Je m'en souviens, de cette première fois, gravée en moi comme au fer rouge. C'était il y a si longtemps, à Montpellier. Je suis entré, plusieurs fois, et j'ai longuement regardé cette vieille femme qui s'accrochait à ses jours. Le plus souvent, elle dormait. Et lorsqu'elle se réveillait, une faible lueur apparaissait dans ses yeux que je regardais avec curiosité, du haut de mes vingt et quelques années, pris de frisson et de malaise. Parce que je savais que je le ferais. Je savais que je finirais par entrer là, avec la poche de morphine que je lui injecterais et que j'attendrais, curieux de voir comment la mort la prendrait, cette vieille chose encore vivante.

Et je l'ai fait, j'étais décomposé d'anxiété mais de plaisir aussi, ce froid plaisir de celui qui donne la mort, oui, j'étais devenu celui-là, sans que personne ne sache. Et j'ai recommencé, et j'ai aussi compris que personne ne s'apercevait de rien, que ces morts se confondaient avec les autres morts, et que même si certains dans le service s'interrogeaient, c'était sans comprendre ce qui se passait.

Je l'avoue, c'est ce qui me manque, sans cela je resterais ici jusqu'à la fin, à observer comment les saisons jouent sur les ciels, les feuilles des arbres, les couleurs du sol, tous ces arômes et ce vent qui balayent les Cévennes.

J'ai installé l'informatique, parce qu'il faut bien penser au futur. Je le sens, maintenant que cette bonne femme m'a vu, je ne peux plus négliger les choses comme avant. Une entreprise s'est chargée d'effacer mes traces numériques, tout va bien de ce côté-là. Puis faire autre chose, loin d'ici. Je pense à l'Afrique.

J'occupe les jours suivants à me fabriquer un nouveau profil. Ce n'est pas si compliqué, un travail tout simple. Ensuite je dois me trouver autre chose, un poste au Maghreb me semble tout indiqué. Ils pourraient s'étonner là-bas, bien peu de médecins français travaillent chez eux en principe. Mais je saurai les persuader, les calmer comme j'en ai calmé bien d'autres.

La France me pèse, je voudrais changer d'atmosphère, renouer avec le vrai métier, les vrais gestes de médecin, oublier la paperasse et l'administration, les taxes, les contraintes, le manque de personnel.

Je soignerai.

Et je frissonne d'avance, pensant à ces malades là-bas, à ma disposition. Des frissons de plaisir me parcourent, un plaisir intense.

Ma nuit a été courte, envahie de réflexions et d'angoisses diverses.

Au matin très tôt, tout était prêt, en tout cas dans ma tête. J'ai fait des sandwiches, rempli au robinet une vieille bouteille en plastique, noté ma route sur une feuille. Mille deux cents kilomètres, c'est-à-dire au moins douze heures de route, pourvu que la Ford tienne. Au distributeur de billets en bas, mon compte présente un solde créditeur de 205,38 euros.

Même pas un loyer d'avance.

L'histoire du mobil-home a fuité à cause de Christian, le propriétaire du camping qui a appelé Michel pour lui demander à quelle heure j'arrivais, c'était tout bête. Il n'a rien dit pour la vente, mais ce n'était pas difficile d'en arriver à cette conclusion.

Tant pis, et merde.

Je suis partie avec un sentiment d'absolue liberté, le même que bien des années plus tôt, lorsqu'ado, j'avais voyagé seule pour la première fois, sentant que tout était possible, qu'on se sent voler, *mes chers parents je vole*, et que même la peur est bonne à vivre.

Antibes s'était effacée derrière moi au fil des voies rapides. Ma terreur, c'est la voiture, je guette les bruits mécaniques, les odeurs d'huile et de chaud. Je n'aurai pas assez pour payer la dépanneuse, et si la Ford tombe en carafe il faudrait que j'appelle Clara pour venir à mon secours. Et Michel voudra s'en mêler. Quand est-ce qu'il repart à Pornic, celui-là ?

Et puis j'oublie. Je dépasse Marseille, Montpellier, Carcassonne, me dépouillant de tout à mesure que je file vers une autre vie, soldant mes comptes avec celle d'avant.

Aux Moustiers, tout va s'arranger j'espère.

À Toulouse, je fais le plein et mange les sandwiches, les routiers s'étonnent de me voir seule, sans bagage, différente des voyageuses ordinaires. Qu'est-ce qu'une femme seule comme ça fait ici, comme une voleuse, une évadée, une marginale ? Qu'est-ce qui me donne cette allure-là ?

Les souvenirs réapparaissent à l'approche de Pornic. Manon et Clara, petites, leurs petits visages, leurs voix, et elles qui jouent, mes énervements, le regret de toutes ces choses pas faites avec elles, tous ces moments où j'aurais dû lâcher le quotidien pour leur donner du temps tout simplement, mais je ne l'ai pas fait ou j'ai écourté pour d'autres choses sans intérêt. Quelles choses valent mieux que ces choses-là ? C'est trop tard maintenant, le film est sorti de la bobine, tout est emmêlé, il ne rentrera plus dans la boîte, il ne sera plus jamais projeté, tout ça prendra la poussière quelque part sur une vieille étagère.

Manon est morte, tuée par un fou. Clara sera toujours une étrangère, comme sur un chemin parallèle. Je m'en détache toujours plus au moment où elle attend plus d'amour.

Je pleure, sans lâcher le volant.

La nuit est tombée depuis longtemps lorsque je sors de l'autoroute, l'esprit vide, retrouvant les maisons blanches, la campagne noyée d'ombre, ma campagne d'autrefois.

Christian n'a pas changé. Enfin, presque pas.

C'est bizarre de le revoir, tellement grand et épais, avec sa moustache gauloise et ses gros yeux mouillés, bleus. Ses deux énormes bras sortent d'un tee-shirt sans manches, deux troncs d'arbre. Il n'est que force ; je suis presque sûre que le trophée à l'accueil n'a pas bougé : un maillot de rugbyman dédicacé par des joueurs de l'équipe de France, exposé sous verre. Il ressemblait à un torse humain épinglé au mur. Tu as fait bonne route ? Ça va. Un peu crevée mais ça va.

Il a l'accent chantant de Toulouse, autrefois il avait un associé, un homme plus âgé à la joue couturée d'une grosse cicatrice. Il est parti à la retraite du jour au lendemain, disparu comme s'il n'avait jamais existé. Ce curieux épisode me fait sourire et, se méprenant, Christian me sourit aussi en me faisant la bise, penché sur moi comme une tour. Il est tout ici, shérif, comptable, assistante sociale, terrassier. Un homme à tout faire travaillait ici avant, un vieux hippie échoué là, qui jouait de la guitare, lui aussi à la retraite, englouti dans le fatras du passé.

— Ça a changé ici.

— Eh oui, t'as vu.

Ils ont refait l'accueil, les douches, construit une piscine, ce qu'il m'explique en me couvant des yeux. Je te montrerai demain. Toi, tu as pas changé.

Dans sa voix, de l'admiration, sincère, qui me surprend. Je suis vieille et desséchée, pourquoi ne pas le dire ?

— Je t'ai fait aérer le mobil-home. Tu veux manger quelque chose ?

— Je vais dormir, je suis crevée, merci.

Il tient à m'accompagner dans les allées vides, les fourmillements de la voiture encore en moi. Le ressac bruisse, le vent est frais, plein d'iode et de vent, tout baigne dans l'ombre sauf une lumière au-delà du treillage en claire-voie, l'éclairage public du lotissement. Je reconnais la barrière de mon mobil-home, presque émue, son mini-jardin sans fleur ni mauvaise herbe. On dirait un château abandonné que de fidèles serviteurs entretiennent toujours.

— Tu me diras un peu ce que tu deviens.

— Bien sûr. Demain, d'accord ?

Seul le contour de sa joue m'apparaît, baigné d'une lumière bleue lointaine, sa joue rude qui fait naître en moi l'envie d'autre chose. Il a l'air emprunté, hésitant, comme un ado timide – qu'il soit un géant de quatre-vingt-quinze kilos ne change rien. Je voudrais presque qu'il s'approche, qu'il m'entoure de ses bras, se pose sur moi, que je l'accueille…

Tout s'efface en un éclair. C'est absurde.

— Bon, j'ai réfléchi, dit soudain Christian. Je te cache pas, 23 000, c'est beaucoup. Enfin c'est trop, je te le dis. Et puis c'est pas le bon moment pour acheter. Moi, je te le prends, mais seulement 11 000, pas plus.

Ses petites mimiques, ses hésitations, c'était ça. Il calculait simplement le meilleur prix, au mieux de ses intérêts. Une colère froide me prend, je passe devant lui jusqu'au petit marchepied.

— On en reparle demain.

Un chant d'oiseau m'a réveillée.

Il me faut quelques secondes pour me raccorder à ce décor en plastique, ces vitres opaques et ces coussins fatigués, aux motifs violine. Puis, je revois la journée de la veille, le long trajet plein de soleil, et dans l'ombre, comme un mauvais coup de théâtre, la proposition de Christian.

11 000 euros. Ce n'est pas assez.

Après la douche – Christian a fait installer une bouteille de gaz et je savoure l'eau chaude –, je franchis vite le portail, à pas énervés. Rien n'a changé jusqu'au centre du village, même pas l'odeur du chemin, comme en été, bruyère, sel et vent. Des fantômes m'accompagnent, les filles qui marchent trop vite, qui rigolent avec leurs petits tee-shirts, et le petit chien que nous avons gardé des années. Il est mort au camping, justement, écrasé sous une voiture qui manœuvrait. Aujourd'hui encore, il me suffit d'y penser pour que mes yeux se mouillent.

Bref.

La supérette n'a pas changé non plus, on dirait que les mêmes produits sont en rayon depuis les années 1970, avec les mêmes emballages. Au début, on me scrute comme si je me promenais toute nue avec un chapeau de paille. Dix minutes plus tard c'est le contraire, je suis invisible. Je m'achète de quoi tenir le long de la route, Laon, c'est à presque sept cents kilomètres de là. Où je logerai sur place, aucune idée ; ça dépend de ce que j'obtiendrai de Christian, et je sens déjà qu'il ne voudra pas lâcher grand-chose. Il m'horripile, je le sais méticuleux, il va vouloir un notaire, un virement, des choses longues et compliquées.

Des détails me reviennent et m'irritent. Sa manie de calculer les ampoules, la consommation en eau, de tenir les comptes. Il aime l'argent, comme un carnassier aime le sang, et il a compris que j'en avais vraiment besoin, de cet argent, et que le mobil-home est à peu près mon seul moyen de m'en procurer rapidement.

De retour au mobil-home, je range tout et j'envoie un SMS à Clara – elle ne répond pas, je lui téléphonerai ce soir. Je sors les carnets et les crayons Bic que je viens d'acheter, les pose sur la table en bois stratifié, comme j'alignerais mes armes, dans un rayon oblique, brûlant.

Ce soleil chaud réveille d'anciennes visions, toujours mes petites revenantes. C'est l'été, les filles jouent dehors et des cris nous attirent. Une guêpe avait piqué Clara, et bêtement j'ai crié sur elle, je trouvais qu'elle en faisait trop, elle m'avait toujours un peu énervée à toujours vouloir être propre sur elle, à tant se soucier des apparences.

Ensuite je m'en étais voulu, pour nous rabibocher, Michel nous avait payé des glaces sur le bord de mer. J'essaye de me souvenir de la voiture qu'on avait dans ce temps-là, sans savoir pourquoi.

Et, chassant ces idées, je commence à noter.

D'abord, Bonnamy à l'hôpital d'Antibes.

Mais non, pas comme ça. La chronologie. Je dois tout raconter dans l'ordre. Le début fait mal, mais tant pis.

« Maman, je t'appelle. Ça ne va plus du tout avec Simon. Il a des problèmes à la clinique, il me fait payer. Il me fait peur. Je voudrais que tu viennes me chercher. »
L'appel a eu lieu à 3 h 20 du matin.

J'ai pris mon petit déjeuner vers 7 h 15 avec Clara, qui devait partir à Nantes. Clara est partie à Nantes en voiture, entre 7 h 50 et 8 heures.
J'ai vu le message vers 8 heures, juste après avoir allumé mon téléphone.

Mon premier travail m'exaspère, la page chargée de ratures, de flèches, de mots nerveux et penchés, ceux d'une dingue. Je roule la page en boule. Et je sursaute au plafond, tout tombe au sol, le carnet et le stylo.

Clara. Je décroche.

M'entendant essoufflée, arrachée à mes songes, elle s'inquiète, me demande comment s'est passée la route. Tout va bien, je vais bien. Je sens pointer d'autres questions, que je préfère éluder. Mais oui le bébé va bien. Et toi, maman, tu dis presque rien. Moi, tout va bien, je t'ai dit. Et tu restes longtemps aux Moustiers ? Je sais pas ma chérie, je sais pas.

Le silence retombé, je dois me forcer pour revenir à ma page, vers mes fantômes.

Poser les faits, les dates, les heures, les noms.

Que vous sachiez.

Comme prévu, Christian est venu me chercher à la tombée de la nuit. Il a voulu se faire élégant mais sa chemise fripée lui va mal, les pointes du col à la fois trop larges et trop pointues, je me demande bien où il a pu l'acheter. C'est curieux de nous voir près du mobil-home allumé, presque seuls dans le camping, heureusement je ne me suis pas endimanchée comme lui, même pas maquillée, je lui en veux toujours pour sa pingrerie.

— Bon, alors comment ça va ? Dis-moi.

Il a servi deux petits verres de blanc sec, il fait tourner le sien qui paraît un accessoire de dînette dans ses doigts, le verre arrondi blanc de condensation. On s'est installés à l'étage au-dessus de l'accueil, dans une salle à manger aux murs froids, je réponds par bribes, fâchée et méfiante.

Il avait préparé des tomates en entrée, des grosses rondelles inégales avec une touche d'huile et pas d'épices. Pas un grand cuisinier mais ça doit être un gros effort pour lui.

— Et la petite Clara alors ?

Il savait pour le *suicide* de Manon, évidemment, et pour tout le reste aussi, ma séparation, mon départ de Pornic. Clara est devenue logisticienne pour une grande enseigne de bricolage, c'est bien mérité, elle a de l'ambition, elle est courageuse, elle compte bien monter en grade. C'est pour ça qu'elle est descendue à Antibes, et c'est là qu'elle a rencontré Greg, qui, lui, travaille dans l'automobile.

— Et toi, ta femme ?

C'est méchant. Sa femme, je sais très bien qu'elle a filé des années plus tôt avec un client de passage. Disparue, comme son associé.

Christian a cillé, vacillé.

— Pas trop de nouvelles.

Lorsqu'il est revenu de la cuisine, son expression s'était changée, verrouillée.

— Bon, pour le mobil-home.

Il pose son plat, deux cuisses de canard confites, luisantes de graisse sous le néon. Il ne doit pas souvent recevoir ici.

— Tu en penses quoi, de ce que je t'ai dit hier ?

— Tu te moques de moi. Ça vaut le double.

— Anne. Ça vaut pas le double. J'ai des offres, mais c'est 8 000 ou 9 000, pas plus. Écoute, je te propose 12 au lieu de 11.

— Tu te fous de moi.

Il m'avait servie mais je ne touchai pas ma cuisse de canard, j'aurais bien pris l'assiette pour la lui jeter à la figure.

— Il vaut 23 000. Pourquoi même pas la moitié ? J'ai besoin d'argent. Maintenant.

Il s'est levé, la figure adoucie, comme regagnée par des sentiments plus tendres.

— Je peux pas plus. C'est pressé ?

— J'ai besoin d'argent, je viens de te le dire. Tu veux quoi, Christian ?

— Moi, rien. Je te dis 12 000, c'est tout ce que je peux. C'est pour le passé, pour tes parents.

— Je ne vois pas ce qu'ils viennent fiche là-dedans.

Je pointe ma fourchette vers le faux plafond, jamais je ne le porterai à la bouche, jamais je ne le mâcherai, ce bout de viande soudain obscène et ridicule.

— Tu veux quoi ?

— Rien. Rien, Anne. J'essaye juste de t'aider. Ne crois pas que je roule sur l'or ici.

Il s'est levé, un pan de sa chemise sorti du pantalon. Quelque chose en lui le pousse à demander plus, enfin autre chose, je devine ce combat intérieur, son hésitation, son désir. Nos regards s'affrontent et je sens qu'il a honte. De retour dans le salon, il tient un paquet dans les mains, des billets de 50 euros. Il les pose sur la table tout doucement, comme s'il s'agissait d'un engin explosif.

— Ça fait 4 000. Le mobil-home, je te le prends 12. On signe les papiers, je te paye en trois fois.

— 12 000 euros ?

Il acquiesce. J'ai dû me concentrer pour me représenter la somme et les versements, trop troublée pour y parvenir d'un coup.

— Il faut signer des papiers ?

— Je les fais ce soir avec toi, je te les donne. Tu me les signes demain. Tu vois, tu as toute la nuit pour réfléchir.

Toute la nuit… De nouveau sa figure est changée, il est déçu, déjà nostalgique. Il sent que je ne reviendrai jamais.

— Tu es d'accord ?

D'un minuscule mouvement du menton, je fais oui.

— Je peux t'aider. Tu sais, je peux t'aider. Tu me demandes, et je t'aide.

Je suis sûre qu'il voudrait lever la main et me toucher, mais il ne bouge pas. Je l'aurais laissé faire, pourtant. Je crois. Mais il ne bouge pas et finalement, je lui en suis reconnaissante.

— Personne ne peut m'aider.

Puis après un silence :

— Merci.

7

J'ai étalé les 4 000 euros sur le lit, comme une braqueuse. Ça ne fait que de minces petits tas, j'ai la sensation de préparer un mauvais coup, cachée dans un hôtel en béton à côté d'un rond-point, en périphérie de Laon. Gris paysage, semé des toits plats des grandes surfaces autour. Après réflexion, je fourre les billets dans la poche de mon jean. Qui pourrait se douter que je transporte autant d'argent ?

Arrivée ici vers cinq heures du soir, j'ai perdu du temps à trouver l'hôtel que j'avais réservé depuis Les Moustiers. Je me suis renseignée dans le centre-ville, plus joli que ce que je supposais, avec ses vieilles demeures en pierre grise. Mes questions ont paru curieuses ; plus personne aujourd'hui ne demande son chemin comme ça. Finalement, j'ai trouvé une carte de la ville à la mairie.

Couchée sur le dos, je fixe le plafond blanc où se dessinent les images de la journée. Passer tout près de Paris m'a donné des idées de vacances, des souvenirs sont remontés. J'avais dû batailler contre Michel pour visiter la capitale avec les filles, il avait ses complexes de provincial. Au final, il nous avait accompagnées mais à reculons, il comptait les heures comme un détenu attend sa libération. Sa bouderie, ce mauvais petit épisode, s'est ajouté aux autres, au passif. Je me souviens d'une photo perdue depuis, carrée, aux couleurs vives. Manon sourit au premier plan, floue, Clara floue aussi derrière, avec leurs coupes au bol, leurs yeux pleins de rires. Au-delà, les toits s'étendent jusqu'à l'horizon, depuis le haut de la tour Eiffel. C'était un beau moment.

Le lendemain matin devant l'hôtel, le moteur de la Ford crachote, je redoute un moment qu'il cale avec ce froid piquant, cette rosée qui couvre tout, dans une odeur de champs. Mais elle démarre finalement et me mène bravement vers le bourg tout en brique où exerce Pierre Delaune. Mais j'avance avec appréhension : depuis mon départ d'Antibes, mon énergie s'est diluée.

L'angoisse de ne plus savoir quoi faire, de devoir renoncer.

L'angoisse d'être partie trop loin, de m'être perdue.

Tout s'amplifie au pied du cabinet. C'est en plein centre, le quartier notable avec ses demeures propres bien alignées. Il exerce seul dans un pavillon qui ressemble à un manoir, avec un perron à cinq marches, sous un porche élégant. Une plaque à l'entrée :

DOCTEUR PIERRE DELAUNE
MÉDECIN DES HÔPITAUX
MEMBRE DU CONSEIL DE L'ORDRE

Je me gare plus loin et j'attends midi et quart, l'heure de notre rendez-vous à la fin des consultations, un goût amer en bouche, j'en suis presque à craindre qu'un passant n'alerte les flics, me voyant crispée comme ça derrière mon volant. Le moment arrivé, il me faut un effort pour marcher le long du trottoir, endurer les regards que j'imagine depuis les fenêtres occultées de rideaux blancs, monter le perron. Je pénètre comme un fantôme dans cette maison aux relents d'encaustique, le parquet craquant, ornée de gravures de chasse anglaises aux murs, des barres de laiton sous la moquette dans l'escalier massif et sombre. Dans la salle d'attente, une Antillaise accaparée par son écran soulève une paupière.

Puis elle disparaît derrière une porte vitrée, me laissant seule, et d'autres minutes passent. Je dois me concentrer pour respirer, comme pour un geste tout à fait inhabituel. Il ne me recevra pas. Enfin si, il me recevra mais on en restera là.

— Madame Leclerc ?

Il se dresse devant moi, solide et épais, dans son pull de cachemire gris perle, incrédule.

Sans attendre ma réponse, il m'invite à le suivre. Tout est neuf et blanc, un ordinateur trône sur son épais bureau de verre, aux murs, des diplômes et des photos de personnalités – médicales sans doute. Ça ressemble presque à un décor, une publicité pour une clinique de riches.

— Vous n'êtes pas journaliste.

Ce n'est pas une question, mais un constat. Un reproche. Il a croisé ses mains sur la table, ses jolies pupilles vertes me détaillent. J'inspire, j'expire, essayant de maîtriser mon tremblement.

— Non. Je suis une mère. Bonnamy a tué ma fille, il y a dix ans. Voilà ce que je fais là.

Un silence, il se repositionne au fond de son grand fauteuil capitonné, les doigts joints masquant la bouche, perdu dans ses conjectures. Est-ce que vous vous rendez compte de ce que vous faites ? Je me rends très bien compte. Et qu'est ce que c'est d'abord, cette histoire ? C'était quand ?

Je me lance, embrouillée, remontant dix ans plus tôt jusqu'à l'appel de Manon dans la nuit, puis son pseudo-suicide, son assassinat en réalité, il l'a forcée à boire du whisky, à prendre des somnifères à haute dose puis à s'injecter du Tracrium. Et il a aussi tué trois vieilles dames à l'Ehpad à Royan, mais celle qui pouvait témoigner, il l'a tuée aussi… *et cetera…*

Son attitude se fait toujours plus méfiante. Il écarte les mains.

— Vous vous rendez compte de ce que vous me dites. Je suis membre de l'Ordre. Est-ce que... Est-ce qu'il y a eu des enquêtes ? Il a été inculpé pour tout ça au moins ?

— S'il avait été inculpé, je ne serais pas là. La police ne veut rien faire.

— C'est peut-être qu'il n'y a rien à faire.

Il croise à nouveau les doigts devant son visage, l'expression quasiment hostile. Évidemment ! Il est membre de l'Ordre, c'est gravé sur sa plaque à l'entrée. Jamais il n'aidera quiconque à faire tomber un confrère, j'aurais dû le comprendre, c'était une évidence de caste. Toute cette route pour rien, le mobil-home vendu pour rien !

— Au téléphone, vous m'avez dit qu'il y avait *des choses*...

— Je n'ai *rien* dit, madame Leclerc, j'ai juste dit que je préférais vous voir. J'ai cru que c'était quelque chose de sérieux, que vous étiez vraiment journaliste.

Sa voix, douce au départ, est plus métallique, plus en accord avec son apparence de paysan solide, de notable.

— Vous croyez que je ne suis pas sérieuse ?

Il bat des paupières, consulte sa montre, les plis aux joues durcis, et je surprends un pétillement d'agressivité au fond de ses pupilles.

— Donc, quand c'est un journaliste qui vous appelle, c'est sérieux. Et si c'est une mère, vous n'avez plus rien à dire. Vous m'avez dit qu'on ne pouvait pas se parler au téléphone, j'ai traversé toute la France, je suis là devant vous et je vous dis que ma fille est morte. Qu'elle a été tuée par cet homme. Et je viens vous demander de me dire ce que vous savez. Et vous n'avez rien à dire. Catherine Fréchet avait des choses à dire sur Bonnamy, il l'a tuée. Moi, j'ai vu Bonnamy au CHU d'Antibes, il s'est enfui le lendemain. Pourquoi d'après vous ? Pour rien ? Il est où, il va tuer où ? Ça vous est égal ?

Je me suis levée en même temps que lui. Tout est soigné ici, ordonné, pas un grain de poussière, tout est riche, je le vois bien en grosse berline ou en 4 × 4, ce serait bien le genre. Il a trop de choses à perdre s'il parlait, à commencer par sa réputation. On ne dénonce pas un confrère, surtout si la justice ne demande rien. Pourquoi me parlerait-il, à moi ?

— J'ai un déjeuner. Je ne peux rien vous dire. Pardon.

Il ne peut rien dire ? Il me contourne jusqu'à la porte. Attendez. Je dois partir. On se revoit à quel moment ? On ne se revoit pas, je n'ai rien à vous dire.

Au départ, sa voix me paraissait douce, un peu haut perchée, pas très virile, je me demandais s'il était capable de hausser le ton, de crier. J'ai ma réponse. Et je pressens aussi qu'il sait user de son autorité, s'il le faut. Ma rage ne me donne aucun avantage. Il est plus fort, plus rusé, je ne peux le convaincre, ni le forcer à rien.

Il me raccompagne, sous un soleil timide.

— Je ne sais pas où est Bonnamy, lâche-t-il sur le trottoir en guise d'adieu.

Alors que je m'éloigne, sa voix fait renaître d'un coup l'espoir.

— Anne Leclerc, c'est ça votre nom ?

Je me suis retournée, les joues rouges, il me toise, tel un bloc de glace.

— Le docteur Bonnamy a fraudé la Sécurité sociale. Moi, je n'ai rien d'autre à dire, c'est jugé. Mais renseignez-vous à la CPAM à Laon, rue Charles-Péguy. Demandez un monsieur Bako. Il a un prénom compliqué, Rafi ou Rafa quelque chose, c'est simple à chercher.

— Et ?

— Et allez le voir, c'est tout. Il sait peut-être quelque chose.

Il me plante là, sur le trottoir.

Bien sûr, personne n'a voulu me le passer au téléphone, ce *Rafi* ou *Rafa* Bako. Je n'ai même pas réussi à savoir s'il travaille encore à la Sécu de Laon. Oui madame, c'est pour quel service ? Ah bon. Non madame, on ne donne pas les noms. Non on ne passe pas d'appels personnels madame.

Peut-être qu'il n'existe pas, que Delaune m'a raconté n'importe quoi pour se débarrasser de moi. Ou bien qu'il est mort depuis belle lurette, après tout la fraude remonte à presque dix ans.

La batterie de mon téléphone meurt par surprise tandis que je recherche son nom sur Internet, sur le site web de la Sécu. Je lance l'appareil sur le siège passager, les nerfs en pelote.

Puis j'attends tout l'après-midi, garée sur le parking au pied du bâtiment de la CPAM, un genre de blockhaus en périphérie de Laon. À partir de seize heures, des employés s'en vont peu à peu, on distingue leurs têtes derrière la haie de troènes. La grille automatisée s'ouvre et leur voiture file dans la circulation, ça sent le trajet du quotidien, celui qui se fait les yeux fermés, aucun d'eux ne s'arrêtera pour répondre à une passante à la sortie du parking. Les questions, c'est par e-mail ou en rendez-vous madame. Mais c'est juste une question. Non madame, on ne peut pas, envoyez un e-mail, on répondra. Oui oui, bien sûr.

Les heures s'étirent jusqu'à ce que le froid s'installe dans l'habitacle, et que s'éteignent les lumières du bâtiment. Revenue à l'hôtel, je ne monte pas, frappée par l'idée que ma quête pourrait s'arrêter là. Aucune idée ne me vient, rien. Retourner voir Delaune ? Pour quoi faire ? Retourner à la CPAM, pour quoi faire ? Les employés ne sortent pas avec leur nom marqué sur le front, cette image m'a fait rire, un rire glacial et amer. J'ai vite avalé ce que j'avais acheté dans une épicerie, puis je remonte dans ma chambre sans âme, le couloir est propre et mat, silencieux, j'erre dans ce décor vide comme j'erre dans l'existence, sans but.

Le soir, mon téléphone enfin rechargé, j'ai écouté le message de Clara. Elle s'inquiète. Je repense à la dernière fois que je l'ai vue chez elle – une maman responsable, prudente et attentive, prête à tout pour protéger son bébé. J'espère qu'elle réussira mieux que moi. Devenue mère, son amour s'agrandit et maintenant elle se préoccupe aussi de moi, elle s'interroge sur mon brusque départ, elle doit penser que c'est une fugue de vieux désorienté, un truc sénile.

— Tu vas bien ?

— Mais oui je vais bien. Je te dérange ?

— Non, non.

Derrière, j'entends des éclats de voix. Je visualise presque Michel et Greg qui discutent de leurs travaux (en fait qui s'engueulent), de ce qu'il faudrait faire ou refaire.

— Papa a essayé de t'appeler. Il dit que tu es pas au camping…

À la fin de sa phrase, le bruit de la conversation derrière elle remonte. Ma gorge se serre.

— Mais si, je suis au camping.

Un silence s'installe, le sang frappe sourdement sous mon crâne.

— Qu'est-ce que tu fais maman ?

Le son de mon vieux téléphone a beau être mauvais, je sens bien l'émotion qui altère sa voix, sans bien comprendre pourquoi sur le moment. Ce qui monte surtout, c'est mon exaspération contre Michel, cet imbécile qui me surveille comme si je lui appartenais encore. J'ai presque l'impression qu'il s'est approché de Clara pour épier notre conversation. Je gonfle la poitrine.

— Je ne fais rien, je me promène, c'est tout.

— Tu es sûre que ça va ? Tu vas pas faire de bêtises ?

— Quelles bêtises ? Mais non, ma Clara.

Elle semble au bord des larmes, et je comprends d'un coup. Ce qu'elle croit, c'est que je veux en finir… une fois pour toutes… Et si elle avait raison, si c'était la solution, la bonne idée ? Cet échange muet se prolonge, plus longtemps que les mots prononcés à voix haute, puis je passe vite à autre chose, au bébé, à la chambre qui sera terminée ce soir, pas de peinture, pas d'odeurs, on change les meubles la semaine prochaine.

Je sombre dans un sommeil abyssal. Le lendemain au petit déjeuner dans la salle commune de l'hôtel, un jeune couple échange des confidences par-dessus la table, des voyageurs pianotent sur leurs écrans de téléphone, une chaîne d'info en continu diffuse des images en boucle.

Et je rêve absurdement aux titres qui défilent en bas de l'écran :

La mère de la victime démasque un médecin tueur.
Dernières nouvelles : Bonnamy passe aux aveux.

Aussitôt surgies, ces pensées ridicules disparaissent.

Personne ne me croit, personne ne m'aide. Ça n'arrivera pas. Jamais. C'est Clara qui a raison, je ferais mieux de rentrer, de recommencer quelque chose avec elle, une vraie nouvelle vie. L'argent du mobil-home pourrait l'aider à changer d'appartement, à en acheter un, pourquoi pas, pour elle, Greg et le bébé, c'est un début d'apport, non ?

Le reste de la matinée s'écoule lentement. J'ai tenté un nouvel appel à la CPAM depuis ma chambre, nouvel échec. L'opératrice ne s'énerve jamais, polie comme un galet au fond d'un ruisseau. Je me gare à proximité, de loin, je vois des gens entrer et sortir du bâtiment, des mamans avec leurs poussettes, des immigrés, des gens pauvres, âgés, préoccupés. Je pousse les portes à mon tour, inspirant un grand coup devant la première hôtesse, celle qui fait le tri parmi les demandeurs.

— Je veux voir monsieur Bako. Est-ce qu'il travaille ici ?

— Je n'ai pas à vous dire qui travaille ici ou pas madame. Vous avez rendez-vous ?

C'est une grande nana qui flotte dans son tee-shirt, elle me fait face, épaisse et sûre d'elle, avec son collier de bois sombre qui cliquette sur sa poitrine, bloc impossible à contourner ou à bousculer, à convaincre. Son indifférence m'insupporte. J'insiste. Je voudrais juste savoir si monsieur Bako... Est-ce que vous avez rendez-vous ? Oui. Ça n'apparaît pas, non vous n'avez pas rendez-vous. Mais est-ce qu'il travaille ici ? On ne donne pas de noms, madame. Ah bon, c'est un secret. C'est quoi ici, c'est la CIA ? On est chez les agents secrets ?

Elle sursaute, un pli vertical né entre ses sourcils, elle doit ordonner ses pensées. Elle a forcément suivi une formation, du style : *comment gérer un comportement agressif – comment désamorcer les conflits – à quel moment appeler la sécurité et comment.*

Je me lâche, je braille. Madame s'il vous plaît. Une autre employée accourt, plus âgée, les motifs de son corsage en synthétique me font mal aux yeux, puis un bonhomme en chandail de pompier, un Africain qui me pousse du ventre vers l'extérieur. Il est agréablement parfumé, lourd comme un menhir. Des usagers se régalent ou s'effraient du spectacle, une jeune fille violemment fardée sort son portable et filme.

Je hurle, je gesticule, on me pousse en arrière et il faut me menacer d'une intervention de la police pour que je renonce et que je parte enfin en claquant des talons, et je m'enferme dans mon habitacle, heureusement personne ne m'a suivie, et je me mets à marteler le volant, la paume de la main qui claque contre le vieux plastique, exactement comme dans les films.

Longtemps après, je reprends mes esprits, il pleut doucement et le pare-brise s'embue, et c'est tant mieux parce qu'ainsi personne ne me voit. Il fait presque froid, j'ai dû m'assoupir, mes somnifères me manquent, je voudrais dormir des mois, ne pas souffrir autant, ne pas autant déplorer mon impuissance et ne pas autant vouloir me venger.

Quelqu'un m'a appelée au moment où que je faisais ma dingue à l'accueil de la CPAM. Un numéro que je ne connais pas.

J'ai trouvé facilement ce que je cherchais, tout s'est passé au téléphone.

Un hôpital à Sfax, en Tunisie. Enfin, pas un hôpital, une sorte de dispensaire, ils ont des médecins là-bas mais pas autant qu'il faudrait, donc ils n'ont pas trop posé de question, ils ont tout gobé. Maintenant je suis le docteur Delalande, j'ai beaucoup travaillé en gériatrie, j'ai beaucoup gagné d'argent, assez pour deux ou trois vies, maintenant je veux me dévouer, aider. J'ai de grandes connaissances, de l'expérience et du temps.

Au téléphone, le directeur a paru convaincu. Je l'ai inondé de références, mon passage comme médecin au Raid. Mais je ne peux pas tout vous dire, c'est trop confidentiel. Oui bien sûr, docteur, je comprends. Mon travail aux urgences, ma spécialité en gériatrie, j'ai longuement détaillé mes états de service – sans évoquer les petits pépins bien entendu. Deux jours plus tard, je lui ai envoyé les pièces, certificats divers, recommandations, diplômes, avec un bon logiciel tout est possible. J'ai fait jouer sa fierté d'embaucher un super-spécialiste de France, sa fierté d'ancien colonisé qui débauche un grand clinicien français.

Réjouissant crétin.

En fait, croiser cette bonne femme ce n'était pas si mal, je m'encroûtais en quelque sorte, ce n'était plus amusant.

Ce soir, le ciel se teinte de mauve, engloutit les collines, un vent frais fait ondoyer la nature. Assis sur ma terrasse je ferme les yeux, et je fais le compte. Ça commence à faire. Et ils n'ont rien vu. Personne n'a compris. Personne, sauf cette grosse dinde à Royan, mais ils ne l'ont pas crue, je ne sais même pas s'il faut s'en réjouir. Finalement, ça aurait changé quoi ?

De toute façon je me suis occupé d'elle…

En attendant de partir, je ne fais plus rien. Seul, je ne m'ennuie jamais, c'est toujours mieux qu'avec d'autres. Mes soirées s'écoulent à écouter de la musique, ou à m'écouter moi-même, je me tiens de très longs discours, des discours brillants qui étonnent la terre entière, je communique avec le monde, avec les vivants et les morts. Lorsque j'en ai assez de la terrasse et de moi, je rentre et je trie mes papiers, je les trie vraiment comme j'aime et comme il faut, c'est très long. Je sais, c'est idiot parce que je foutrai tout en l'air avant de partir. Mais j'aime ça.

Parfois je bois un soda en feuilletant mon album, le seul objet qui m'a toujours suivi partout. Jamais je ne l'abandonnerai, celui-là. Je le feuillette certains soirs avec des frissons dans le dos, autour du sphincter et de l'entrejambe puis partout, meilleurs que tous les frissons du monde, c'est le frisson des initiés, de ceux qui sont passés de l'autre côté comme moi.

Delaune m'attendait, caché dans un coin du salon de l'hôtel, l'air d'un homme infidèle qui tremble de croiser une connaissance. Il se lève sans oser me serrer la main, étrangement frappé d'étonnement, comme si j'avais changé d'apparence.

— Alors ?

Je lui fais signe de s'asseoir. Plus loin, un client s'installe dans le point Internet en nous jetant des regards en coin.

— Alors, quoi ? C'est vous qui m'avez rappelée, non ? Qu'est-ce que vous voulez ?

Il me jauge un bref instant, à nouveau froid, massif. Je n'avais pas remarqué jusqu'alors sa carrure de catcheur.

— C'est vrai, c'est moi qui ai appelé. Mais je veux d'abord savoir ce que vous savez, vous.

Sa demande ne me surprend pas. Logique après tout. Donnant-donnant. Donc, je lui raconte tout, depuis le premier appel de Manon, en pleine nuit, jusqu'à ma tentative pathétique, à la CPAM la veille. Pendant tout ce temps, il tente de cacher son trouble derrière ses doigts joints.

— C'est de ma faute, je n'aurais pas dû vous envoyer là-bas. La Sécu ne permet pas aux affiliés de parler directement à ses employés. Ils ne peuvent pas se permettre.

— J'ai vu, merci.

Trois voyageurs prennent leur chambre au comptoir, des ouvriers d'une société de maintenance en ascenseur, en uniforme, ils paraissent bien s'amuser.

— À vous maintenant. Vous m'avez appelée, qu'est-ce que vous vouliez me dire ?

Delaune se racle la gorge, embarrassé. Il commence par me décrire sa rencontre avec Bonnamy, comme on confesse un gros péché. C'était en 2000 (je calcule en moi-même ; donc, juste après son départ – sa fuite – de Royan). Manicamp, m'explique Delaune, est un désert médical. À l'époque, ils cherchaient désespérément un spécialiste en gériatrie ou un généraliste. Entre nous, ça n'a pas changé depuis. Et donc Bonnamy s'est présenté. Oui. Il était les deux à la fois, gériatre et généraliste. L'homme de la situation.

On lui avait fait un pont d'or : un salaire fixe de 6 000 euros net garantis, une aide à l'installation de 30 000 euros, une autre subvention pour payer une partie du loyer et des charges, la secrétaire à plein temps rémunérée par le département.

Bonnamy avait accepté, du bout des lèvres. Au téléphone puis en rendez-vous, il avait retracé son parcours à grands traits, d'abord la faculté, puis les urgences, puis la médecine militaire, puis la géronto dans divers Ehpad, mais il *aimait bouger*, alors il avait souvent changé.

Je considère Delaune avec presque de la commisération. Il semble au bord des larmes à présent. Bonnamy l'avait envoûté, charmé comme un astre noir, comme on est attiré par le mal, il ne s'était rendu compte d'absolument rien.

— Je n'ai pas compris… qui il était vraiment. Il a donné le change, vous n'avez même pas idée. (Oh si, j'ai une idée !) Au fond de moi je voyais bien que quelque chose clochait, en fait rien n'était vraiment détaillé dans son CV, il donnait des dizaines de noms d'hôpitaux, mais jamais celui du chef de service. Dès qu'on demandait une précision, il noyait le poisson, ça durait des heures. Mais… Je ne sais pas, on l'écoutait. On l'a tous écouté, moi le premier. Vous comprenez ?

Il me fixe avec insistance, comme s'il attendait que je lui accorde mon pardon. Les formalités d'embauche avaient été minimes : Bonnamy devait simplement être à jour de ses cotisations à l'Ordre des médecins. C'était le cas. Personne ne lui avait demandé un extrait de casier judiciaire.

Très vite, donc, Delaune avait déchanté. D'abord l'assurance de Bonnamy lui déplaisait, ses façons brusques, même si bizarrement cela rassurait les patients. Il leur jetait un coup d'œil en quelques secondes, posait les diagnostics presque aussi vite, signait les ordonnances en rafale et les congédiait, sec et cassant.

Ensuite il l'avait harcelé pour intégrer le Samu, afin d'y faire des vacations. Il se vantait d'avoir exercé comme ambulancier de premier secours en Belgique.

— Ça revenait sur le tapis à tout bout de champ. Il répétait sans arrêt qu'il aurait pu être médecin militaire, ou médecin du Raid, des choses comme ça, mais il n'avait pas voulu…

— Il vous a dit où, en Belgique ?

— Je ne sais pas. En tout cas il en parlait sans arrêt. En Belgique francophone, vous ne croyez pas ?

Je hausse les épaules. Qu'est-ce que j'en sais ? Un ange passe, et je comprends qu'il ne m'a pas tout dit. Qu'il a du mal, qu'il doit se faire violence pour en venir au fait.

— L'affaire. Enfin les affaires… Voilà, ça s'est passé au Samu. Au Samu de Laon, dit-il avec peine, ses grosses épaules affaissées.

De prime abord, Bonnamy semblait avoir les qualités pour opérer dans un service d'urgence, sang-froid, rapidité. Mais ce n'était que de l'indifférence et de la brutalité.

— C'était un mauvais urgentiste, voilà.

— Et alors ? Ce ne serait pas le premier non ?

Delaune avale sa salive, mortifié, des rougeurs au cou.

— Vous ne comprenez pas. Un jour, il y a eu un accident de la circulation. À un endroit où il y en avait souvent, après un carrefour, enfin bref, ça ne change rien. Quand ça s'est passé, je n'étais pas de permanence mais je suis quand même venu, en renfort. Bonnamy était déjà sur place, dans le camion du Samu. Les pompiers m'ont dit qu'il n'y avait qu'un survivant, assez gravement blessé. Polytraumatisé, la hanche cassée, les côtes, la rate défoncée, en détresse respiratoire et tout ça, pas beau à voir. Mais d'après eux il allait s'en sortir, il avait une bonne tension, encore solide. J'ai voulu le voir, mais quand je suis arrivé dans le camion, j'ai vu Bonnamy en sortir. Le type venait de *passer*. Passer, c'est ce qu'il a dit. Il est parti comme ça, tranquille. Je n'ai pas compris. Je suis monté dans le camion. Le type était mort, il l'avait laissé. À poil sur son brancard. Ensuite il n'en a plus jamais parlé.

— Passé ? Comment ça, passé ?

Il ne me répond pas, honteux, comme s'il sentait encore sur lui les pupilles bleues de Bonnamy, comme entendant encore son pas sec s'éloignant dans la nuit, dans un décor d'accident et de mort.

— Je ne comprends pas. C'est lui qui l'a tué ?

Ma poitrine palpite, j'ai envie de me lever, de boire quelque chose, mais je crains trop que Delaune s'arrête, il a les yeux baissés, marmonnant plus qu'il ne parle et donnant l'impression de vouloir se lever et tourner les talons.

— Le pompier l'a vu ausculter le blessé, il l'a vu injecter quelque chose mais il ne savait pas quoi. Il n'avait pas très bien vu en fait, il n'était pas sûr pour l'injection. Et voilà, le blessé est mort. Ça arrive, mais ce n'était quand même pas très normal, il était en état de choc, mais pas si abîmé que ça, une bonne tension, un type solide, jeune. C'était un ouvrier chauffagiste à Noyon, il avait trente, trente-cinq ans…

— Vous n'avez rien dit ?

— Dire quoi ? Plus tard je lui ai demandé de m'expliquer ce qui s'était passé. Ça l'a pas mal énervé, il m'a dit que la tension était subitement tombée, et *paf*, le cœur avait claqué. Qu'est-ce qu'on y peut ?

Je fixe la moquette, même pas surprise. Une histoire éculée, déjà cent fois entendue.

— Vous pensez qu'il lui a injecté un produit ?

— Je ne me suis pas posé la question. Pas sur le moment en tout cas. Mais je le trouvais mauvais médecin, ça c'est sûr. Mauvais et bizarre.

— Et la famille ?

— La famille du chauffagiste ? (Il hausse ses grosses épaules). Qu'est-ce que vous voulez qu'elle dise, la famille ? Il était à cent vingt sur une route limitée à soixante-dix, on a trouvé ça dans les boîtiers électroniques de sa voiture. Il avait deux grammes dans le sang, c'était de nuit sous un début de neige et il avait tué deux femmes, une maman et sa belle-mère en face. Qu'est-ce qu'elle aurait fait, la famille ? Porter plainte contre le médecin du Samu ?

L'autre histoire était un peu similaire. Un homme d'une soixantaine d'années était arrivé au CHU de Laon, amené par le VSAB des pompiers. Douleurs thoraciques, arrêt cardiaque, réanimation, arrivée aux urgences dans un état stabilisé. Bonnamy l'avait pris en charge, ce retraité, gros bonhomme tout petit à la peau jaune, qui vivait avec sa femme dans un deux-pièces du quartier Champagne, à l'est de la ville. Tout juste entré dans le box, Bonnamy était ressorti en coup de vent. Et là Delaune l'avait croisé, et il lui avait dit que le bonhomme était *passé* – un tic verbal décidément.

Cette fois-là non plus, pas de plainte. Après tout, un bonhomme de soixante-dix-huit ans en surpoids, sans activité physique, lourd antécédent de fumeur et de buveur, et les artères dures comme des spaghettis pas cuits... Il était mort d'un arrêt respiratoire et voilà. *Paf.*

Seulement, les deux fois Bonnamy s'était retrouvé seul avec le patient juste *avant son décès*. Les deux fois Delaune l'avait croisé quittant la chambre d'un air glacial, traînant dans son sillage le souffle de la mort, c'est en tout cas ce qu'il ressentait. Après coup du moins.

Et donc, il n'avait pas été plus loin, ce pour beaucoup de raisons. Tout le monde a toujours ses raisons, j'ai dit. Il a acquiescé, pas fier. Oui, tout le monde a ses raisons. Simplement, il s'était arrangé pour qu'on arrête de donner des vacations du Samu à Bonnamy, tant pis si ça désorganisait le service. Les soignants n'avaient pas protesté, d'abord parce que le blond était arrogant et désagréable, aussi parce qu'ils s'en méfiaient, comme s'ils flairaient en lui quelque étrange maladie. Delaune l'avait aussi exclu de son cercle de notables, après tout ça arrive qu'on ne fréquente plus quelqu'un. Il cherchait aussi à l'écarter du pôle médical, ça, c'était plus délicat, il ne pouvait ni n'osait en parler ouvertement au Conseil de l'Ordre. Il se contentait donc de lui savonner la planche et de l'éviter, ça se voyait et par mimétisme, les autres notables le fuyaient aussi.

Après l'épisode de la Sécu, ça n'avait pas traîné. Delaune n'attendait qu'un prétexte, ainsi, Bonnamy avait été suspendu, bien plus vite que s'il s'était agi d'un confrère local, enfin, d'un confrère estimé.

— Vous croyez vraiment qu'il les a tués ?

— Oui. J'en suis sûr et certain.

— Mais vous n'avez pas de preuve.

Un silence. Il me scrute, à la fois penaud et plein d'attente, comme un étudiant qui n'a pas révisé pour son examen.

— Vous allez faire quoi maintenant ?

— Qu'est-ce que vous voulez que je fasse ? Je ne suis pas la police. Vous pourriez témoigner, vous.

— Témoigner de quoi ? Je n'ai rien vu.

Il papillote des yeux, j'y entrevois tout son renoncement, son soulagement lâche de savoir Bonnamy disparu, sa panique rétrospective aussi, après tout c'est lui qui l'a embauché et on pourrait le lui reprocher. Je crois bien qu'il me ferait renoncer à ma quête s'il en avait le pouvoir.

— Merci pour le café.

Il me rattrape devant l'ascenseur, me tend un papier.

— Si vous voulez joindre Bako. Ce sera plus facile.

Je me redresse, avec l'envie de lui crier dessus, de l'insulter. C'est comme ça alors. Lui, il s'en lave les mains et il retourne à ses petites journées tranquilles. À moi d'enquêter seule et de prendre les risques. Il ne lèvera pas un pouce pour m'aider.

Je me raidis.

La porte de l'ascenseur coulisse dans un bruit de métal.

8

J'ai attendu plus de deux heures devant l'immeuble, assise dans la Ford. Dans la rue et tout autour se dressent des immeubles carrés et courts, au milieu d'espaces verts, enfin, plus exactement gris, cernés de voitures alignées.

Parfois je relis le papier que m'a donné Delaune.

Ramatola Bako, référent technique Lutte contre la fraude, CPAM.
Ligne directe : 03 23 22 30 98
Sa sœur : Tsiky Bako, 38 rue de la Hurée

Mais ce numéro de ligne ne fonctionne plus à la CPAM, je fais donc le guet rue de la Hurée.

Dès que je l'ai vue, j'ai su que c'était elle. Tsiky Bako porte un imper trois quarts, et dessous un tee-shirt à motif pailleté, mais avec l'allure d'une déesse indienne, de longs cheveux lisses, de grands yeux noirs, étirés, veloutés.

Je me présente. D'abord elle sursaute, sur le recul, la main sur la porte et d'autres habitants défilent entre nous, souvent des femmes avec des enfants en poussette, elles se saluent aimablement. Vous êtes madame Bako ? Oui. Qu'est-ce que vous voulez ? J'ai eu votre nom par le docteur Delaune, de Chauny, vous connaissez ? Il est généraliste.

Elle secoue la tête sans comprendre, j'insiste pour qu'elle sache mon histoire, qu'est-ce qu'elle risque à m'écouter ? C'est important, très important. Elle réfléchit puis hoche la tête, bienveillante, et me fait signe de la suivre jusqu'au deuxième étage sans ascenseur, et nos pas résonnent dans la cage d'escalier remplie d'odeurs, pas très propre. À peine arrivés dans son petit trois-pièces, un garçon d'une dizaine d'années passe le nez à la porte du salon et repart aussitôt.

C'est le petit, le grand est au foot. Vous voulez un thé ? Quelque chose ? Non rien, merci. Asseyez-vous là, vous n'allez pas rester debout.

Elle range des choses dans la cuisine. Je n'arrive pas à lui donner un âge, sa peau est brune, dorée foncée, lisse avec des ridules aux coins des yeux, son expression mélancolique.

— Vous me racontez ça ? Après je vais devoir préparer le dîner.

Son rangement terminé, elle reste debout face à moi assise, dans sa cuisine rendue plus étroite encore par l'invasion d'ustensiles, de magnets, de dessins d'enfants, de boîtes, de piles usées et d'ordonnances, de photos d'enfants ou d'un vieux couple à la peau sombre, ça sent bon la pomme et la cannelle.

Je raconte, émue, palpitante, il me semble qu'elle me comprend, je ne sais pourquoi. Je lui dis tout, un flot de parole pour évoquer Manon, Bonnamy qui l'a assassinée, l'absence de preuves et de poursuites, l'indifférence, l'inertie de la police et des différentes institutions.

— Et vous pensez que mon frère sait quelque chose au sujet de la… mort de votre fille ?

— Pas sur ma fille. Sur Bonnamy. Il a exercé à Manicamp, tout près de Laon. Il y a environ dix ans.

Tsiky Bako se tait un instant. Puis sourit.

— Alors c'était vous ?

— Moi ?

— La dame de la CPAM. Ramatola m'a raconté qu'une… folle voulait le voir, c'était vous à l'accueil ?

Une vague de honte me parcourt les joues et le dos, je baisse les yeux sur ses ongles rouge vif qui tranchent sur la toile cirée. Du dehors montent des bruits de scooter, des cris d'enfants devant le hall d'immeuble, des pas qui montent et résonnent.

— Il va être dans tous ses états.

Elle sourit de nouveau, me raconte son frère, trente-trois ans, né à Madagascar dans un port miteux écrasé de soleil et de pauvreté, même leurs tongs étaient d'occasion et dépareillées. Ils ont dix ans d'écart. Elle s'était installée la première en France chez un oncle, puis Rama était venu habiter avec elle, à peine âgé de cinq ans. Maintenant toute la famille vivait en Picardie. Rama était devenu enquêteur à la CPAM, un bon poste, mais il gardait de cet exil initial un malaise, une inquiétude, une quasi-certitude qu'il ne méritait pas tout ça.

Son sourire est un peu nostalgique à présent, et elle me demande d'attendre, le temps qu'elle appelle son frère. Je te dérange ? C'est important Rama. Non pas demain, maintenant. Viens maintenant.

Le tout a duré moins d'une minute, c'est assez pour que ma gorge se serre, que mes yeux se mouillent. Pour la première fois, quelqu'un me comprend, accepte de m'aider, une maman qui se met un peu à ma place, qui réalise à quel point mes remords et l'absence de Manon me font souffrir.

— Il va être dans tous ses états, elle me redit.

Puis elle lance le dîner pour elle et sa famille. Je la regarde couper des poivrons, des oignons, un fumet d'huile frite envahit l'espace, je suis ailleurs, dans le quotidien d'une famille normale, un quotidien oublié depuis des siècles.

Ramatola Bako arrive dix minutes plus tard, il fait la bise à sa sœur et entre d'une démarche feutrée, on dirait qu'il a vingt ans dans sa tenue de sport, qui me surprend. Il est couleur café lui aussi, sa barbe de trois jours taillée au micron près, comme celle d'un prince de Bollywood, mais l'œil sombre d'un Bouddha qui aurait vécu cent vies.

— Je ne peux rien vous dire. C'est confidentiel.

C'est la première chose qu'il me dit.

Il se tient sur le reculoir, debout à l'entrée du salon tout aussi désordonné que la cuisine, un canapé, un immense écran plat, une table basse en verre et des objets partout. L'autre garçon de la famille passe à cet instant, un ado en tenue de sport qui traverse la scène en silence sans paraître voir personne, comme en lévitation.

Sa sœur nous observe depuis la porte ouverte de la cuisine. Nous rejoint. Tu ferais mieux de lui dire, Rama. Lui dire quoi ? Je n'aurais pas dû venir. Maintenant que tu es là, tu ferais mieux de raconter. Tu ne risques rien. Bien sûr que si.

De quoi parlent-ils ? Raconter quoi ? Je me tais, craignant que le moindre mot casse le fil, rompe le charme. Bako étudie sa grande sœur d'un air désapprobateur avant de pousser un petit soupir. On ne peut pas parler ici. Ça ne fait rien, allez parler ailleurs. De toute façon, nous, on dîne. La dame vient d'Antibes exprès pour toi. Tu dois lui parler Rama.

Bako semble lutter contre un démon invisible, l'expression nerveuse, il se mordille les lèvres. Finalement, nous ressortons sous un décor noyé de brume humide, les voitures perlées d'orange sous les lampes à sodium.

— Vous voulez quoi exactement ? C'est vrai que vous venez d'Antibes ?

— Oui c'est vrai.

Il n'ajoute rien. Nos pas nous conduisent jusqu'à la ville ancienne avec ses maisons de pierre et de brique, ses rues tordues, puis devant une pizzeria. À l'intérieur, c'est un faux décor champêtre avec ses poutres synthétiques au plafond et au sol, d'énormes carreaux, ça coûte moins cher à poser. Le restaurant est presque vide à part un couple et quelques clients qui prennent leurs commandes, dans des relents de fromage et de pâte trop cuite. J'en dis plus qu'à sa sœur, je parle aussi des morts suspectes à la clinique Saint-Pierre, de l'assassinat de Catherine, de la réapparition de Bonnamy à Antibes et de son départ inopiné. Je ne dis pas un mot sur les deux morts du Samu de Laon, pour ne pas trop l'effrayer.

Bako m'intrigue, attentif et ne posant que de brèves questions, sans jamais oser m'envisager et c'est dommage, parce qu'il a de grands et beaux yeux pleins de mystère.

— Bonnamy, moi, je ne l'ai presque pas vu.

Il découpe sa pizza en petits morceaux très symétriques, tous identiques.

— Dites-moi toujours ce que vous savez.

— En principe je n'ai pas le droit.

D'évidence, cette histoire lui pèse et je voudrais savoir pourquoi. *Tu ferais mieux de lui dire, Rama.* Dire quoi ? Ce n'est qu'une fraude, un médecin marron suspendu. Quoi d'autre ? Bako mastique méthodiquement en m'écoutant caqueter, paupières baissées.

Puis il parle.

La première fois qu'il a entendu le nom de Bonnamy, me dit-il, c'était neuf ans plus tôt lors d'un contrôle de routine à la suite d'une dénonciation par téléphone.

Vous devriez contrôler le docteur Bonnamy.

Une voix d'homme, lointaine comme s'il appelait depuis un champ en plein vent. Le contrôler pourquoi ? Vous êtes qui monsieur ? Il surfacture avec les numéros de Sécu. Il va ruiner la Caisse. Contrôlez. Vous verrez bien. La tonalité.

Bako avait raccroché à son tour, la gorge sèche. Pour bien faire, il aurait dû en référer à son autorité mais ne l'avait pas fait. Après tout, le règlement lui donnait le droit d'agir de sa propre initiative. Donc il avait contrôlé. Une erreur sans doute. À cette époque, Bonnamy exerçait depuis environ un an au pôle de santé de Manicamp, le fameux tout neuf, à la fois responsable des lits de l'Ehpad et généraliste.

— À première vue, c'était un cas tout bête. J'ai fait un relevé sur six mois, et sur six mois j'ai fait la moyenne, il consultait environ quatre-vingts patients par jour, je vous dis les chiffres de mémoire, ça donne cinq minutes par consultation, et parfois une minute.

— Des faux patients.

— Non, des vrais. Des vrais patients avec leurs vrais numéros de Sécu mais qui n'avaient pas consulté. Il entrait les numéros et il touchait le remboursement. Le préjudice, je ne me souviens plus. C'était quelque chose comme 50 000 euros. Et donc il a été suspendu.

Il termine le dernier huitième de sa pizza en commençant par l'extérieur.

— Et alors ?

— Et alors, rien. Ça s'est mal passé. Très mal. Il s'est défendu. Ça s'est mal passé.

J'en oublie de manger, d'un coup ma calzone me semble trop dure et salée, les olives n'ont aucun goût, du caoutchouc.

— Je ne comprends pas. Il a fraudé, oui ou non ?

— Oui. Mais d'habitude, les enquêtes pour fraude concernent des périodes plus longues, deux ou trois ans. Là, c'était seulement sur six mois. On m'a fait comprendre que c'était pas significatif, que j'avais été trop vite. Et aussi que j'aurais dû demander l'autorisation à mon chef.

— C'est vrai, vous avez été trop vite ?

Il avale une dernière bouchée avant de placer ses couverts dans l'assiette, bien parallèles, les yeux soudain remplis d'eau.

— J'avais parfaitement le droit. On a le droit de contrôler de notre propre initiative et il y avait fraude, ça c'est sûr.

(Il m'interroge pourtant du regard, comme pour vérifier qu'il a bien fait.) Je ne sais pas, ça pourrait être la dénonciation qui a embêté les gens. Les gens sont jaloux mais ils n'aiment pas les dénonciations, c'est comme ça. Pourtant sans ces trucs-là, on ne saurait pas grand-chose.

Il avale une gorgée d'eau puis s'essuie la bouche, surtout pour cacher ses larmes.

— Vous croyez qu'il était protégé ?

— Oui.

Ça vient du fond de la gorge, ses yeux scintillent toujours.

— Par qui ? Quelqu'un à la Sécu ?

— Je pense. Forcément au-dessus de moi mais qui, j'en sais rien.

Il se détourne, se frotte le nez de l'index replié. D'évidence, cette affaire l'a profondément touché, humilié. Le petit immigré fonctionnaire écarté par un notable, réduit au silence comme un moins que rien.

— Vous savez qui aurait pu le dénoncer ?

Un confrère, un patient, je n'en sais rien. Bonnamy était très autoritaire vous savez. On ne l'aimait pas trop. C'est important ? Oui c'est important. Vous pensez que ça pourrait être le docteur Delaune ? Le type de l'Ordre des médecins ? Je n'en sais rien, comment est-ce que je le saurais ?

Il considère un bref instant la sortie, avec de nouveau son masque de Bouddha impassible.

— Et il a été condamné à quoi ?

— À rien. Il n'a pas été condamné.

— Je ne comprends pas.

— Il n'y a rien à comprendre. La Caisse a retiré sa plainte et il n'a pas été condamné. Après il a disparu. J'ai voulu démissionner. Mais je suis resté.

Cette affaire-là m'a mis hors de moi, hors de moi. Hors de moi. Même si je ne l'ai jamais montré.

Delaune m'avait convoqué après l'enquête de la Caisse. Pour me gronder, ce pauvre type. On me dit qu'il y a des consultations d'une ou deux minutes, cinq minutes, quatre-vingts par jour. Quatre-vingts par jour. Ça veut dire quoi Simon ?

Je l'ai regardé sans ciller.

— Tu sais très bien ce que ça veut dire. Tout ça, c'est de la bobologie, les patients veulent être rassurés, voilà ce que ça veut dire. Tout ce qu'ils veulent, c'est un renouvellement d'ordonnance, ça prend trois minutes, tu le sais parfaitement.

— L'enquêteur de la Sécu dit que tu vois certains malades jusqu'à vingt fois par mois.

— C'est un con.

— C'est ce qu'il dit.

Ça lui coûtait de me parler, Delaune, son visage était tout contrarié, son regard anxieux me suit lorsque je me lève. Il me parle de *mesure disciplinaire*, de *suspension* pour laisser l'enquête se faire. Mais ne t'inquiète pas, c'est provisoire, mardi je suis au Conseil de l'Ordre, tu peux compter sur moi, je te défendrai. Oui bien sûr. C'est ça, bien sûr.

Je sors en claquant la porte. C'est pour lui qu'il s'inquiète, pas pour moi. Pour sa précieuse petite place au Conseil, au département, pour son image, ses relations. Je me doute bien qu'il cédera sous la pression, qu'au contraire il va profiter de mes problèmes pour se débarrasser de moi, vite fait bien fait.

Et tandis que je reçois d'autres malades, que je n'entends ni ne vois, je repense à mon arrivée ici. Ils étaient bien contents de m'avoir trouvé, que j'accepte ce poste de merde dont personne ne voulait, j'aurais pu aller n'importe où ailleurs. À la première petite suspicion d'un petit fonctionnaire de la Sécu, à la première pseudo-enquête, ils me suspendent. Ils se protègent.

Mon avocat s'appelle Charpier, le bâtonnier local. Un gros qui hoche le menton et les bajoues en me recevant, croyant m'en mettre plein la vue avec son bureau de ministre, qui donne sur une cour d'hôtel particulier, tout à côté du parvis de la cathédrale. Tout est fait pour épater le client, ses locaux dans un ancien prieuré douillet en pierre de taille, les dossiers empilés à hauteur d'homme dans le couloir, les livres de droit, sa robe noire suspendue au portemanteau perroquet.

Un gros imbécile qui ne m'impressionne pas, mais il est bon, paraît-il. Bien bien, fait-il de sa belle voix sans même s'intéresser à mon dossier.

Pourtant j'ai réuni au moins cent cinquante feuillets de notes, de pièces, de témoignages, d'attestations, je n'ai pas perdu un instant. J'avais tout mon temps, j'étais suspendu, je tournais en rond dans mon appartement du centre-ville. J'ai passé des jours et des nuits à décortiquer le code de la Santé, celui de la Sécurité sociale, celui du Travail, et comme il ne s'occupait pas de mon dossier, j'ai sorti un à un les papiers sous son nez, les articles de loi, ce bazar qu'il ne maîtrisait visiblement pas.

La procédure est trop rapide. Trop rapide. C'est une forme d'exclusion et de harcèlement. Une surfacturation ne se constate pas sur six mois seulement. Le délai est trop court, ça ne correspond pas à leur règlement. Là, une affaire à Tourcoing. Allez-y, regardez. Si si, regardez maintenant. La CPAM a été déboutée de ses demandes. Là. Mais oui docteur, j'ai vu. Non vous n'avez pas vu, regardez mieux. Les patients me soutiennent, j'ai lancé une pétition. Là. Regardez là.

Il a chaussé ses petites lunettes en saisissant la pétition, comme il aurait pris un étron. En effet, en effet. Je vais m'y atteler, croyez-moi, nous allons leur faire entendre raison. C'est ça, qu'ils entendent raison.

Quelques jours plus tard, il m'a téléphoné. Il avait fait appel de ma suspension, c'était la démarche que je lui avais indiquée. Vous aviez raison, docteur, ces messieurs de la Caisse avaient brûlé une étape, c'est tout à fait juste. J'ai raccroché et je suis venu chez lui toutes affaires cessantes, la secrétaire a voulu m'éconduire mais j'ai forcé le passage, avec ce que je lui payais comme honoraires, il me devait bien ça. Et je lui ai parlé d'un vice de procédure, j'avais trouvé ça dans le code du Travail.

Le Gros me regardait avec une forme d'admiration, avec ses petites lunettes en demi-lune et ses bajoues, il a suivi mes conseils, l'Ordre des médecins a dû céder, en effet la période de contrôle était trop courte, six mois seulement, en effet il y avait un vice de forme et j'ai réintégré le pôle de santé. Première victoire. Ensuite j'ai insisté pour porter plainte contre la CPAM pour procédure abusive, on avait retrouvé le petit bonhomme au nom grotesque à l'origine des poursuites, un petit employé qui s'était lancé dans ses petites vérifications, on ne savait trop pourquoi.

J'ai vite compris que Delaune n'aimait pas tout ça. Ça le heurtait, ça l'inquiétait. Il devait trouver que je faisais trop de bruit, que j'aurais dû rester plus discret. Bien sûr. Je me suis même demandé s'il n'était pas à l'origine de mes ennuis, d'une manière ou d'une autre. Ce qui est sûr, c'est que je ne lui ai pas reparlé, même au pot donné en mon honneur au pôle de santé, une semaine plus tard. Il m'évitait. Un soir, je l'ai croisé sur le parking et j'ai su à son attitude fuyante que la suspension à l'Ordre venait de lui, et que probablement il *savait autre chose*.

Mais quoi. Le Samu ?

Au Samu, ils n'avaient rien dit. Aucune plainte, aucune recherche, pas de convocation, rien. Mais une petite lueur s'est allumée en moi.

J'ai quitté Manicamp deux semaines plus tard.

Les pizzas sont finies depuis longtemps lorsque Bako s'extirpe de ses pensées comme on sort d'un cauchemar, et d'ailleurs, son front brille un peu sous le néon. Il n'en revient toujours pas de cette affaire, comme un type qui revit sans cesse un accident totalement inattendu, qui se lamente et souffre à n'en plus finir.

Durant la procédure, Bonnamy avait montré toute sa rage, l'ampleur de son infernale assurance, sa dinguerie. Je l'écoute en sucrant mon café, puis je le sirote mais il reste amer malgré ça. Je suis désappointée. Il ne m'a presque rien appris. Bonnamy a fraudé, d'accord. Il est hargneux, hystérique, menteur. Il est fou. Mais tout ça, je le savais déjà. Je le sais depuis le début.

Mes pensées se ralentissent.

Pourquoi Delaune m'a-t-il adressée à Bako ?

— Vous avez pris un hôtel ?

Il semble embarrassé de m'avoir fait sursauter, je le rassure d'une mimique.

— Oui. Pourquoi ?

— Pour rien.

Bako n'en finit plus d'émerger, comme s'il sortait d'un fleuve empli de fiel. Il ne peut cacher son ressentiment, sa haine presque, on sent qu'elle palpite en lui comme une plaie à vif. On sort. Tout est mort dans la rue, c'est tout juste si deux voitures passent pendant notre court trajet retour, vers le quartier HLM.

— Au bureau, je m'en suis pris plein la tête, me dit-il comme par distraction. Bonnamy a presque réussi à me faire virer. Ce type est un malade.

D'une voix basse et rapide, il se débarrasse de la fin de l'affaire. Loin de faire profil bas, Bonnamy avait porté plainte contre lui pour procédure abusive, et il n'avait pas fait dans la demi-mesure, il voulait vraiment l'atomiser.

Il s'était procuré on ne sait comment son numéro de ligne directe, il l'avait appelé plus de dix fois pour le menacer. Ça durait à chaque fois presque un quart d'heure.

— Vous auriez pu raccrocher.

Il sourit avec douleur.

— J'ai essayé mais il rappelait, il ne me laissait pas le choix. Il m'a envoyé sept courriers recommandés.

Sept. Le compte était précis, comme il aurait dénombré des gifles.

— Il disait quoi dans les lettres ?

— Toujours la même chose. Que j'avais eu un comportement scandaleux, que c'était intolérable que l'administration s'en prenne aux médecins, que ça ne se passerait pas comme ça et qu'il allait porter plainte et qu'il aurait réparation. Une fois, il m'a même attendu à la sortie pour me crier dessus. Enfin, crier, c'est une façon de parler. Ce n'était pas des cris. Mais c'était… très violent. Il m'a dit qu'il irait personnellement au bout et que je finirais viré. Il m'a fait peur. Vraiment.

Je frissonne pour lui, prise de compassion. Bako, si calme et doux, affrontant ce démon. Je sais qu'il en souffre encore aujourd'hui. Penser à Bonnamy, rien que prononcer son nom l'effraye et le rend malade, même si longtemps après. Il voudrait ne l'avoir jamais connu. Comme moi. Et le pire est qu'il ne peut en parler à personne. Il n'y a pas de traces de ces violences, pas de témoins. De l'extérieur, Bonnamy est très vindicatif, procédurier, mais rien de plus.

D'ailleurs le directeur de la CPAM ne l'avait absolument pas soutenu, ni les syndicats – Bako payait son isolement, son indépendance, son refus des compromissions. De toute façon l'affaire tombait mal, pas loin des élections, à un moment où certains politiques utilisaient la fraude sociale comme argument de campagne, des milliards disparaissaient en fumée, c'était une honte, et bien sûr l'administration ferme les yeux, omniprésente et impotente. Ses supérieurs n'allaient pas se vanter d'avoir mis fin à une procédure pour fraude.

— J'ai été mis de côté, souffle Bako. On m'a interdit de parler de cette histoire, surtout pas aux journalistes. Sinon ils me dégageaient. En cinq ans, je n'ai pas eu de prime et pas de promotion. Je sais que c'est à cause de ça.

Sa voix tremble.

Heureusement, Bonnamy avait tout à coup abandonné ses poursuites. Comme ça, du jour au lendemain. Il avait réglé ses honoraires à maître Charpier, une grosse somme, et il avait quitté la région. Fin de l'affaire.

— Vous savez où il est parti ?

— Je ne sais rien. Je sais juste qu'il a fait de la prison.

La lumière orange fait briller le jais de ses cheveux, scintille dans ses yeux noirs, et c'est de la colère.

Un coup au ventre.

— De la prison pourquoi ? Quand ? Qui vous a dit ?

— Un appel anonyme. Un homme.

— Le même qui vous avait appelé pour les fraudes ?

— C'est possible. Mais je ne sais pas. Je n'en sais rien. Il m'a dit que Bonnamy avait exercé dans un hôpital – il ne m'a pas dit lequel – et qu'il avait fait de la prison.

J'ai beaucoup de mal à digérer cette information. Trop étonnante, trop floue et inattendue. Trop inespérée aussi. Irréelle en somme, comme s'il évoquait une très ancienne légende, forcément invérifiable.

— Mais de la prison, pourquoi ?

— Il m'a dit qu'il y avait eu des violences *dans un hôpital.* C'est sûrement faux.

— Vous n'en savez rien si c'est faux.

— Non. Et je m'en fous. De toute façon j'ai raccroché.

Sa réponse murmurée d'une voix neutre, distante.

Le bruissement immense de la pluie remonte, je sens le sang qui frappe depuis mon ventre, au fond de la gorge et à mes tempes.

Prison *pour violences*, à l'hôpital.

9

Le bébé s'étire et frémit comme s'il finissait un agréable rêve, puis bat des paupières avec des petits bruits de gorge, et encore une fois la magie opère, je ne peux pas m'empêcher de sourire à Clara.

L'appartement a été lavé et rangé depuis que Michel est reparti à Pornic (pas trop tôt), la chambre de Noah tendue d'un papier clair à motifs naïfs, meublée de neuf, sentant la colle et le propre. Même Clara semble apaisée et je réalise à quel point la présence de son père était encombrante, il me fait penser à un vieux combattant qui continue seul une bataille perdue, seul à ne pas voir que tout est fini, pathétique et irritant.

Greg est charmant lorsque nous déjeunons au salon, tandis que bébé dort. Je pique des bouchées d'un fade saumon cuit au four et mes pensées vagabondent. Et retournent toujours au même endroit, mon obsession.

Donc, Bako ignorait où Bonnamy était parti après Laon. Il avait vaguement cherché à savoir mais ça n'avait rien donné. Les *violences à l'hôpital*, il n'avait aucun détail non plus, ni l'endroit ni la date. En réalité, il ne *voulait pas* savoir. Je me remémore son expression fermée, quasiment hostile. Il déniait, d'évidence. Ces violences pourraient être inventées, disait-il, une dénonciation calomnieuse. Ça existe, non ? Moi je n'y crois pas : si les fraudes étaient vraies, le reste doit l'être aussi.

Et d'ailleurs, qui a appelé ? Delaune ?

Je n'y crois plus maintenant. Jamais cet homme n'aurait couru le risque qu'on puisse remonter jusqu'à lui, qu'il soit éclaboussé, lui, le notable. Il recrute un mouton noir, un assassin, et ensuite le dénonce ? Et tout le monde l'apprend dans la région ? Inimaginable. Non, je penche plutôt pour un proche de Bonnamy, il le déteste, il le hait – sans doute pour les mêmes raisons que moi. Il veut que tout s'arrête mais n'ose approcher la justice. Il redoute ses réactions et essaye donc de le toucher, mais de loin…

Tout de même, j'ai posé la question à Delaune avant de quitter Laon. Il m'a reçue dans son petit salon attenant à la salle d'attente, les doigts des deux mains croisés devant un genou, comme s'il était mon psy, je lui ai raconté ma rencontre avec Bako.

Rien qu'il ne sache déjà, sinon que Bonnamy est un fou furieux, qu'il a voulu laminer le petit employé de la CPAM.

— Vous saviez que l'enquête pour fraude avait commencé par une dénonciation ?

Il a tourné ses gros pouces l'un contre l'autre, tout le reste de sa personne figé comme une statue. Non je ne savais pas. Ce n'était pas vous, l'appel anonyme ?

Ses paupières ont battu, de surprise ou d'émotion, je n'ai pas réussi à savoir, en tout cas il a nié avec une sorte de grimace. Il m'a demandé ce que je comptais faire. Aucune idée. Il m'a accompagné sur son perron de brique.

— Je voulais vous dire… J'ai fait une recherche sur Internet. Sur le site du Conseil de l'Ordre, m'a-t-il dit.

La cour était mouillée d'une averse récente cependant qu'au loin le ciel se noircissait de nuées, le vent soulevait les pans de sa veste et mes cheveux.

— Et ?

— Et Bonnamy n'y apparaît plus.

Je sonde le fond de ses yeux sans tout à fait comprendre.

— Comment ça ?

— Vous m'avez bien dit que Bonnamy exerçait dans votre coin, à Antibes ?

— À l'hôpital, oui.

— Eh bien il n'est plus médecin. Il a quitté la profession. Sinon il serait sur le site de l'Ordre, c'est obligatoire.

Un parapluie glisse par-dessus les piques du portail. Ou bien, ajoute Delaune d'une voix serrée, il s'est fait embaucher à Antibes sous une fausse identité. Bien sûr que non, il apparaissait sous son nom à lui, Bonnamy. Dans ce cas, trois solutions : soit l'hôpital d'Antibes n'a pas vérifié s'il était bien inscrit à l'Ordre, mais ça m'étonnerait, soit Bonnamy a été radié, soit il a quitté la profession.

Son regard vert est pâle et sans éclat, presque mort.

— Tu es sûr que tu veux pas de café ? me demande Clara, m'arrachant à ce souvenir.

Bizarrement, il me semble qu'elle a pris l'accent du Sud et je souris, mes pensées parties très loin d'Antibes et de son petit appartement. Une radio dans les étages est allumée trop fort, bébé dort dans sa chambre.

Mon retour l'a surprise, deux jours plus tôt, elle ne s'y attendait pas et nous nous sommes enlacées sur son palier, comme deux survivantes d'une grande bataille. Son amour m'a touchée aux larmes, je la sentais chaude contre moi, reconnaissante, palpitante.

Je l'observe si fort qu'elle détourne la tête, les joues chaudes.

— Ça t'a fait du bien Les Moustiers ?

Un instant, je reste déstabilisée. Je ne reviens pas de la côte de Jade mais de Laon.

— Bien sûr que ça m'a fait du bien.

— Tu sais, papa voudrait que tu arrêtes avec Bonnamy. Tout ça…

La phrase a dû lui coûter, péniblement murmurée, ses yeux brillent et son bijou palpite au creux du cou, au rythme rapide de son sang. Ce n'est pas la maman qui parle mais la Clara d'avant, la petite fille que j'ai moins aimée que sa sœur, dont je me suis moins occupée, qui m'énervait plus vite, et c'était tellement injuste.

Un sanglot s'étrangle dans ma gorge, je prends sa main et la serre.

— Ne t'inquiète pas. C'est fini tout ça.

Nos yeux se croisent et je sens les siens peu rassurés.

Rentrée chez moi le soir, j'ai bien du mal à ordonner mes pensées. À quoi m'a servi le voyage à Laon ?

Bonnamy aurait exercé dans un hôpital, autrefois, mais je ne sais pas où, ni quand. Avant la clinique Saint-Pierre à Royan, ou après ? Il a fait de la prison *pour violence*. Mais où, ces violences ? À l'hôpital ? Vraiment ?

L'autre chose importante, c'est qu'il n'est plus membre de l'Ordre des médecins. Donc en principe, il n'exerce plus. Antibes donc serait son dernier poste ? Il aurait fui, aurait définitivement disparu, quasiment le lendemain de notre rencontre ? Et s'il était mort ? Suicidé. Cette hypothèse-là m'apparaît particulièrement absurde (un peu comme toutes les autres, en fait).

Ce qui est certain, c'est que l'argent du mobil-home a vite filé. J'ai fait les comptes, les billets étalés sur la table. Le trajet jusqu'aux Moustiers, puis jusqu'à Laon, le retour, tout ça a mangé près de 800 euros sur les 4 000. Je compte et recompte, ça me semble énorme.

Assise dans la cuisine, j'ai senti l'angoisse monter et se répandre en moi jusqu'au bout de mes doigts comme un fluide lourd, cogner sous mon crâne. Un instant, j'ai presque voulu que tout s'arrête. Je me vois faisant mes courses dans une grande surface, la chaleur arrive brusquement, une douleur intense dans le torse, le vertige me font plier les genoux, je m'écroule dans l'allée, les artères bouchées, le cerveau hors circuit, les pompiers arrivent trop tard et je suis débarrassée de tout.

Puis je chasse ces idées.

Christian me doit encore 8 000 euros, à verser en deux fois les mois suivants. Mais ça ne suffira jamais. La vacuité de mon entreprise m'apparaît toute nue, à en pleurer d'impuissance.

À la nuit tombée, un nouveau SMS de Farid. Il me propose un extra, je ne réponds pas, songeuse. Cet appel, c'est comme un signal, qui fait surgir une autre idée. Je reprends mon portable, cherche dans mes contacts le numéro de Dominique et le compose.

— Anne ?

Il n'a pas pu cacher sa surprise en décrochant. Je me suis installée dans le canapé, en débardeur sans rien dessous, juste une petite lumière dans un angle, allumée. Il fait bon, l'odeur du bitume me parvient du dehors.

— Ne me dis pas que mon numéro ne s'affiche pas.

— Si, bien sûr, me dit-il. En fait tu sais que j'ai failli t'appeler tout à l'heure ?

— Ah bon.

— Farid est furieux. Il dit que tu ne réponds jamais et qu'il te fera plus bosser.

Dominique travaille aussi pour Farid. Il a mon âge à peu près, divorcé, sérieux et propre sur lui, de beaux cheveux gris soigneusement séparés par une raie, l'apparence de tout ce qu'on veut sauf d'un serveur professionnel. Son fils vit avec sa maman en région parisienne et les rares fois qu'il en parle, ses yeux s'illuminent et pétillent, même son corps un peu lourd semble s'affiner et se redresser, comme s'il respirait enfin après une trop longue apnée.

Surtout, il tient assidûment un blog consacré à ses avis de lectures et de cinéma. Je suis certaine qu'il peut m'aider.

— J'aurais besoin de toi.

— Pour quoi faire ?

— Rien de malhonnête, désolée.

Lui et moi, on échange toujours comme ça, entre compliment et moquerie.

— J'ai besoin d'aide en informatique.

— Pas maintenant quand même ?

— Nan. Je suis pas désespérée à ce point.

Je comprends qu'il sourit lui aussi à l'autre bout du fil.

— Dommage, il dit. Quand, alors ?

Le lendemain matin, il m'attend pile à l'heure à l'entrée de mon immeuble, en blouson sage et banal, une sacoche de cuir à l'épaule, absorbé dans la contemplation d'une vitrine de fournitures médicales. Mes pensées flottent un bref instant, j'ai comme l'impression qu'il est déguisé. C'est vrai, on ne se voit jamais comme ça en pleine journée, sans nos tenues de service et nos assiettes sur les bras, sans le tintamarre de la cuisine.

Je le conduis jusqu'au centre commercial, à dix minutes de là vers la voie rapide, le silence entrecoupé de phrases banales, le fiston qui vient aux prochaines vacances, le prochain extra dans un super restaurant pas loin de Monaco. Farid fait la gueule. Je sais, mais je m'en fous. Tu as trouvé un autre boulot ? Si on veut. Mais pas ce que tu crois.

Je ne réponds plus, un peu gênée par ses questions, qui sous-entendent une sorte d'intimité entre nous.

— Tu te lances dans le Web ?

— Je t'expliquerai.

Je me suis engagée trop loin dans une série d'échangeurs autoroutiers. Lui, pianote placidement sur son énorme smartphone. En quelques minutes, son application GPS nous guide jusqu'à une grande surface spécialisée. Des rangées d'ordinateurs et d'écrans scintillants s'alignent dans un flot de lumière crue.

Une heure plus tard, il déballe l'ordinateur chez moi et branche tout, installe le système et configure Internet sur ma Box, ses lunettes sur le bout du nez, le front luisant et le ventre boudiné dans son polo sport. Pour l'instant, il ne peut rien faire sur mon téléphone mobile flambant neuf, pour ça, je dois attendre une nouvelle carte SIM au bon format.

Il finit d'un trait son verre d'eau, des perles de transpiration sur sa lèvre supérieure. Alors ? Tu m'expliques maintenant ? Tu y tiens vraiment. Comme tu veux, moi je te propose si ça peut t'aider. Comme tu veux.

On dirait un petit garçon sage qui attend son bon point. Je ne lui explique rien, je lui donne simplement le nom. Simon Bonnamy. Je recherche ses traces sur Internet. Tout ce qui pourrait parler de lui. Il s'étonne à peine, les sourcils légèrement froncés.

— Est-ce que c'est possible qu'il n'y ait rien ? Je veux dire, qu'il n'y ait aucune trace de lui nulle part ?

— Ça dépend, il a quel âge ?

— Je ne sais pas. La cinquantaine. Entre cinquante et soixante ans.

Je ne m'étais jamais posé la question.

— Et il fait quoi, ce… Bonnamy, c'est ça ?

J'ai du mal à avouer qu'il est médecin.

— Honnêtement, c'est difficile à croire qu'il n'y ait rien du tout sur un docteur. C'est quand même un métier public. Tu aurais dû me dire ça plus tôt, j'aurais fait la recherche chez moi, ça t'aurait évité de dépenser autant d'argent. Si tu veux, on regarde sur ton ordi. J'en profiterai pour te donner un cours d'informatique.

— Pas maintenant, non.

Hochement de tête. Son expression est curieuse, il cherche à percer le mystère de ma recherche, à comprendre ma tension impossible à ne pas remarquer.

— Bon… je reviens plus tard pour te créer une adresse e-mail, tout ça ?

— On fait comme ça.

— C'est bien Simon Bonnamy, son nom ? Je vais chercher de mon côté.

— Comme tu veux mais ne perds pas trop de temps avec ça.

Il range sans un mot les sacs plastique, les cartons, puis subitement lâche tout et me prend le poignet jusqu'à ce que je sente son après-rasage, son dentifrice et des relents de transpiration, je bondis en arrière.

Qu'est-ce que tu fous ? Qu'est-ce que tu crois ? Excuse-moi, pardon. Désolé…

Il attrape son blouson au passage et se sauve, et mes clés se balancent longtemps à la serrure dans un bruit de métal, jusqu'au silence.

Je nettoie mes lunettes, embuées par l'air marin, puis je contemple à nouveau le ressac, les flots blancs se brisent sur les rochers du bout de la baie. À cette époque de l'année, les plages tunisiennes sont désertes ou presque, les hôtels aussi, c'est le cas du mien. De retour, mes pas résonnent dans le hall en faux marbre, je retrouve les courbettes et les sourires du personnel, les femmes de ménage en *hijab*, deux jardiniers qui taillent un jardin rachitique, un Alhambra de pacotille où végètent des orangers, dans un parfum de terre humide retournée.

Dès mon arrivée deux jours plus tôt, j'ai fait mon numéro auprès du directeur du dispensaire (il appelle ça *une clinique*), il m'a bien plu avec sa petite moustache et son costume bon marché, ses diplômes de France et de Libye encadrés au mur. Mon grand numéro, il y a cru, mon envie d'aider ce pays que je ne connais pas, de quitter cette France qui vous considère si mal, qui ne pense qu'à l'argent, qui n'aime pas ses patients. J'en ai eu assez, je veux retourner aux sources et soigner, vous comprenez ? Mais oui il a compris, il en avait les yeux humides et c'était bon de le voir persuadé, conquis à ce point.

Dans les couloirs de sa *clinique*, j'ai retrouvé avec plaisir l'odeur du détergent, de l'antiseptique, des pansements, le blanc des blouses et le rose des tuniques, l'odeur des femmes et des hommes, l'odeur de la mauvaise santé, et je me suis dit que j'allais les aider, ceux-là, et qu'ils me seraient reconnaissants de les aider à passer. Comme j'aurais aimé aider mon père à passer de mes propres mains. Mais pour lui je n'ai pas pu, je n'avais pas réalisé qu'il était malade. Pour eux, je sais que je le ferai.

Le directeur a dû croire que je me plaisais en sa compagnie. En me quittant, il m'a serré la main avec chaleur et tapoté le bras, visiblement impatient de me revoir. Pour un peu il me donnait l'accolade, à l'orientale. Et puis quoi encore ?

Je me suis sauvé.

Sieste, torse nu sur mon lit. Je consulte mon album avec délice, je me repais des photos avec de doux frissons, je dors un peu puis en fin d'après-midi, visite de la médina, sous un soleil pur qui éclate sur les vieux murs crénelés, mais tout ça m'indiffère. J'arpente les ruelles, dans des senteurs fortes de pisse et d'épices, croisant des gros touristes à peau blanche, petits chapeaux et lunettes. Devant un cybercafé, je refrène un rire intérieur. Ici mes traces ont disparu, je suis le docteur Delalande, j'ai refusé qu'on diffuse ma photo sur le site de leur dispensaire à la noix.

Et, assis à la table d'un grand café, je surveille la rue qui s'écoule dans des bruits de tasse, des klaxons, accompagnés de la ritournelle lancinante et lointaine d'un *mezoued*, leur horrible cornemuse locale. Deux petits vieux ridés discutent, assis de l'autre côté de la rue, la peau et les dents jaunies, secs et voûtés, les mains noueuses. Ceux-là méritent de mourir, ils méritent que je les aide.

De loin, ils ne voient pas mes yeux cachés derrière les Ray Ban, ils ignorent que je suis là pour eux, et que sans savoir, ils m'attendent.

Le vieux téléphone crachote en vibrant, je me dis toujours qu'il ne tiendra pas le coup, que les vis vont tomber et qu'il va se démonter. Un SMS de Dominique qui s'excuse, un autre de Farid qui me propose un boulot. Un appel de Clara mais je n'ai pas la force de décrocher. Et puis, pourquoi répondre à l'instant, comme s'il ne fallait rater aucun appel, aucun message, répondre à la seconde ?

Ce monde ridiculement réactif n'est pas le mien. Il m'insupporte.

L'obscurité envahit l'appartement, j'ai ouvert la fenêtre sur les façades d'en face, où s'agitent les êtres, chacun dans son désordre. Je songe à reprendre un cachet pour dormir puis je chasse l'idée. Il y a une solution. Il y a forcément quelque chose à faire. Je me déshabille dans la chambre, reniflant ce tee-shirt informe avant de le poser sur le dos d'une chaise paillée, vestige de Pornic.

Mon odeur me paraît étrange, c'est vrai, je me suis un peu habituée à ne plus être quelqu'un, à exister en dehors de moi-même. Dans la pénombre, mon buste nu paraît celui d'un fantôme, d'une inconnue. Que Dominique m'ait désirée, qu'il ait voulu me toucher est tellement incongru, presque surréaliste. Je fouille mes souvenirs, à la recherche de la petite fille que j'étais, de la jeune femme et de la femme née en moi, plus tard, des sensations d'amour, et je frissonne en effleurant ma peau. Et je me couche avec fébrilité, avec l'envie d'aller plus loin et je vais plus loin, jusqu'à ce qu'un gémissement sourd naisse et se meure dans de grands froissements de drap.

Le lendemain, je prends ma douche et je m'habille en contemplant du coin de l'œil le fatras informatique installé la veille. 300 euros perdus : on n'arrête pas un tueur en série simplement en surfant sur Internet.

Clara m'attend, pimpante. Nous harnachons Noah à son siège, comme un astronaute précieux, et je les emmène vers Mandelieu pour la journée, nous marchons lentement dans l'allée centrale d'un jardin splendide. Un soleil tendre joue entre les arbres et les buissons, mais je la sens tendue, l'air de redouter un piège. Ensuite, déjeuner au restaurant en terrasse, avec sur la gauche l'éclat blanc des bateaux de plaisance, et devant nous une jetée ouvrant sur le calme luxueux de la Méditerranée.

Tu es sûr, ça va pas te faire trop cher ? Mais non. Ça fait combien de temps que je ne t'ai pas invitée au restaurant ? Ça aurait été plus simple qu'on déjeune à la maison. On n'est pas bien ici ?

Le serveur ne se presse pas, irrité par notre présence et surtout par la poussette qu'il considère avec désapprobation, comme un outrage au prestige supposé du lieu. Et sa bêtise nous amuse, et nous détend. Autrefois, j'aimais rire des gens, j'étais une autre Anne, si différente, dans des temps tellement anciens.

— Et si on partait quelques jours aux Moustiers ? me demande Clara, au dessert.

L'arrivée du garçon me permet de cacher ma surprise, amère. Je bois un peu d'eau tandis qu'il dépose devant moi une assiette géante, ornée d'une crotte de mousse au chocolat au milieu.

— Oui. Mais quand ?

La gorge serrée, je repose le verre, un vide ouvert en moi, j'ai de la peine à distinguer ce qu'elle dit ensuite. Greg a repris le travail, mais elle a encore trois semaines de congé, alors pourquoi pas ? Ça nous ferait du bien à toutes les deux. Et au bébé aussi.

— Si ça t'ennuie, c'est pas grave si on n'y va pas, tu sais.

— Mais non, pourquoi ? Il faut juste qu'on tombe d'accord sur la bonne semaine.

Le doute voile le bleu de ses pupilles, comme un coup de vent sur un lac. Elle lève l'épaule juste au moment où Noah s'agite sous sa couverture, comme s'il percevait sa nervosité, il pleure et elle se lève et elle l'emporte.

Restée seule, une vibration : encore un SMS de Dominique :

Anne, il faut absolument que tu me rappelles. Excuse-moi encore pour l'autre jour, mais...

Je déverrouille et j'efface sans lire la suite de son long message. Je suppose qu'il cherche à se faire pardonner, mais c'est trop tard, et je lui en veux d'avoir tout gâché dans sa hâte. Lorsque Clara revient, Noah battant des bras et remuant contre elle, mon smartphone vibre de nouveau. Au moins trente secondes. Comme une torture.

— Tu réponds pas ?

Comme je hausse l'épaule, elle se lève.

— Bon allez, on y va ?

Elle disparaît avec la poussette, je paye au comptoir, seule dans un genre de vestibule romain où murmure une fontaine. Devant son immeuble, elle récupère son bébé. Nos joues se frôlent.

— Tu me diras ce qu'on fait, pour la semaine de vacances.

Une ombre de sourire passe sur ses traits, mais un sourire déçu. Elle a deviné pour le mobil-home, et mon âme se déchire. Sans doute qu'elle ne comprend pas. Elle ne *peut pas* comprendre. Et je ne veux pas qu'elle comprenne.

— On verra. C'est pas grave tu sais.

— Tu as besoin d'aide pour remonter ?

Elle s'éloigne, encombrée du bébé, du siège auto et de la poussette.

— Ça ira. Je t'appelle, à bientôt !

La porte d'entrée se referme, m'abandonnant à mes remords.

C'est simple, je vais appeler Christian et lui louer mon propre mobil-home, tant pis si je perds de l'argent. Mais en extirpant mon téléphone du sac, j'y découvre un message. La vibration au restaurant, ce n'était pas Dominique mais un numéro inconnu. Appel manqué. Un message s'affiche, deux lignes et ma circulation sanguine s'emballe, si fort que j'en ai presque une nausée :

Appelez-moi le plus vite possible s'il vous plaît. J'ai du nouveau pour votre recherche. Merci. J'espère que vous allez bien. Ramatola Bako.

J'appuie aussitôt sur le bouton Rappel.

Bako décroche et répond, de sa voix douce et posée, me demande de l'excuser. Je l'entends qui marche un peu, je suppose qu'il s'éloigne de son poste de travail avant de reprendre la conversation :

— Je ne pouvais pas donner de détails dans le texto, vous comprenez ?

— Bien sûr que je comprends.

Je l'imagine au bout du fil, propre sur lui, son visage de Bouddha à la peau et aux yeux sombres. Au travail, il doit porter un costume mais je n'arrive pas à me le représenter, ainsi endimanché. Il parle lentement, cherche ses mots comme s'il regrettait déjà que je le rappelle.

— Je suis pressé, dit-il. Juste, je voulais vous dire que j'ai eu un appel il y a deux jours. D'un enquêteur de police. Vous saviez ?

— Si je sais quoi ?

J'ai brusquement répondu, la pression artérielle m'étouffant presque, la vision troublée, jamais je n'ai éprouvé une telle émotion, une telle attente, il me semble presque que le temps se matérialise devant moi, que les secondes s'égrènent aussi réelles que des gouttes d'eau.

— Bonnamy a exercé dans un Ehpad au Raincy, en région parisienne, vous saviez ?

Non je ne savais rien, je souffle, à l'intérieur de moi tout se libère, comme des masses d'eau jaillissent d'un barrage brisé. Bonnamy a exercé dans un institut de gériatrie, comme à Royan. Mais cette fois il y a une enquête de police. Il se passe quelque chose, enfin.

— Vous êtes là ?

— Il cherche quoi le policier ?

Ma voix résonne bizarrement, étouffée dans l'habitacle, il fait si chaud d'un coup qu'un peu de buée se forme sur le pare-brise, mais je ne baisse pas les vitres pour ne rien perdre de notre échange, que le bruit d'un scooter ou d'un klaxon me fasse perdre un seul mot.

10

Dominique me harcèle, ce pauvre garçon : deux SMS et deux messages vocaux en une matinée, aussitôt effacés. Je n'attends plus rien de sa part, avec ses airs de monsieur bien propre sur lui. Lorsque j'y repense, son geste me brûle encore, comme une insulte, un déni, le signe qu'il ne me prend pas au sérieux, qu'il a cru que je cherchais un coup.

J'ai mis presque dix heures pour arriver à Limoges, toujours plus inquiète pour la Ford ; elle cliquette, elle sent le caoutchouc brûlé, le ventilateur rugit. Vers Cahors, un retraité en camping-car est stupéfait de découvrir le moteur presque à sec, incroyable qu'il ait tenu jusque-là, sûrement que le voyant au tableau de bord était HS. Encore un peu et le moteur *serrait*. Il sourit, tout content de sa science automobile, bonhomme et rond, un gros grain de beauté au milieu du front, son haleine empeste le tabac et la dent pourrie.

Il m'aide à remettre de l'huile sous le regard soupçonneux de sa femme et je repars, dans un paysage vert et ondoyant, je me figure au-delà des landes pentues, odorantes, des rumeurs d'eau dans des vallées. Une espèce d'euphorie me prend, et je réalise à quel point j'ai changé, je ressens toujours de l'angoisse mais c'est différent, elle m'aiguillonne, me donne la rage d'avancer, d'en savoir plus. À chaque nouvelle découverte, mon intuition sur Bonnamy se vérifie, l'invisible assassin se révèle peu à peu, un fantôme surgissant dans l'obscurité.

Le soir, je découvre deux messages. Celui de Dominique que je mets directement à la poubelle, mais qu'est-ce qu'il lui prend, à me harceler comme ça ? Le second de Clara dont je compose le numéro.

— Mais oui tout va bien, pourquoi ?

— Tu n'es pas chez toi ?

J'élude tout en examinant le parking d'hôtel où je me suis arrêtée, le premier en sortant de l'autoroute à Limoges. Au-dessus d'une façade brutalement éclairée, le ciel se teinte d'un velours bleuté, apaisant.

Je te tiens au courant la semaine prochaine pour Les Moustiers. Je vais bien, ne t'en fais pas. Fais attention à toi. Je ne sais pas ce que tu fais, mais fais attention à toi maman. Je fais attention, ne t'inquiète pas comme ça. Oui, bisous. Bisous à Noah.

Le silence revenu me démolit. Elle a compris pour Les Moustiers et le mobil-home, elle sait que je l'ai vendu et que je mens. Mais elle ne dit rien, comme pour ne pas déchirer le peu de lien qui subsiste.

Plus tard je dîne seule au restaurant de l'hôtel, me remémorant ma conversation au téléphone avec Ramatola Bako. Deux ou trois jours après notre rencontre à Laon, m'avait-il expliqué, un policier l'avait appelé, un certain Thomas, lieutenant au SRPJ de Limoges – le service où se traitent toutes les grosses affaires criminelles d'une région, je l'ai appris plus tard.

— Limoges ? Pourquoi Limoges ? Bonnamy habite là-bas ?

— Non, je ne crois pas. Il m'a juste demandé des détails sur la fraude. Si je me souvenais de choses qui n'auraient pas figuré dans la procédure de la CPAM. Aussi de me parler de Bonnamy. Comment il était, est-ce qu'il avait eu des problèmes, des affaires lorsqu'il exerçait à Laon, des plaintes contre lui.

J'avais le cœur au bord des lèvres.

— Et vous lui avez dit quoi ?

— Je lui ai parlé de Bonnamy. Sinon, à part les fraudes, je n'avais rien à lui dire.

J'ai failli lui parler du Samu, avant de me souvenir que Bako ignorait cette histoire, je ne l'avais pas évoquée devant lui.

— Et lui, il ne vous a rien dit sur Bonnamy ?

— Rien du tout. Simplement qu'il l'a connu au Raincy, en région parisienne. C'est en Seine-Saint-Denis, il était policier là-bas, avant d'arriver à Limoges. Il travaillait dans le *groupe d'atteintes aux personnes.*

— Mais quand ? C'était quand ?

Bako n'en savait rien.

Il avait raccroché, me laissant seule avec des tombereaux de nouvelles questions. Bonnamy aurait tué quelqu'un à Limoges ? Au Raincy ? Le soir, je me suis renseignée sur Internet, sur mon bel ordinateur tout neuf. J'y ai passé beaucoup de temps, mais c'est tellement mieux qu'avec mon ancien téléphone mobile, jeté depuis aux orties. Les *groupes d'atteintes aux personnes* s'occupent des violences de tout ordre, viols, homicides, harcèlement ou diffamation, abus de faiblesse ou atteintes à la vie privée.

Mais le nom de Thomas n'apparaît nulle part, même en y associant *SRPJ*, ou d'autres lieux et mots, comme : *Limoges, commissariat du Raincy*, ou *atteinte aux personnes, police, policier, enquête.*

Le lendemain matin – hier donc – j'ai appelé le SRPJ de Limoges, on m'a bien confirmé qu'un lieutenant Lionel Thomas y travaille, et qu'il est de service ces jours-ci.

Et j'ai pris la route.

Ah, c'est toi ? Oui c'est moi. Cache ta joie.

Murielle hausse les épaules, elle pivote en me faisant signe d'entrer.

Ses traits s'affaissent avec les années, on dirait que rien ne les tient, aucune énergie vitale, à peine une espèce d'obstination comme une plante, ces genres de plantes qui poussent dans le désert sans savoir pourquoi, ou entre deux pavés d'une usine. Résultat d'une lente désintégration, autrefois. Papa nous a écrasés tous les deux, chacun s'en sort à sa façon. Elle par l'effacement, le rien. Moi par d'autres voies, et dans un flash je vois passer les visages de tous ces petits vieux mêlés à celui de mon père mourant.

Il est rare que je me manifeste. Ma sœur ne m'écrit pas, ni maman, je n'écris pas non plus, je ne téléphone pas ni n'envoie d'e-mails ou de SMS, je me contente de surgir, en vérité je ne sais trop pourquoi, nous avons si peu à nous dire. Trop de choses nous ont écrasés, nous avons perdu la parole, la vraie, celle qui exprime les sentiments et rapproche les êtres.

On prononce des mots mais on ne se dit rien, Murielle plus muette que moi encore, comme un navire fantôme dans le brouillard.

Moi je parle, je mens, je triche, je raconte, j'embobine, je mens, je dissimule. La parole pour moi n'est qu'artifice, tromperie, des paillettes, un miroir aux alouettes, un moyen comme un autre de faire mal et d'anéantir.

Notre père nous a détruits, voyez ce que nous sommes.

Je n'ai passé que quelques jours à Lambersart. Murielle habite une maison en brique entourée d'autres habitations colorées, dans une petite rue, avec son petit mari, ses enfants et sa petite vie. Une vie molle et sans attrait qui lui correspond parfaitement.

Ensuite retour à Sfax, au dispensaire. Pour l'instant vierge. En attendant d'exercer je savoure les odeurs dans les couloirs, je subjugue les infirmières et les médecins, oui, oui c'est vrai, j'ai été médecin militaire, médecin au Raid, aux urgences, j'ai réanimé beaucoup de malades *in extremis*. Ils m'écoutent, bouche bée.

Les jaloux se taisent. Au premier mort et même à ceux d'après ils ne diront rien non plus.

Ils n'oseront même pas *penser* que j'ai pu accomplir de tels gestes.

Oui, je suis impatient.

Entrer dans la chambre, poser le bout des doigts sur la peau fripée d'un petit vieux, sentir ses articulations fragiles, son pouls faible, croiser son regard, passer la morphine ou le potassium. Le regarder, fort. À mesure que le liquide diffuse la mort, le plaisir se répand en moi, je scrute les yeux du petit vieux, il est terrorisé, comme j'aurais aimé que mon père le soit un jour face à moi. Lui, jamais il n'a eu peur, il ne m'a jamais fait grâce et m'a écrasé sans pitié.

Personne ne se doute.

Je l'ai pourtant fait dans bien des endroits, les doigts moites posés sur la poignée avant d'entrer, comme un rituel, la poitrine palpitante, des élans de plaisir au creux des reins, insoupçonné, impuni, semant la mort, et derrière moi les regrets de ceux qui subodorent ou savent, mais n'osent s'attaquer à moi, c'est trop énorme, non ce n'est pas possible, je ne leur abandonne que la honte de n'avoir pas agi.

Bientôt je le ferai à Sfax aussi. Et je verrai ces lueurs pâles s'éteindre, ici aussi.

Je quitte bientôt Lambersart, ma chère sœur dans son désert, pour d'autres sensations plus fortes.

J'ai longtemps tourné dans Limoges avant de tomber sur l'hôtel de police, dans un quartier à l'écart du centre, plus vert et moderne que le reste de la ville. Le bâtiment énorme domine un carrefour, un porte-avions de béton aux verrières surdimensionnées protégées de barreaux de fer. Les façades blanches et sèches se rythment de genres de meurtrières aux vitres opaques.

— Le lieutenant Thomas ? me demande le préposé à l'accueil.

Je refrène mon envie de renoncer. De dire que je me suis trompée, que je repasserai plus tard et de filer pour de bon.

Il me fixe, impatient, un flic en uniforme à la trogne mécontente, sa voix résonne dans un hall tout en verre et spots. Un appel nous interrompt, il transmet, raccroche et me scrute d'un air surpris, comme s'il découvrait ma présence.

— Le lieutenant Thomas est pas là. Vous avez rendez-vous ?

Le téléphone sonne de nouveau, arrivent deux de ses collègues aux reins chargés d'un attirail bruyant, menottes, bombes aérosol, étuis, talkies-walkies.

— C'est pourquoi ?

— C'est pour une affaire ancienne, quand il était en poste au Raincy.

Une trentaine d'idées semblent lui traverser l'esprit.

— Au Raincy. C'est pour porter plainte ?

Je secoue la tête.

— C'est personnel. Je ne peux pas vous dire.

— Ah.

Il hausse les épaules imperceptiblement. Décroche, Police nationale, patientez. Il passe l'appel, en prend un autre, salue une femme en tenue de jogging.

— Ben il faut attendre alors. Je lui mets un message. Mais c'est pas sûr qu'il puisse vous recevoir.

Du menton, il me désigne des banquettes impeccables où patientent d'autres personnes.

Midi passe. Le hall résonne de mille bruits, parfois on entend des sirènes. Le policier du standard est remplacé par une jeune femme en pull jaune, d'immenses boucles d'oreilles, hypnotisée par l'écran de son smartphone.

L'énergie qui me portait se dilue. Ce Thomas va me jeter, j'en suis sûre. Il me dira que je n'ai rien à faire à Limoges, que mon histoire est trop vieille, que sais-je. Je dois me concentrer, penser très fort à Manon pour me lever et m'approcher de la fille à l'accueil, lui réexpliquer ce que je fais là.

— Pour le lieutenant Thomas, mais oui c'est noté madame. Je ne pense pas qu'il va repasser.

— Il est à l'extérieur ? On peut le joindre ?

Elle me fusille du regard. Ces questions, on ne les pose pas.

Je me rassieds, honteuse, de douloureux gargouillements parcourent mon ventre, il doit être au moins trois heures de l'après-midi, ma bouche se fait de carton. Un équipage passe, escortant un jeune homme menotté. Il est en chaussettes.

Une fliquette en chemise d'uniforme succède à la fille en pull jaune, une blonde aux cheveux courts, du monde passe, je sommeille à demi.

— C'est vous, la dame qui veut me parler du Raincy ?

Perdue dans mes pensées, je ne l'ai pas vu arriver.

Un ours : épais, rond de partout, des poches sous les yeux et des paupières lourdes, barbu, lippu, il me tend une main costaude comme un bloc de pierre.

— Lieutenant Thomas. Vous m'attendiez ?

Il pousse des micro-soupirs entre chaque mot, comme un asthmatique. Son calme doit effrayer les voyous, je le ressens avec des picotements au bout des doigts. Il porte un blouson de cuir informe, élimé de partout, un quasi-clochard, un ermite sorti de sa grotte. Ses sourcils sont fournis, deux buissons poussiéreux. Un ours.

Je hoche la tete.

— Le Raincy…

Un micro-soupir.

— Je suppose que c'est en rapport avec le docteur Bonnamy.

Je hoche le menton en essayant de faire bonne figure.

— L'homicide à l'Ehpad je suppose, il reprend.

Mon cœur touché de plein fouet s'emballe.

11

J'ai suivi l'ours à l'intérieur dans les étages, des cages en verre où nos pas résonnent, j'ai l'impression de suivre mon geôlier. Dans son bureau tout neuf au quatrième, il m'offre un verre d'eau et commence l'audition, ses yeux mi-clos ne me lâchant pas un instant. Est-ce qu'il croit que je vais lui sauter à la gorge ?

Mon nom, ma profession, lieu de résidence. J'ai perçu son étonnement au moment où je lui ai dit que je gagnais ma vie en faisant des extras.

Une gorgée d'eau, un examen du décor, quelques enquêteurs occupés à leurs dossiers, des ordinateurs, un portemanteau chargé de gilets pare-balles *Police judiciaire*. Il me demande les raisons de ma venue et je lui raconte tout, y compris Delaune et le Samu, Bako et les fraudes. Il ne prend pas de notes mais semble peser chacun de mes mots, immobile comme un gros animal prêt à bondir, avec ces petits soupirs entre ses brèves relances.

À la fin, il tourne dans les doigts son stylo, qui du coup ressemble à une paille. J'attends son verdict, la bouche sèche et le dos trempé.

— Qui vous a donné mon nom ? dit-il.

Un petit soupir.

— C'est important ?

— C'est monsieur Bako ?

Sa façon de me parler sourdement résonne comme une menace, comme s'il allait me déchiqueter d'un coup de patte.

— Peut-être. Oui c'est lui.

— Bon, c'est sans importance. Écoutez-moi madame Leclerc, monsieur Bonnamy a été impliqué dans une enquête préliminaire il y a environ quatre ans et demi, quand j'étais en poste au Raincy dans le 93. Mais l'affaire a été classée, je n'ai rien d'autre à vous dire.

— Dans ce cas, pourquoi m'avoir posé toutes ces questions ?

— C'est vous qui êtes venue. Et c'est mon métier de savoir qui vous êtes.

J'essaye de reprendre mon souffle, avec la sensation que mes poumons sont compressés, qu'ils vont éclater, et moi m'écrouler.

— Vous m'avez parlé d'un homicide tout à l'heure. D'un homicide dans un Ehpad. C'était où, au Raincy ou à Limoges ?

— C'était il y a quatre ans et demi, quand j'étais au Raincy. Mais c'est classé. Est-ce que vous comprenez ce que ça veut dire ?

— C'est classé mais vous cherchez toujours. Bako vous a dit que Bonnamy avait fait de la prison ? De la prison pour violence ?

— Oui, il m'a dit. Mais il ne savait pas où ni quand. Vous savez quelque chose, vous ?

Le silence s'abat sur nous, m'entoure et m'aspire, me coupe du monde comme si j'étais dans une bulle, très loin de toute réalité. Non je ne sais rien. Alors on en est au même point. Bonnamy n'a pas de casier judiciaire. Il n'apparaît pas au fichier des personnes recherchées. Il n'a pas d'antécédent judiciaire. Je fais quoi ? Qu'est-ce que vous cherchez alors ?

Pourquoi vous cherchez toujours ? Ça ne vous regarde pas madame Leclerc.

Le silence, toujours. Mon cœur gonfle ma poitrine.

— La procédure au Raincy… Vous ne voulez pas me dire ce que c'est ? Qu'est-ce que c'était, l'homicide ? C'était à l'hôpital ?

— Je n'ai rien à vous dire. Bonnamy a été auditionné, mais ça a été classé sans suite. Il est hors de cause. Ça veut dire qu'il est innocent.

— Mais vous n'y croyez pas.

Il se lève avec un mini-soupir, tend le bras vers la patère où pend son blouson.

— Je vous raccompagne. Si vous voulez mon avis, vous perdez votre temps.

— Alors, pourquoi vous appelez Bako pour une affaire soi-disant classée ? Pourquoi ? Vous avez du temps à perdre vous aussi ?

Il inspire comme pour me répondre, puis renonce à prendre son cuir.

— C'était quand, l'histoire au Raincy ? Il y a quatre ans et demi vous m'avez dit ?

— Qu'est-ce que ça peut faire ?

Ma bouche se crispe tandis qu'il pose de nouveau la main sur le col du blouson.

— Vous cherchez quoi quatre ans et demi après ? Qu'est-ce que vous vouliez savoir avec Bako ?

Il pousse un soupir, imperceptiblement plus fort que les autres, signe presque invisible d'un débat intérieur, qu'il tranche en enfilant son habit pour de bon.

— Je vous raccompagne.

Encore une convocation. Merde, tiens.

J'en ai conclu que je devrais partir, après tout, ce n'est pas plus mal.

Venir au Raincy, c'était comme s'enterrer, déjà mourir un peu. Ici tout est gris, la ville, les arbres autour des bâtiments gris eux-mêmes, les plateaux-repas, leurs relents fades mêlés à ceux de l'urine et du désinfectant. Le *Centre de moyen et long séjour des Érables*, sinistre Ehpad en réalité, exilé à côté d'un des rares bois du coin.

La direction occupe un pavillon de style basque, misérable avant-poste.

Je me recoiffe en m'examinant dans le miroir des WC, je montre les dents, on dirait presque un sourire, tout va bien, je ne parais pas trop énervé.

Ce n'est pas le cas de la directrice, avec sa mine de papier mâché, postée derrière son bureau en désordre, brève et sèche, pauvre garde-chiourme de lointains actionnaires (un fonds australien et deux grosses banques françaises). Ils font fortune dans l'industrie du petit vieux mourant, ça marche très bien.

Elle attaque sans état d'âme, toujours un peu plus mal fringuée chaque jour, cette fois en col roulé, pantalon grande taille, un pendentif en ambre au bout d'un collier d'argent, des poches sous les yeux mais ce n'est évidemment pas par souci des autres.

— Bon, qu'est-ce qui s'est passé avec la mère Berkaoui ?

Je la fixe.

— C'est son mari qui s'est plaint ?

À quatre-vingts ans et quelque, la mère Berkaoui partait en quenouille, son mari n'avait pas compris qu'il serait très bientôt veuf lorsqu'il l'avait fait admettre aux Érables, deux ou trois semaines plus tôt. Des insuffisances comme s'il en pleuvait, arythmie cardiaque, dentition médiocre et digestion *ad hoc*.

Son pauvre vieux schnoque de mari ne comprenait rien, il ne parlait presque pas français, un ancien ouvrier du bâtiment aux dents en argent, le visage creusé de rides profondes comme des tranchées de chantier. Il s'inquiétait juste pour le prix du séjour, et il avait raison. Les financiers australiens et français n'investissent pas des millions par amour de l'humanité, j'en avais presque souri en y pensant. Berkaoui voulait qu'on transfère sa bonne femme dans un établissement public, qui n'en voudrait sûrement pas.

Je me suis donc occupé de sa femme, elle me dégoûtait un peu avec ses espèces de tatouages sur le front, ses pupilles vertes un peu opaques à cause d'un début de glaucome mais il fallait bien que quelqu'un s'en occupe, non ? Elle a crié au moment où je l'ai piquée, elle s'est agitée, puis sa tension s'est effondrée et tout s'est arrêté. Mais Berkaoui m'a vu sortir de la chambre, et juste ensuite on a appelé le Samu, trop tard évidemment.

J'étais dans un coin, un goût amer dans la gorge, un reste de plaisir inachevé au creux des reins. Cet imbécile avait gâché mon plaisir. Berkaoui leur baragouinait je ne sais pas quoi, j'ai dû intervenir pour le faire taire. Deux jours plus tard il est revenu, tout miteux, tout pâle, il a crié en me parlant de poison, il répétait le mot « police » à tout bout de champ, police, police, police.

Je l'ai rassuré, assommé de phrases et je l'ai convaincu que madame avait eu les meilleurs soins possibles, que j'avais été des années urgentiste, à l'armée et au Raid, et que j'avais tout fait comme il fallait. Il a paru rassuré mais je me trompais apparemment.

Et ce matin la directrice m'écoute parler, la bouche boudeuse en cul-de-poule. Ses petites narines frémissent de mécontentement, mais aussi d'anxiété.

— Il paraît que tu lui as injecté quelque chose. Qu'est-ce que c'était ?

Je me souviens qu'avant d'exercer ses talents de garde-chiourme, elle était médecin autrefois. Haussement d'épaules. Mimique de dérision.

— De la strychnine ? À ton avis ?

Elle sursaute, me répond d'une rafale de mots :

— Arrête de me provoquer. C'est sérieux, Simon. (Elle m'appelle encore par mon prénom, mais ça sonne faux – ça aura été la dernière fois.) La famille a porté plainte pour empoisonnement. Qu'est-ce que tu lui as injecté ?

— Je n'en sais trop rien. Un diurétique je dirais.

— Tu ferais mieux de te souvenir. Tu savais qu'elle était en insuffisance rénale grave ?

— À ton avis ?

— Tu es convoqué au commissariat. J'espère que tu auras un peu plus de mémoire. En attendant, je te suspends.

Je reste impassible, mais ma fureur monte et bouillonne, comme de la lave, elle m'échauffe jusqu'à me brûler le bout des doigts. Mémère docteur-garde-chiourme me tend une carte de visite qui comporte un nom et un numéro de téléphone griffonnés au feutre noir :

— C'est le lieutenant Thomas qui s'occupe de l'enquête, au commissariat du Raincy. Tu dois l'appeler.

— Si ça te fait plaisir. Je lui parle aussi des petits vieux morts d'intoxication ?

Un incendie s'allume au fond de ses yeux.

Un an plus tôt, cinq pensionnaires de l'Ehpad étaient morts à cause d'une soupe avariée, mais personne n'avait témoigné et en plus, les registres et une partie des archives avaient malencontreusement brûlé. L'enquête s'était arrêtée là, ouf, rien n'avait été dit des sordides arrière-cuisines, des repas à 4 euros, des trois couches par jour et par client maximum, des dix minutes chrono pour laver les petits vieux merdeux.

Et donc tout avait continué comme avant.

À présent, la patronne affiche une expression de crainte et de haine que je connais bien. Si elle savait *toute* la vérité, la malheureuse ! Sa bouche se rétracte, ses trous de nez palpitent, elle me jauge, méchamment.

Sûrement pas prête à risquer que la police fourre le nez dans son brillant mouroir.

Thomas s'assied lourdement en grommelant dans sa barbe.

— Je sais pas ce que je fous là.

À la sortie du commissariat, il a subitement décidé de m'escorter jusqu'à un café-Loto-PMU incroyablement petit, entre deux vieux immeubles. Une serveuse à l'air exténué, bien qu'il ne soit pas cinq heures du soir, pose deux cafés sur la table et repart d'un pas traînant jusqu'à l'arrière-salle.

Quelques habitués complotent au comptoir.

Le lieutenant me dévisage un petit moment, contrarié, comme s'il combattait une dernière hésitation.

— Vous gardez ça pour vous d'accord ?

Je fais oui du menton.

— Houda Berkaoui avait soixante-dix-huit ans, il commence enfin. D'abord, elle avait été admise à l'hôpital intercommunal du Raincy-Montfermeil, pour un début d'infarctus mais en fait, c'était une fausse alerte. Et comme elle ne se remettait pas vraiment on lui avait trouvé une place dans un Ehpad privé en attendant. Qu'est-ce que vous faites, vous prenez des notes ?

Il essaye de m'intimider avec ses gros sourcils.

— Je n'ai pas le droit ?

— J'aime autant pas.

Je range mes papiers. Je noterai plus tard de mémoire, c'est tout.

Un petit soupir, il reprend. Donc, Berkaoui a surpris Bonnamy en train d'injecter un produit à sa femme. Enfin, il n'était pas tout à fait sûr, c'est ce qu'il croyait avoir vu. Elle a commencé aussitôt à suffoquer et sa tension est tombée, Bonnamy a donné les premiers soins, on ne sait pas trop lesquels. Elle est morte environ dix minutes avant l'arrivée du Samu.

— Morte de quoi ?

— D'insuffisance cardiaque. Mais Berkaoui a une fille avocate, son père lui a parlé et ils ont porté plainte. C'est pour ça qu'on a ouvert une enquête préliminaire…

Pour une fois, Thomas paraît doté d'un peu de sensibilité. Ses paupières s'entrouvrent, laissent échapper de l'irritation. De même, ses gros doigts semblent vouloir tordre la cuiller qu'il triture machinalement depuis qu'on se parle.

— Mais ça n'a rien donné. On n'a jamais su exactement ce que Bonnamy a refilé à madame Berkaoui. Au début la directrice a dit qu'il lui aurait donné un diurétique, ce qui était formellement contre-indiqué. Après, elle a minimisé, elle s'est plus ou moins rétractée. Je crois qu'elle ne voulait pas de cette enquête chez elle. Bonnamy a commencé par nier. Ensuite il a dit qu'il avait peut-être donné du diurétique, mais il n'en était pas sûr. De toute façon, Berkaoui n'avait rien vu concrètement, et en plus il n'y a pas eu d'expertise, c'était trop tard.

De nouveau Thomas semble troublé, au point qu'il lâche la cuiller, qui tinte sur la table. Il la reprend pour la torturer.

Bien sûr, il avait convoqué Bonnamy pour l'auditionner.

Ce dernier s'était présenté en costume cravate, une serviette en cuir sous le bras, attifé comme pour la cour d'assises (ou pour une première communion), sa tenue détonnait dans l'espace d'accueil du commissariat du Raincy, entre les flics en uniforme et le public de banlieue. Les revers trop grands, la cravate à motifs bariolés, on aurait dit un représentant de commerce des années 1980, surtout avec ses lunettes dorées et ses cheveux blonds peignés sur le côté, vraiment c'était étrange.

À la porte du bureau, le policier qui l'avait pris en charge à l'entrée et conduit chez les OPJ adressait des mimiques étonnées à Thomas, celui-ci l'avait ignoré et fait asseoir Bonnamy face à lui. Après un café, il avait enregistré sa déposition.

Bien sûr qu'il se souvenait de monsieur Berkaoui ! Le problème, c'est qu'il ne comprenait rien, ce pauvre vieux. Même en installant sa femme à l'Ehpad, il n'avait pas réalisé qu'elle était en train de mourir.

— Ce n'est pas parce qu'il parle mal le français qu'il ne le comprend pas, non ?

Bonnamy avait répondu d'une moue de doute.

À part ça, sa figure lisse n'exprimait rien. Les mots et les concepts glissaient sur lui sans paraître lui causer autre chose qu'un vague ennui.

— Bon, revenons-en aux faits. Qu'est-ce que vous lui avez injecté, monsieur Bonnamy ?

— Docteur, si ça ne vous dérange pas.

Sa voix cinglait, désagréable et combative.

— Qu'est-ce que vous lui avez injecté, *docteur* ?

— Du diurétique, je vous l'ai déjà dit. Mais en toute petite dose.

— Vous ne m'avez pas dit lequel.

— Vous savez combien on voit de malades par jour ? Par heure ? Vous le savez ?

— Quel était le nom du diurétique, *docteur* ?

Rangées bien à plat sur sa serviette, les mains de Bonnamy fascinaient le policier : inertes, parfaitement étrangères à leur propriétaire, elles avaient quelque chose de glaçant.

— Houda Berkaoui souffrait d'insuffisance rénale, si c'est la question. Si vous cherchez l'erreur médicale, vous perdez votre temps.

— Ce n'était pas la question. Quel était le nom du diurétique ?

— Docteur.

— Quel était le nom du diurétique, *docteur* ?

— Figurez-vous que je ne m'en souviens pas.

— Vous m'avez parlé d'une erreur médicale. C'est le cas, *docteur* ? Vous avez commis une erreur médicale ?

La question était passée très loin de Bonnamy, une menace pour rien, comme un missile tiré trop haut. Les néons se reflétaient en dizaines d'exemplaires sur les verres de ses lunettes, ses yeux flottaient derrière, indistincts, esquivaient ceux de Thomas sans jamais se poser nulle part.

— Vous dites que vous avez un grand nombre de consultations et de gestes à effectuer. Ça peut provoquer des erreurs, non ?

— Sûrement pas. On fait très attention justement.

— Madame Berkaoui a crié après la piqûre. Il paraît que ça n'arrive jamais, des cris comme ça.

— Quand les gens meurent, si. Ça s'appelle l'angoisse de la mort. Vous voyez des gens *morts*, inspecteur… Moi, je les *vois mourir*, c'est autre chose vous ne croyez pas ?

Thomas se rappelait chacune de ses phrases, presque chaque mot et même les intonations, les attitudes. D'habitude, il se méfiait des expressions toutes faites, des prétendues intuitions policières : *Untel, je le sens pas.* La vérité, c'est que les hommes sont menteurs, simulateurs et dissimulateurs. Tous. Enfin, presque tous. Car ce n'est pas ce qu'il discernait chez Bonnamy. Pas du tout. Il ne donnait pas l'impression de vouloir cacher les choses, au contraire il avait plutôt l'air de lancer des demi-vérités, comme ça, pour voir, des coups de sonde, ou de bluff. Il n'invoquait pas l'oubli, ne plaidait ni l'accident ni la faute. Il s'amusait, il provoquait, il marchait sur le fil du rasoir, entre innocence et perversité.

Mais, de quel côté penchait-il ?

Thomas soupire, encore et encore.

— L'audition n'a rien donné, il conclut, bougon. On a classé.

Je lui lance un regard, submergée par la déception. Bonnamy file à chaque fois qu'on l'approche, je ressens presque physiquement la rancœur du policier, sa frustration, comme un gros animal trop lent pour sa proie. Une idée me vient, mais en posant la question, j'anticipe déjà la réponse, évidente.

— L'autopsie n'a rien donné, c'est ça ?

— Il n'y a pas eu d'autopsie.

Il souffle par les naseaux, tête baissée.

Berkaoui avait signé une assurance obsèques, il s'était fait avoir par un démarcheur à domicile. Madame Berkaoui a été incinérée deux jours après son décès. Il a porté plainte sept jours après. Pas de corps, pas d'analyse, rien dans le dossier médical. Terminé.

— Mais il y avait le témoignage du mari, non ?

— Encore une fois, Berkaoui n'a rien vu de concret. En plus quand il parle, on n'y comprend rien, ça ne tiendrait pas deux secondes face à un avocat de la défense. C'est mort.

La porte battante de la cuisine s'ouvre dans les éclats de rire des cuisiniers, une lourde odeur de fromage cuit se répand comme un gaz de combat.

— J'enlève les cafés, fait la serveuse, elle macule la table en repartant, dandinant de la croupe.

La porte s'ouvre, se referme et couine en rythme. Les rires reprennent au loin.

— Vous croyez que Bonnamy est un tueur en série ?

Thomas soupire, se mâchouille les lèvres avant de répondre.

— C'est ce que je crois.

— C'est pour ça que vous avez rappelé Bako, aussi longtemps après ?

— J'essaye d'en savoir plus, ça me trotte dans la tête. Comme vous non ?

Je fais oui des paupières.

— Sauf, dit-il, qu'à part la fraude, Bako ne sait rien. On n'a rien.

On n'a pas rien. J'évoque les deux morts du Samu, à Laon. Je sais, vous m'avez dit. Et ça, ça compte pas ? Comme ça non, ça compte pas.

— Il ne suffit pas de *croire*, madame Leclerc. Il faut quelque chose pour le procureur, vous comprenez ? Ça va devant les jurés d'assises, il faut des traces, des témoins, des expertises. On est d'accord que Bonnamy est une vraie tête de con, sans doute un criminel. Mais on a un code de procédure à respecter, je dis ça dans votre intérêt. Ce qui veut dire que si un dossier ne tient pas la route, on passe à autre chose, et voilà.

Son ton s'est durci, je respire plus fort, les yeux mouillés.

— Faites attention à vous madame Leclerc. Ne vous cramez pas, ne faites pas n'importe quoi.

— C'est tout ce que vous avez à me dire ?

Je voudrais me lever et lui crier *qu'il y a* quelque chose contre Bonnamy. *Qu'il n'y a pas rien*, il n'a pas le droit de dire ça. Mes doigts se crispent sur le rebord de la table.

— Donc pour vous il ne s'est rien passé à Royan pour Manon, il ne s'est rien passé pour Catherine. Il ne s'est rien passé pour les trois petites vieilles à la clinique, ni pour les deux morts au Samu ? Tout ça, c'est rien ? Pour la dame du Raincy, c'est rien non plus ?

— Judiciairement, c'est rien. Rien du tout.

J'ai levé les yeux, instantanément remplis de pleurs. Aussi, j'aurais voulu sauter par-dessus la table et l'étrangler. Le soir, très tard, la voiture sent vraiment le chaud en arrivant dans la lumière bleue d'Antibes, la baie perlée de lumières, cette chaleur humide et salée de la Méditerranée, et j'ouvre le courrier.

Une simple copie d'article accompagnée d'un mot.

Signé Dominique.

J'ouvre et je le parcours à la lumière du hall d'entrée, la gorge sèche et les jambes tremblantes.

12

ABF ARCHIVES, 3 MAI 1995
CONTACT – FILES – ARCH. (566)
UN AMBULANCIER ACCUSÉ D'AVOIR EMPOISONNÉ SIX COLLÈGUES
(0)

Mons, Ill. – Simon Bonnamy, un infirmier français de 29 ans, a été jugé ce mardi pour avoir fait ingérer à ses collègues un goûter qui contenait du poison anti-limaces à base d'arsenic.

Les faits se sont produits lors d'une fête à laquelle Bonnamy participait, avec ses collègues du Smur du Centre hospitalier régional Mons-Hainaut, à Mons (site Saint Joseph). Six collègues pris de vomissements et de malaises avaient dû être hospitalisés. Bonnamy avait vite été accusé mais, malgré la gravité des faits, n'a montré aucune émotion lors du procès de quatre jours, se montrant au contraire très combatif. Jean-Denis Jacob, procureur du roi, plaide la préméditation et a demandé cinq ans de prison.

« Je suis sûr que vous recommencerez un jour, Bonnamy. Vous êtes un danger pour la société », a-t-il déclaré à l'audience, ajoutant que l'accusé semble fasciné par la

mort. Des livres morbides auraient été trouvés chez lui lors d'une perquisition. Il a dit à ses collègues qu'il était « né pour faire le mal ».

L'avocat de Simon Bonnamy a plaidé la maladresse : la bouteille contenant le produit anti-limaces n'était pas rangée à sa place, c'est par erreur qu'il en a mis dans ses préparations. « D'ailleurs il a lui aussi été légèrement intoxiqué lors de la fête. »

De son côté, l'infirmier français s'est fermement défendu : « On cite mes déclarations en les prenant au pied de la lettre, mais il s'agit d'humour noir, ça se pratique dans toutes les salles de garde ! » L'audience a été interrompue à plusieurs reprises, le procureur menaçant de poursuivre le prévenu pour outrage à un magistrat.

L'enquête n'avait pas permis d'établir de mobile. Le verdict sera rendu vendredi.

Vingt fois j'ai relu l'article, essayant de comprendre entre les lignes ce qui s'est joué pendant et avant le procès, cet empoisonnement collectif me paraît tellement énorme, tellement incroyable que mon cerveau refuse de concevoir la chose : Bonnamy tout jeune, administrant des gâteaux fourrés au tue-limaces à ses collègues (bizarrement d'ailleurs, je n'arrive pas à me le figurer jeune ou enfant, il est tellement en dehors du temps, hors du vieillissement des gens ordinaires). Et je me dis, peut-être pour me protéger, que cet infirmier en Belgique était un homonyme, pas *mon* Simon Bonnamy.

J'ai appelé Dominique, aussitôt son courrier ouvert, lu et relu. Il est absent mais mon téléphone me réveille vers deux heures du matin.

— Désolé, je rentre d'un extra, je sais qu'il est tard. En fait je ne pensais pas que tu décrocherais.

— Tu vois, ça arrive.

Nos sourires s'échangent en silence. Tu peux venir ? À cette heure ? Ce n'est pas très sérieux. Je veux savoir tout ce que tu sais. Je ne sais rien d'autre que l'article dans l'enveloppe, je n'ai rien trouvé d'autre. Ça fait rien, tu me diras quand même, tu auras droit à un bon petit bouillon en échange. Beurk. Un thé bien sucré, je préfère. Ok pour un thé bien sucré.

Une demi-heure plus tard, il passe la porte, une odeur de gel douche à la vanille dans son sillage.

Entretemps j'ai encore relu le papier. J'ai repris mon cahier commencé au mobil-home. Cinq victimes à Royan – je réprime un frisson en pensant à Manon. Ensuite deux autres au Samu de Laon, puis Houda Berkaoui au Raincy. Huit morts en seulement trois ans.

Mais combien d'autres entretemps ? Combien d'autres avant Royan, avant que je ne croise sa route ?

Où est-il maintenant ? Mort ? Reconverti, en fuite ?

Ce décompte macabre m'a glacée, presque épuisée, si bien que Dominique me scrute avec inquiétude.

— Ça va ? C'était idiot que je passe, non ?

Je referme la porte derrière lui.

— Ça va aller.

Installé plus tard à côté de moi, il touille son thé, dont l'odeur herbeuse se répand comme si on était le matin, comme si nous étions amis ou amants et finalement l'idée ne me déplaît pas tant, précisément parce que je sais que ça n'arrivera jamais. Il sent le shampoing et le dentifrice, le propre, ses cheveux soigneusement peignés, argentés, épais.

— Tu as trouvé autre chose ? Je veux dire sur le procès, le verdict.

Il secoue la tête.

— Tu sais, c'était déjà un miracle que j'aie trouvé ça.

— Allons bon, un miracle maintenant.

D'une voix fatiguée, plus sensuelle aussi, il m'explique qu'il y a six niveaux d'utilisation sur Internet, classés d'un à six.

— Nous, on utilise le premier niveau, c'est à peine dix pour cent des données. Le reste, c'est dans le *deep Web*, le Web profond.

L'article sur Bonnamy, cet empoisonnement – je n'en reviens toujours pas – n'était donc pas caché, mais simplement enfoui dans un fatras d'informations, de livres digitalisés, un continent numérique, et je me crée une image fantaisiste, Dominique marchant une torche en main, au milieu de montagnes de papiers poussiéreux. L'idée me réjouit, Dieu sait pourquoi.

Frissonnante, je relève le col de ma polaire. Dehors, on ne distingue rien de la cour, envahie d'ombre et de silence.

— Tu dois savoir autre chose d'intéressant. Enfin, de pas normal : je n'ai trouvé aucune information sur Bonnamy dans le premier niveau d'Internet.

— Tout le monde ne s'affiche pas forcément sur Internet, non ?

— Pour un médecin, c'est bizarre de ne pas y être. C'est un métier public, il y a forcément des annuaires, des choses comme ça. Il y a toujours un petit quelque chose, une information.

— Et lui, rien ?

— Rien du tout. Ça veut dire qu'il a *fait effacer* ses traces.

Pour quelques milliers d'euros, m'explique-t-il, des sociétés informatique spécialisées nettoient le Web de toute mauvaise trace, les articles ou les images compromettantes, ou tout simplement ce qui n'est plus d'actualité.

— Ça s'appelle de l'e-réputation, en principe c'est réservé aux entreprises ou aux personnalités, aux marques, tout ça, mais n'importe qui peut s'adresser à elles. Visiblement, celle qui a bossé pour Bonnamy a loupé cet article sur le fait divers en Belgique.

Je cache mon trouble en resserrant dans les poings le col de mon pull. Il se détourne un instant avant de me fixer à nouveau, le regard ému, brillant de sympathie, et je comprends à ce moment qu'il sait. Il sait *pour moi.*

— Je suis tombé sur l'article à Royan. Manon Leclerc, c'était ta fille ?

Sa question me coupe le souffle, me laissant hésitante au bord d'un gouffre, au bord de l'énervement.

— Oui.

— Tu penses que c'est lui qui l'a tuée ?

Je reste clouée sur place et dans le silence, sans réaction lorsqu'il prend ma main, la porte à la bouche et l'embrasse doucement. Et la repose comme un objet précieux. Le geste pourrait m'irriter parce qu'il profite de ma peine, mais je perçois trop sa tendresse et sa solitude pour lui en vouloir, sa solitude infinie comme la mienne.

Le lendemain, je passe voir Clara. Encore une fois le bébé me fait fondre, mais le regard de sa maman pèse sur moi, surtout son silence, elle n'essaye même plus de parler de nos vacances aux Moustiers et c'est ce qui me fait le plus de peine.

Tu fais quoi maman ? Comment ça quoi ? Tes allers-retours. Il paraît que tu ne travailles plus. Mais si je travaille. Je me repose un peu en ce moment, c'est tout.

Un pincement à la poitrine. Son iris azur ne me quitte pas, soudain féroce.

— Papa a appelé. Il paraît que tu as vendu le mobil-home.

— Ça ne le regarde pas.

— Je croyais que tu voulais m'inviter là-bas pour les vacances. On fait comment si tu l'as vendu ?

— On peut en louer un autre.

— Tu fais quoi avec l'argent ? C'est à cause de Bonnamy ? C'est vrai ?

Les pleurs de Noah me permettent d'éluder ses questions, puis nous passons à autre chose. Nous marchons ensuite le long de la mer, dans un petit vent aigre, une ondée. Mais le soir, je pleure, avec la sensation affreuse que je viens de rompre avec elle pour toujours.

Le lendemain je prends la route, direction la Belgique mais la Ford ne tarde pas à sentir le brûlé, traînant derrière elle de longs fils noirs, puis le moteur rend l'âme avec des claquements métalliques, j'ai tout juste eu le temps de m'arrêter sur la bande d'arrêt d'urgence. Les camions frôlent la portière et font vibrer l'air brûlant, je tremble de colère, de stress. Tout tombe à l'eau, je n'ai plus de voiture et plus d'argent, je n'irai jamais à Mons, tout s'arrête.

Au téléphone, Dominique me calme et me dit de marcher jusqu'à une borne d'appel d'urgence et d'appeler un dépanneur. Quatre heures plus tard, il me rejoint devant l'entrepôt du réparateur, un genre de casse dans une morne zone d'activité à l'écart d'un bourg, pas un piéton, pas un restaurant, pas une maison, juste des entreprises et des montagnes au loin.

Je lui souris comme si c'était la première fois qu'on se parlait, après des mois de séparation.

— Il fallait pas venir.

— Il fallait pas m'appeler. C'est moi qui t'ai proposé non ?

Il a les traits tirés, calme et poli avec ce polo sport qui lui boudine le ventre, il est presque émouvant, ce petit ventre. Je contemple ma vieille Ford au milieu d'autres carcasses dans la cour, repensant à tout ce que j'ai vécu avec elle, les dernières années heureuses, ce premier trajet jusqu'à Royan et puis tout le reste, la séparation et le départ de Pornic, Antibes et puis tout le reste, Laon et Limoges.

— Le dépanneur dit que ma voiture ne vaut plus un clou. Zéro.

On s'éloigne en voiture, moi sur le siège passager. J'observe ses mains sur son volant, songeant à celles de Michel, à mes amours mortes, détruites par le remords.

— Bon. Tu vas faire quoi maintenant ?

Il s'est garé sans difficulté devant un bar PMU du centre-ville, on cherchait un endroit pour manger. Les quelques habitués ne nous portent aucune attention, scotchés à l'écran où s'affichent les combinaisons d'un jeu de hasard.

— Je n'en sais rien. Je continue. Et toi, tu vas faire quoi ? j'ai souri.

— Je peux te conduire en Belgique.

Il me fixe de ses yeux clairs désenchantés, avec une espèce de supplication. J'ai posé les doigts sur sa main, tout doucement.

— Pas avec toi. Pas avec toi, excuse-moi.

Il lui faut une bonne demi-minute pour reprendre contenance. Il ne touche même pas à son assiette de frites, moi je dévore la mienne. Dans ce cas, la meilleure solution c'est le train. Il pianote sur son portable à toute vitesse, très sérieux, et je me demande ce qu'il a fait avant, sûrement cadre, responsable de quelque chose, en costume cravate. Mais quelque chose l'a brisé, et maintenant il fait des extras dans le sud de la France, arraché à son fils, divorcé, malheureux et sans amour.

— Tu as un train demain matin à Vienne, tu arrives à Paris à 11 h 22, ensuite tu prends le Thalys Gare du Nord, il te fait arriver à 15 h 12, on peut te réserver une voiture sur place maintenant si tu veux.

— Pas avec la carte bleue. Je paye en liquide.

Il a bien voulu et je lui ai donné les billets. Je n'ai pas de monnaie. Je m'en fous de ta monnaie. Pourquoi tu fais ça ? Tu n'étais pas obligé de venir. Pour t'aider. Et pourquoi tu veux m'aider ?

Un scintillement dans le clair de ses yeux.

— Anne.

— Quoi ?

— Fous-moi la paix.

J'ai encore caressé sa main mais il se lève très vite, soi-disant pour régler.

Plus tard, il me dépose devant un hôtel face à la gare de Vienne, repartant très vite avant qu'on se fasse la bise ou même qu'on se serre la main. Le ciel assombrissait l'horizon, de montagnes lointaines.

Je suis arrivée à Mons le lendemain en fin d'après-midi.

Mons, c'est à quatre-vingts kilomètres de Lille, on y trouve les mêmes rues bordées d'habitations en brique, le même genre d'hôtel de ville avec beffroi sur une grand-place de style flamand, le ciel vif et changeant, souvent mouillé, les lumières jaunes dans les petites rues, la nuit. L'hôpital est glauque et sec comme une maison d'arrêt, un mélange de béton récent de pavillons surgis du passé, on ne serait pas surpris de voir défiler des bonnes sœurs en cornette. À l'époque, j'en avais marre des études en France, j'étais heureux de quitter ces petits mandarins de la faculté, prétentieux et méprisants.

J'ai tout de suite adoré les urgences médicales, elles tournent de l'aube au bout de la nuit, je m'y sens heureux, des blessés, des morts, des brûlés, il y a tout ce qu'on veut. C'est ce qu'il me fallait à l'époque, cette tension délicieuse qui monte dans le ventre, lorsque des victimes vous attendent, que le sommeil éternel rôde. On court dans un couloir blanc, un sac de premiers secours pesant sur le dos, tombent les premières précisions, un accident, un suicide, un défenestré ou un brûlé. C'est fort, on raisonne froidement, le camion du Smur démarre, la sirène hurlante vous fait traverser la ville comme un aigle, vous êtes un dieu volant, au-dessus des gens et des choses, l'Homme qui compte, qu'on attend, personne n'est jamais attendu comme on l'est, même pas l'homme le plus aimé du monde.

Chaque seconde est démultipliée, une succession de petits orgasmes, les gens vous guident en piétinant des débris de verre, tout est arrêté, quelque chose s'est enrayé, le scooter a dérapé, le bus a tapé la petite vieille, les visages sont pâles, on s'écarte et on vous respecte, on vous admire, vous êtes utile, qui n'aimerait pas ça ?

Parfois c'est un ouvrier électrocuté au troisième degré dans un sous-sol, ou une petite vieille couchée sur sa moquette, ventre et seins ballottés par un massage cardiaque, électrocardiogramme plat, son futur veuf en pantoufles à ses côtés, et tant d'autres choses passionnantes.

Même en tant que jeune interne, je n'ai pas eu de peine à convaincre de m'embaucher le directeur de l'établissement, un barbu bouffi d'orgueil, au dernier étage de l'hôpital. Les murs couverts de diplômes à lettres dorées encadrés, ses ouvrages médicaux dans une vitrine, je l'ai écouté me parler de lui, tout le reste passait en dessous de ses radars. Il était flatté qu'un petit Français veuille servir chez lui. Pour le patron du Smur, ça a été plus difficile, un type bourru au crâne rasé, ancien médecin militaire qui m'a pris de haut et ne se déridait jamais.

Les autres non plus n'ont pas aimé mon style. Un jour, un car scolaire avait fait un tout-droit dans le fossé, à la sortie de Binche. Le conducteur baignait dans son sang, le nez et le cuir chevelu éclatés, quelques fractures chez les enfants, certaines ouvertes, rien de sérieux en somme mais ça hurlait et ça s'agitait et j'ai dit qu'on se serait plus amusés si le bus avait flambé. J'ai vu le dégoût de ces connards.

Ils m'en voulaient non pas pour ma blague – je ne la referais plus aujourd'hui – mais parce que je supportais mieux les choses qu'eux. Vexés, ils m'ont rendu la monnaie de ma pièce.

Je l'ai compris ce dimanche matin où je n'étais pas de service.

On a sonné à la porte, derrière, c'était un flic de la police communale avec un homme en civil. Ils voulaient me poser des questions. J'ai tout de suite su pourquoi mais je n'ai rien demandé, je les ai suivis dans leur voiture jusqu'au commissariat où ils m'ont interrogé longtemps, et nous sommes revenus le soir même dans mon petit chez-moi pour la perquisition.

13

Je n'ai eu aucun mal à savoir où habitait Jacob, en quelques minutes de recherche sur mon nouveau smartphone c'était fait – au fond, c'est d'une facilité enfantine, d'autant que le nom de l'ancien procureur du roi apparaît sur des dizaines de pages Internet, retraçant différentes affaires judiciaires, mais curieusement jamais celle de Bonnamy.

De notoriété publique, il occupe une très ancienne propriété familiale près de la frontière française, un château Louis XIII en briques et moellons gris, toit d'ardoise, des carrés de pelouse vert pomme bien ordonnés devant.

Une domestique me fait patienter avant que n'arrive un petit bonhomme tout tassé, en costume de laine et les cheveux blancs.

— Et vous êtes ? me demande-t-il en me désignant un fauteuil dont la toile de Jouy constitue à peu près la seule touche de couleur dans la pièce.

Par la fenêtre, de grands chênes se courbent sous le vent. Le salon est haut de plafond, les murs peints de clair, le sol de parquet presque noir.

Je lui raconte l'histoire de ma fille, les trois meurtres des vieilles dames à Royan, celui de Catherine, les deux hommes accidentés tués à Laon, l'assassinat de Houda Berkaoui au Raincy.

— Et qu'est-ce qui vous fait penser que je puis vous aider ?

Il me scrute, un peu fâché, une étincelle dure au fond de la prunelle. Sa voix résonne comme sur la scène d'un théâtre.

— Ça, peut-être.

Je lui tends l'article retrouvé par Dominique dans les tréfonds d'Internet. Il tord le nez en le relisant, surtout cette phrase qu'il a prononcée à la fin du procès, je comprends qu'il la garde en lui, comme une brûlure : *Vous êtes un danger pour la société. Je suis sûr que vous recommencerez un jour, Bonnamy.*

Jean-Denis Jacob insiste pour que je reste déjeuner. Sa domestique, une femme mince et farouche, me fait presque froid dans le dos avec ses mains d'homme épaisses comme des battoirs, son allure de panthère. La salle à manger est immense, trois fois comme mon studio à Antibes – le salon d'apparat d'un roi d'autrefois.

L'ancien procureur me bombarde de questions minutieuses, apparemment, il veut savoir si je suis folle, comme Thomas à Limoges. Il me fait penser à un chat qui vous scrute et dresse ses plans. Et à la fin vous arrache la tête d'un coup de patte.

La domestique apporte des assiettes en faïence séculaire ornée de bleu et d'or, au milieu des carottes et des pois, un pavé de viande semé d'herbes fraîches à l'odeur merveilleuse. Jacob prend ses médicaments dans un pilulier, les ingère puis me dévisage, son verre en cristal au bord des lèvres. Une larme tremble au bord de sa paupière.

— Avez-vous entendu parler de l'affaire Dutroux ? me demande-t-il.

Il boit puis se tamponne les lèvres.

Bien sûr que oui, qui n'en a pas entendu parler ? Mon esprit déconcerté vagabonde quelques instants, se perd. Bonnamy aurait-il un lien avec cette histoire ?

En 1996, reprend l'ancien magistrat, la Belgique entière ne parlait plus que de ce voyou minable qui avait enlevé et tué plusieurs fillettes, l'enquête avait révélé l'effarante incurie des gendarmes, des magistrats, certains y voyaient la preuve d'un complot de l'État, la volonté de dissimuler je ne sais quels réseaux pédophiles.

Avec tout ça, l'affaire Bonnamy était totalement passée inaperçue. Il aurait pu tuer tous ses collègues à la hache, on n'en aurait pas plus parlé.

Le petit vieux procureur reprend son souffle, le temps que sa terrible servante débarrasse la table. Dans son regard humide brillent la frustration et l'amertume.

— Vous pensez que Bonnamy est un tueur en série, madame Leclerc… C'est bien ce que vous pensez, n'est-ce pas ?

Je respire difficilement, la gorge serrée par l'émotion.

— Vous savez très bien ce que je pense. Et vous, vous pensez quoi ?

Il joint les mains, la mine d'un prélat, tandis que revient sa domestique, elle semble nous espionner, jalousement veiller sur son maître. Lui paraît à présent sommeiller, ses paupières closes parcourues d'un entrelacs de veinules rose.

— Il n'a jamais été condamné. Il n'a pas de casier judiciaire. Dites-moi. Qu'est-ce que vous lui voulez, à Bonnamy ?

Je pose les mains sur les accoudoirs, prête à me lever, la poitrine tremblante.

— Ne me regardez pas comme ça, madame Leclerc. Je vous le demande : qu'est-ce que vous ferez, une fois face à lui ? Est-ce que vous y avez pensé ? Que ferez-vous ?

— Je veux la justice.

Une pause. Avec ses mains unies, son visage marqué, on dirait une image ancienne du Moyen Âge.

— Bien des gens confondent la justice et la vengeance, je l'ai toujours constaté. Voulez-vous la justice, ou *vous faire* justice ? Voulez-vous le signaler aux autorités ? Ou voulez-vous autre chose… vous en prendre à lui ? Le tuer…

La phrase me cueille en plein estomac, me coupe presque les jambes, heureusement je suis assise. Sur la cheminée de marbre se dresse une lionne en bronze, une biche vaincue tordue sous ses pattes. Faire justice, ou *me faire justice*. Je vois le visage de Manon, puis celui de Bonnamy, son visage froid avec ses lunettes, sa coupe désuète, son arrogance.

Ce n'est pas la colère qui me pousse, mais la haine.

L'œil fixé sur cette bête sauvage en bronze, je me sens aussi forte qu'elle, je veux anéantir Simon Bonnamy, lui rendre tout le mal qu'il m'a fait, au centuple.

Après le déjeuner, nous nous installons dans un salon du rez-de-chaussée, les murs clairs ornés de grands tableaux de chasse. Dehors on voit à peine la cime des arbres ployés sous le vent, en entend surtout leur craquement, leur bruissement. Il fait très sombre et la flamme de la cheminée teinte nos visages d'orange. La vieille servante a disparu.

Au Smur, me dit Jacob, Bonnamy était comme un corps étranger. L'un des plus jeunes du service, il était brusque et maladroit, assez incompétent. On l'avait vu donner un dérivé nitré à un patient en hypotension, il paraît que ça ne se fait absolument pas, que n'importe quel étudiant en médecine sait ça, on l'avait aussi surpris sur le point d'injecter de la morphine à un traumatisé crânien. Même chose, du grand n'importe-quoi. Jamais ce type n'aurait dû revêtir une blouse blanche.

Au début, le patron du Smur avait mis ces erreurs sur le compte de la jeunesse. Puis il était passé à la méfiance. Étrange, ce Bonnamy toujours volontaire, toujours le premier dans le camion à chaque départ, cet enthousiasme le gênait. De même que ses questions sur son passé de médecin militaire, il lui faisait raconter sa mission à Kolwezi, avec des commandos paras belges, lui redemandait toujours plus de détails sur les charniers, les Africains découpés à la machette ou brûlés vifs. Sur les odeurs, qu'est-ce que ça sent, les morts en putréfaction, et au bout de combien de temps ça sent ? Soi-disant parce qu'il voulait lui aussi servir dans l'armée. Dieu fasse que ça n'arrive jamais, pensait le patron des urgences !

— Tout cela, je l'ai découvert lors de l'enquête, après l'affaire des gâteaux empoisonnés, me dit le vieux Jacob en se levant péniblement pour tisonner le feu.

— S'il était si nul, pourquoi ils l'ont gardé ?

— *Nul* n'est pas le bon mot, répond l'ancien procureur en se redressant, la face illuminée par les flammes. (Il prend le temps de se tamponner le front avec un mouchoir fin brodé à ses initiales.) Vous savez, c'est comme tout. Tant qu'on connaît la fin, c'est facile, on comprend, mais dans la vraie vie c'est une autre affaire, vous ne pensez pas ? Souvent les gens ne paraissent pas ce qu'ils sont vraiment. En particulier Bonnamy, c'est un maître en faux-semblant. Il sait donner le change, mieux que quiconque.

Il se déplace à petits pas jusqu'à un petit meuble chinois, me propose un digestif. Non merci. Se renfonce dans son fauteuil avec un soupir d'aise. Je l'ignore un moment, me demandant une fois de plus ce que Bonnamy peut faire maintenant, où il se cache et où il opère, où il *donne le change*, à nouveau.

— En fait… Jacob fait miroiter l'ambre liquide de son verre d'alcool à la flamme. En fait, Bonnamy était presque détesté au Samu. Disons, un mélange de détestation et de mépris. Ils ont vite remarqué qu'il n'était pas comme eux. Toujours à donner la leçon, imbu de sa personne, intervenant à tout propos. À d'autres moments, il paraît qu'il était complètement absent, comme s'il se droguait. Ou bien il se mettait à plaisanter et c'était toujours hors de propos, jamais drôle. *Les gens qui ne rient jamais ne sont pas des gens sérieux*, j'ai vu cette phrase. Mais avec lui ce n'était jamais drôle.

Toutes ses sales blagues étaient ressorties lors du procès. Un jour il avait dit qu'il était *né pour faire le mal.* On avait évoqué sa boutade morbide au sujet du car scolaire accidenté : *On se serait plus amusés si le bus avait flambé.* Une autre phrase revenait, qu'il s'amusait à dire en présence des grands blessés : *Lui, il est bientôt mort*, c'était revenu à plusieurs reprises. Un jour, aux urgences médicales, il avait pris le dossier d'un patient décédé pour écrire dessus le mot MORT au feutre rouge.

Bonnamy était un médecin pitoyable, un homme obsédé par la mort, malsain et malfaisant, *un danger pour la société*, avait plaidé le procureur Jacob, un potentiel empoisonneur qu'il fallait écarter.

Mais ça n'avait pas suffi.

Les deux flics m'ont conduit au commissariat de Mons.

Vu du carrefour, le bâtiment est austère, imposant, mais l'intérieur poussiéreux et encombré, une fourmilière sillonnée en tous sens. Le flic en civil m'a fait raconter plusieurs fois l'histoire des gâteaux, plusieurs fois comme s'il espérait que je change de version, mais je ne me trahissais pas et je ne changeais pas de version. Et ça l'énervait, et moi ça m'amusait, malgré mon extrême nervosité.

Pourquoi vous n'en avez pas mangé, de votre roulé ? Je vous ai déjà dit que je n'étais pas bien. Mais vous avez mangé le gâteau au chocolat de votre collègue. Je préfère le chocolat. Ne vous foutez pas de moi monsieur Bonnamy. Docteur Bonnamy. Vous êtes interne, pas encore docteur. Alors, le chocolat ? Pourquoi vous en avez pris, et pas du roulé ? J'en ai juste pris un peu au début, après je n'étais pas bien.

Il semblait attendre de ma part une phrase très précise, et il n'accepterait rien d'autre. J'ai fini par admettre qu'il était possible que j'aie mis un peu d'anti-limaces dans mon roulé, à cause du fait que je l'avais stocké dans une bouteille d'eau minérale vide. Il n'était donc pas impossible que j'aie cru qu'il s'agissait *vraiment* d'eau, et donc j'en avais versé dans la farine. Et peut-être aussi qu'ensuite j'en avais avalé un peu, d'anti-limaces, sans faire exprès, par exemple en m'essuyant la bouche ou en goûtant la pâte, et c'est pour ça que j'étais patraque à la fête, le lendemain.

Il m'a parlé de mon métier. Comment j'avais pu me montrer aussi léger, mettre du poison dans une bouteille dans ma cuisine ? J'ai redit que pour moi ce n'était pas du poison, que j'avais cru que c'était juste de l'eau. Mais pourquoi diluer de l'anti-limaces dans de l'eau, il n'y avait aucune raison à ça ? On fait parfois des choses sans raison, non ?

Il a fini par abandonner, l'autre en uniforme a pris le relais, un blond à joues roses, un alcoolique certainement, qui a reposé les mêmes questions jusqu'à ce que la nuit tombe.

Le procureur avait donné son feu vert pour une perquisition. Avant de repartir pour mon appartement (enfin, ma minuscule maison rue Bouzanton), le petit brun m'a pris par l'épaule. Et si j'avouais, hein ?

— Avouer quoi ?

Il s'est tassé sur lui et nous sommes arrivés dans la petite maison à Mons. Elle était vraiment horrible, deux cubes posés l'un par-dessus l'autre avec une arrière-cour où même une chaise longue ne rentrait pas – le soleil n'y arrivait jamais. Tout était sale, bancal et sentait le rafistolage, le propriétaire rapiat qu'il faut relancer dix fois avant qu'il veuille bien remplacer une vitre cassée.

Ils ne portaient pas de gants de protection en latex et posaient leurs pattes partout, pressés de retrouver leurs petites bonnes femmes chez eux, incapables de comprendre à qui ils avaient affaire, des amateurs.

Ils se sont étonnés en découvrant que je dormais sur un matelas dans le salon, c'était mal rangé, ma façon de vivre à l'époque (ça a duré longtemps, à Royan c'était toujours comme ça). La bouteille d'anti-limaces, ils l'ont trouvée dans la cour, avec un bric-à-brac qui montait haut sous la fenêtre.

— Vous nous avez dit qu'elle était toujours dans la cuisine, m'a dit le gros aux cheveux blonds, mal fagoté dans son habit bleu, le bouton doré du bas pas fermé.

— Je n'ai pas dit qu'elle y était toujours. J'ai dit qu'elle y était quand j'ai fait la pâte pour le roulé.

— À quoi ça vous sert ici, l'anti-limaces ?

Il montrait la cour microscopique, avec pour seule végétation un peu d'herbe entre les pavés déchaussés.

— À tuer les limaces je présume.

En fait je n'en avais jamais vu, mais je voulais les exterminer malgré tout, je n'y peux rien si je n'aime pas ces bêtes-là. À la place – ça me fait sourire –, ce sont mes collègues que j'ai vus se tordre, bien malencontreusement. Comme des limaces en train de crever, justement.

Je repense à cette soirée de vendredi, divertissante même si ce fut cuisant à la fin. Une infirmière avait apporté d'excellents gâteaux au chocolat qui ont fait l'unanimité, ensuite, ils s'étaient rabattus sur mon roulé (bien moins bon, et pour cause). Une heure plus tard, un premier collègue – le plus costaud étonnamment – s'est mis à parler et à respirer avec difficulté, tout rouge et la bouche remplie de salive. Il est parti vomir, puis mêmes symptômes pour un autre, c'était évident que quelque chose n'allait pas. J'ai voulu aider Annette, l'infirmière anesthésiste. Elle avait le visage luisant, la bouche encombrée et respirait plus fortement, je sentais son bras contracté sous mes mains. Elle m'a violemment repoussé.

— Qu'est-ce que tu as foutu dans ton roulé…

D'ordinaire, elle était assez jolie mais là, plus du tout, ses yeux bleus injectés de sang, son élocution baveuse, la figure et la naissance de la poitrine tout rose, son pendentif, un petit dauphin en or, tressautait à la précipitation de sa pression sanguine, la tête d'une fille qui fait l'amour et qui aime ça.

— Tu as foutu quoi, merde !

Elle me regardait de travers, les autres aussi. Certains bavaient ou vomissaient, comme des ivrognes. Un des ambulanciers s'appuyait des mains sur la table, la bouche tordue. Moi je n'avais rien, évidemment.

L'anti-limaces contient essentiellement du métaldéhyde, un pesticide ultra-toxique pour les animaux domestiques, mais aussi pour les hérissons et les hommes. Les effets : hyper-salivation, rougeur faciale, vomissements ou diarrhées, puis ataxie (le sujet paraît positivement ivre), contractions, convulsions. Ça peut être aussi le coma et la mort.

Efficace.

À force de fouiller, les flics ont découvert mon album, ils en ont fait tout un barouf. Le petit brun le feuilletait avec indifférence, mais je suis sûr qu'il jubilait en réalité. Dès le début il m'avait détesté, sans doute parce qu'il voyait bien qu'ils ne m'impressionnaient pas, lui et son collègue. Ça devait le vexer.

Qu'est-ce que c'est ? C'est un album de photos, ça se voit non ? Vous vous foutez de ma gueule ? J'ai l'air ?

Il avait rosi. Je n'en étais pas fier de cet album, mais j'y tenais beaucoup, c'était ancien, un truc de jeunesse. Qui n'a pas les idées destructrices à quinze ans ? Sur le moment j'ai regretté de ne pas l'avoir jeté. Mais je n'y pouvais rien, c'était trop tard (et puis j'y tenais trop pour le faire). Donc, j'ai pris un avocat, le meilleur de Mons. Il n'aimait pas mes remarques sur la procédure mais il est resté jusqu'au bout et je dois reconnaître qu'il a été efficace. Le procureur du roi croyait en ma dangerosité, un ridicule petit homme vaniteux qui m'avait pris de haut dès notre premier échange. Comme par hasard, il appartenait à une riche famille du coin, je suis même allé vérifier et j'ai vu son château, près de la frontière. Des enfants jouaient dans le parc, j'apercevais deux belles voitures dont la sienne probablement. J'aurais bien fait quelque chose, puis j'ai changé d'idée et je ne suis jamais revenu, je devais d'abord me défendre.

Ensuite me faire oublier si je m'en sortais.

La plaidoirie de l'avocat de Bonnamy avait été excellente.

Certes, son client paraissait froid, ses comportements avaient pu choquer, on pouvait l'estimer antipathique, et même incompétent, mais après tout, ce n'était qu'un étudiant, encore jeune dans le métier. Et surtout, ça ne faisait pas de lui un assassin. La préméditation ? Certainement pas ! S'il n'avait pas touché à son gâteau, c'est qu'il était lui-même malade. Il s'était *empoisonné* en le préparant la veille !

Voilà donc un drôle de criminel, qui s'intoxique lui-même, qui garde le poison chez lui sans le cacher, et en plus aide la police à mettre la main dessus. La justice n'avait-elle pas d'autres *dossiers plus urgents* à traiter, les crimes de Dutroux dont vous avez entendu parler, éventuellement ? Est-ce que par exemple on ne ferait pas mieux d'orienter les enquêtes des policiers sur les *réseaux pédophiles* ?

Jacob rougit en me racontant, comme s'il gardait sur les joues les traces d'une gifle.

Les témoignages de l'équipe du Smur n'avaient rien donné, le préjudice était nul. L'assistance avait ri lors du témoignage de la victime soi-disant la plus touchée, un infirmier d'un mètre nonante-douze et cent kilos. Ses diarrhées l'avaient contraint à annuler sa participation à un tournoi de *couyon* – une sorte de belote très répandue dans les Ardennes. Même le juge souriait.

Bonnamy s'était bien préparé, timide et propre sur lui, contrit, plein de regrets, profil bas. Voici, monsieur le juge, le tueur en série de Mons ! Ce n'est qu'un homme jeune et maladroit, avec certes des déclarations de mauvais goût. Mais si l'humour noir était répréhensible, monsieur le juge, les trois quarts des médecins de Belgique seraient devant ce tribunal !

Jacob étouffait de rage impuissante sous sa robe noire. Il n'avait pas pu évoquer l'album de photos morbides trouvé chez Bonnamy, à cause d'une erreur dans le procès-verbal de perquisition. Ils avaient été forcés de lui rendre. Une humiliation de plus.

Même s'il était resté au dossier, cet album n'aurait pas changé grand-chose au verdict, soupire l'ancien magistrat, les yeux remplis de larmes : un mois de prison avec sursis pour *abstention coupable.* Avec sursis, autrement dit il n'a pas passé une minute en cellule. L'empoisonnement volontaire n'avait pas été retenu, simplement le juge avait considéré que Bonnamy n'avait pas fait tout ce qu'il fallait pour aider ses collègues malades.

Le silence retombe un long moment. Jacob s'est levé jusqu'à la fenêtre, il paraît frêle comme une branche d'arbre, perdu dans ses regrets. Je le vois presque dans la salle d'audience à Mons, indigné et désarmé. Entre lui et moi, pas de différence : nous savons exactement qui est Bonnamy, mais personne d'autre ne le voit, personne n'y croit à part nous. Un petit cercle d'initiés impuissants. Moi, le lieutenant Thomas à Limoges, le juge Jacob à Mons.

Je ferme les yeux et me vois à sa place, vaine accusatrice d'un procès fantasmé : Mais enfin, ma fille a appelé, en pleine nuit, elle m'a dit que *Simon voulait la faire payer, qu'il lui faisait peur, qu'elle voulait que je vienne la chercher.* Très bien madame, mais ce message n'existe plus, vous nous dites vous-même que vous l'avez effacé ! A-t-il vraiment existé ? À moins que vous ne suspectiez bientôt mon client de l'avoir *effacé à distance…* Vous l'accusez bien d'avoir assassiné votre fille alors qu'il se trouvait à plus de cinq cents kilomètres d'elle le soir de sa mort !

Des rumeurs, des rires cruels… Maître, je vous en prie, n'en rajoutez pas…

Oh oui, je vois bien Bonnamy face à moi, fermement campé sur ses positions, souriant presque, méprisant, odieux…

— Je vais rentrer à Antibes, ai-je dit tout bas.

— C'est plus sage. Je suis désolé.

Et comme je ne dis plus rien :

— Ne vous y trompez pas. Je vous crois, madame Leclerc. Bonnamy voulait les tuer, ses collègues du Smur. J'en suis convaincu. Soit il avait envie de les tuer, soit c'était un coup d'essai. Et s'il n'avait pas été surpris, il aurait recommencé, il serait allé au bout, comme il l'a fait par la suite avec ses patients, comme vous me dites. Car moi, je vous crois. Mais il faut voir les choses en face : il n'y a rien contre lui. Ne vous perdez pas dans cette histoire.

Sans le savoir ni le vouloir, le même avertissement que Thomas, au SRPJ de Limoges. Mais est-ce que je ne suis pas *perdue* depuis longtemps, dans cette histoire ?

Je rends la voiture de location à Mons, près de la gare. Il ne me reste plus que 250 euros sur le premier versement de la vente du mobil-home. J'appelle Christian pour qu'il me fasse parvenir le solde au plus vite, il me demande d'attendre.

Mais attendre pourquoi. Où chercher maintenant ?

Dans le train du retour, le paysage défile, un homme en costume m'épie, guettant l'occasion de me parler. Je voudrais appeler Thomas pour lui raconter, mais je renonce. Je sais très bien ce qu'il me dirait.

À Paris, je prends le métro jusqu'à la gare de Lyon mais je ressors très vite, au bord de la nausée. Les odeurs me prennent la gorge, ce déferlement de visages, ces gens préoccupés uniquement d'eux-mêmes me renvoient à ma propre solitude, mon isolement. Ce voyage en Belgique m'a touchée, bien plus que je pense. Je descends un boulevard, tirant derrière moi ma haine inutile.

Sentant pourtant qu'un rien pourrait la réveiller.

Comme un fleuve de feu.

14

J'ai rangé mon ordinateur encore presque neuf et mon cahier rempli de notes, arrêté mes recherches et repris mes extras. J'ai besoin d'argent.

Farid m'avait plus ou moins remplacée, il me fait la gueule et j'ai presque dû supplier pour qu'il m'embauche à nouveau. Seul Dominique avait paru content de me revoir, un soir après un service dans une salle des fêtes municipale, il m'a raccompagnée, mais j'ai refusé son invitation à dîner, si sèchement qu'il a pâli et que j'ai eu honte. C'est injuste, je sais, et c'est absurde parce qu'il n'est pour rien dans tout ça. Peut-être que j'ai peur de me livrer à lui, de lui en dire trop, d'être ridicule ou de paraître folle. Folingue, comme disait Michel.

Peut-être aussi que je m'en veux d'avoir échoué, de ne rien trouver contre Bonnamy, jamais, de me perdre dans une quête vaine. Et de devoir retrouver mon train-train d'avant, ma petite vie et ma petite amourette qui n'en est même pas une.

Je continue à attendre je ne sais quoi, comme une femme de marin guette un horizon muet.

Clara a mis plus d'une semaine avant d'accepter de me revoir. Elle n'aurait pas tenu tellement plus, elle a trop peur de déplaire, elle a toujours fui les disputes et les vraies questions même si ça ne sert à rien, car au final rien ne change entre nous, tout s'enlise en faux-semblants, entre amour et méfiance. J'ai presque pleuré en revoyant mon petit Noah. Il a pris du poids et dort moins, il se tient bien assis et pousse des cris perçants dès qu'il n'arrive pas à attraper un jouet, les joues rouges et gonflées. Et je plonge à chaque fois dans les images du passé, un vieux film qui fait du bien.

À l'été, j'ai rejoint Clara sur la côte vendéenne dans ma petite nouvelle voiture, une occasion – Dominique m'a conseillée pour l'achat. Elle aurait aimé plus, mais je ne suis restée que trois jours.

Trois jours vite passés, levés tôt, un peu de plage, le sable entre les pieds, l'appartement, déjeuner puis Noah qui fait sa sieste, de l'ombre partout et la lumière qui éclate au-delà des bannes en toile bleu-blanc. Mille souvenirs revivent, le bruit des vagues, les parasols, l'huile, je revois les filles au bord de l'eau, avec encore en tête la couleur de leurs maillots, leurs seaux et leurs disputes, mais cette fois Michel a disparu de l'écran. Malgré cela, je ne me sens pas à l'aise, un peu de trop, l'impression persistante de jouer une comédie.

Pourtant, je sens Clara reconnaissante. Elle prend tout de moi, avidement, ces moments volés comme un cadeau inespéré, elle veut en savourer jusqu'à la dernière miette. Et son amour, son indulgence me pétrissent de remords, me donnent honte d'avoir autant raté de choses avec elle. Elle ne remarque pas mon mal-être (en tout cas elle fait semblant), on parle de tout, de rien, de mon travail. Jamais de Manon.

Un soir, nous dînons en bord de mer. Tout est parfait, la terrasse remplie à craquer, des odeurs de frite et de vin blanc, les vagues bruissent, invisibles, et des vélos passent, la côte s'étire au loin, dissout ses lumières dans l'eau noire.

Tu ne vas pas continuer à courir dans tous les sens, à servir tes plats, tu fais combien de kilomètres dans tes soirées ? Tu vas finir par te casser quelque chose. Pourquoi tu ne cherches pas ailleurs ? Ailleurs quoi, où ? Tu sais, l'emploi des seniors… On ne nous court pas après, à notre âge, qu'est-ce que tu crois ?

À Pornic, je travaillais dans une petite entreprise de biscuits, mais c'était bien avant les e-mails et les portables, avant que l'informatique ne prenne la place des emplois de bureau, et tout ça me panique. À mon âge, plus si loin de la retraite, je n'ai pas d'argent sur mon compte, pas de biens immobiliers, tout juste de quoi partir quelques jours en vacances. Que ferai-je dans dix ans ? Que serai-je…

Cette pensée me tourmente encore lorsque Greg ouvre la porte de la location. Il allume la télé, il veut absolument voir le résumé de l'étape du jour, nous laissant, Clara et moi, coucher Noah, qui s'est réveillé dans l'escalier alors qu'il avait presque commencé sa nuit.

Baisse le son de ta télé. On s'en fout de tes coureurs cyclistes. Deux secondes. Baisse-le son, merde. Ils se disputent sans arrêt, la fatigue de l'année, du bébé. *J'ai* baissé le son !

Je reviens dans le salon. Des images défilent, les bandeaux et des titres, Greg regarde, fasciné.

À cet instant mon cœur s'est arrêté.

Il s'arrête comme s'il calait, puis repart très fort, à m'étouffer.

Le montage est toujours le même, le visage n'a pas changé depuis que je l'ai croisé dans le hall, à l'hôpital d'Antibes. Il porte un blouson de coupe ancienne, rien dans son expression n'est différent, même si j'y vois un peu moins d'arrogance, remplacée par de la rage, il semble furieux d'être filmé, une portière occupe l'écran, puis un attroupement de micros et de caméras.

L'image suivante montre un bâtiment de béton, des colonnes carrées, des fenêtres opaques et des journalistes derrière une barrière de police en acier.

Un titre défile lentement :

L'EMPOISONNEUR ARRÊTÉ ?

EXTRAIT DU JOURNAL TÉLÉVISÉ FRANCE TÉLÉVISIONS. 7 JUILLET 2011 ENVOYÉS SPÉCIAUX : ANNE-LAURE DAMIN, JÉRÔME GARROS, FRANCE 3 AUVERGNE-RHÔNE-ALPES

Qui est Simon Bonnamy ? Cet ancien médecin, employé d'un service municipal de Saint-Martin-d'Hères, dans la banlieue de Grenoble, est soupçonné d'avoir tenté d'empoisonner une vingtaine d'enfants. Suspecté à l'époque par la police, il avait disparu sans laisser d'adresse. Il vient d'être arrêté à l'aéroport de Roissy-Charles-de-Gaulle.

Les policiers du SRPJ de Lyon le recherchaient depuis trois ans au sujet de cette affaire. Tout commence ici en mars 2007 : une vingtaine d'élèves de CM2 de ce groupe scolaire de Saint-Martin-d'Hères sont pris de diarrhées et de vomissements après un goûter d'anniversaire. Quinze d'entre eux sont hospitalisés en urgence au CHU de Grenoble. Les analyses révèlent la présence dans leur sang de métaldéhyde, un puissant insecticide.

***Dr. Al Dakkak, urgences CHU Grenoble-Alpes (archives, mai 2007) :** Ils souffraient principalement de diarrhées et de vomissements. Deux enfants sont dans un état critique mais nous les avons stabilisés. En tout cas, c'est la première fois que je vois ça, oui.*

***Un journaliste hors-champ :** Est-ce qu'il y a eu un risque de décès ?*

***Dr Al Dakkak :** Sans soins ni prise en charge très rapide oui, certainement. Un risque de décès, oui.*

Très vite, les soupçons se portent sur Simon Bonnamy, le nouveau responsable santé au sein du service des affaires scolaires, à la mairie de Saint-Martin-d'Hères. Il aurait été vu à l'école Louis-Aragon la veille de l'intoxication des enfants.

Entendu par la police, il nie toute implication mais disparaît quelques jours plus tard. Une plainte pour empoisonnement a été déposée par un collectif de parents. Il a fallu trois ans pour remettre la main sur lui, où moment où il s'apprêtait à prendre un vol à destination de la Tunisie.

Les enquêteurs vont maintenant chercher à savoir ce qu'il s'est réellement passé en mars 2007 au groupe scolaire Aragon, mais aussi de retracer le mystérieux itinéraire de l'ex-médecin devenu employé municipal.

Ils parlent de mystère, d'empoisonnement, de fuite.

Ils disent que j'ai voulu cacher mon passé de médecin, que j'ai des choses à me reprocher. Ah bon, mais quelles choses ? Là, ils ne disent rien, et ce n'est pas moi qui vais les aider.

Deux flics s'occupent de moi tout particulièrement, un fluet tout calme, on dirait un cadre moyen dans une compagnie d'assurances, l'autre, un géant qui le suit comme un petit chien, mais parfois il s'énerve, il prend sa grosse voix et roule des yeux (ce qui ne me fait ni chaud ni froid).

Vous alliez faire quoi en Tunisie ? C'est important ? Ce n'est qu'une question. Dans votre valise il y a un diplôme de médecine au nom de Poverski. Avec votre photo, monsieur Bonnamy. C'est un faux diplôme, pour m'amuser. Ah bon, c'est amusant de produire des faux documents ? Moi, ça m'amuse. Et ce n'est pas interdit je vous signale. D'accord, alors quelle est votre activité en Tunisie ?

Je cloue les deux flics sur leurs sièges avec une longue réponse, hors sujet, les voilà contraints de ravaler leurs questions pendant un moment. Avec les moyens modernes, ils finiront sans doute par tomber sur le dispensaire à Sfax, la fausse identité sous laquelle j'exerce, le docteur Delalande. Mais ça n'ira pas bien loin. Usurpation d'identité, c'est un an d'emprisonnement et

15 000 euros d'amende, pas de quoi se taper le cul par terre. Pour le reste, les petits vieux tunisiens, ils peuvent toujours chercher. Ce n'est pas là-bas qu'ils auront de beaux dossiers médicaux bien remplis, et encore moins des autopsies.

J'en ris. Intérieurement.

Le capitaine me parle encore et encore des gosses de Saint-Martin-d'Hères, puisque c'est pour ça qu'ils m'ont arrêté. Il prétend que j'ai fui, je le remets en place : à l'époque les policiers m'avaient envoyé une convocation simple et sans motif. Ça a autant de valeur qu'une invitation à un goûter.

Ce n'est jamais bon de goûter avec vous monsieur Bonnamy.

La blague tombe à plat. Est-ce qu'il connaît l'histoire en Belgique, mon passage au Samu de Mons ? Je ne crois pas, même s'il finira bien par la savoir. Ils ont vite mis à jour ma carrière médicale (heureusement pas tout mais ça viendra peut-être, au moins en partie) : la faculté à Lille, l'internat au CHU de Montpellier, Royan peut-être ? Je les aide le moins possible, je noie le poisson.

Par la fenêtre, je vois en bas des camionnettes satellites de télévision, les journalistes font le pied de grue. Est-ce qu'ils vont m'incarcérer ? Pour quel motif, précisément ? Sur la base de quels témoignages ?

— Où avez-vous été après votre poste à Saint-Martin-d'Hères ?

— C'est important ?

— Vous avez des choses à cacher ?

Il s'appelle Poret, cet imbécile que je vais écraser. Capitaine Poret. Je lui donnerais bien un coup d'anti-limaces, pour rire.

— J'ai exercé au CHU d'Antibes, en gérontologie.

— Quand ?

— En 2010.

— Mais entre 2007 et 2010, vous avez fait quoi ?

— Rien de spécial.

— Vous savez qu'on trouvera forcément. Vous feriez mieux de parler.

Je le toise, un peu vexé tout de même de m'être fait arrêter pour un motif aussi bête, cette convocation. Je n'avais aucune raison de revenir en France, mais c'est comme ça, je joue. Je joue toujours un peu trop, c'est vrai.

HTTPS://WWW.PARISMATCH.COM/ACTU/FAITS-DIVERS/ EMPOISONNEMENT-A-SAINT-MARTIN-D'HERES-EMPOISONNEUR-OU-VICTIME-DU-SYSTEME-17820499

LE MYSTÈRE BONNAMY : EMPOISONNEUR OU VICTIME DU SYSTÈME ?

Le docteur Bonnamy est mis en examen pour 21 cas d'empoisonnement dont 6 mortels, à Montpellier, Royan, Le Raincy et Saint-Martin-d'Hères, mais l'absence quasi totale de preuves fait planer un doute sur la solidité du dossier d'accusation.

Paris Match ***/ Publié le 24/05/2012 à 04 h 00***

L'homme a gardé sa superbe. Impeccable, en pull sombre et chemise, il nous reçoit chez son avocat, maître Reinbach, à Lille, où il est assigné à résidence, chez un membre de sa famille. De lourdes charges pèseraient sur lui, mais cela semble attiser sa combativité, lui qui se rêvait médecin au Raid dans sa jeunesse.

Rasé de près, le verbe net et convaincu, il veut mettre les choses au point : « Il n'y a pas de mystère Bonnamy, martèle-t-il, confortablement installé dans un des fauteuils club de la salle d'attente. Je n'ai jamais rien voulu dissimuler. J'ai démissionné de mon poste à la mairie de Saint-Martin pour des raisons personnelles, c'était quelques jours avant l'incident de l'école. On a prétendu que j'étais en fuite, alors que j'ai simplement déménagé, et d'ailleurs il n'y avait pas de mandat

contre moi. Si j'avais su que la police me convoquait, j'y serais allé. Je n'ai absolument rien à me reprocher. »
Droit dans ses bottes, l'ancien médecin spécialiste en gériatrie du CHU d'Antibes. Pourtant son parcours révèle des surprises. Interne en médecine à la faculté de Lille, il poursuit ses études à Montpellier, puis exerce dans un Ehpad privé au Raincy, en région parisienne, avant d'être fonctionnaire à la mairie de Saint-Martin-d'Hères, à la Direction de la restauration et de l'éducation, poste qui lui vaudra le début de ses ennuis judiciaires.
Après l'Isère, direction la Côte d'Azur où il revêt de nouveau la blouse blanche, cette fois à l'hôpital d'Antibes. Il aurait ensuite travaillé en Tunisie selon nos sources, mais reste flou sur cet épisode de son parcours. Un véritable vagabondage médical que Simon Bonnamy, agacé, explique par l'incurie de nos hôpitaux : « Tout le monde connaît l'état du système de santé. Les soignants sont sous pression, on supprime des moyens, les personnes âgées sont traitées comme des Kleenex. J'ai aimé ce métier avec passion mais j'ai fini par le quitter. Ce qui est vraiment étonnant, c'est que tant de soignants tiennent encore le coup ! »
Son avocat renchérit : « On fait de mon client un monstre, un Landru en blouse blanche. Ces prétendues zones d'ombre, c'est simplement le parcours d'un passionné de médecine toujours à la recherche de nouveauté. Près d'un tiers des professionnels de santé n'exercent pas à des postes fixes, ils sont vacataires ou remplaçants, est-ce que ce sont tous des assassins ? »
Selon nos sources, le docteur Bonnamy opposerait une « défense de fer » aux policiers du SRPJ de Lyon, en charge de l'enquête. Sa ligne de conduite est simple : il conteste tout.

L'homme, il est vrai, n'est pas commode, se souvient un collègue d'Antibes qui a voulu garder l'anonymat. « Bonnamy est quelqu'un de très sûr de lui, il n'aimait pas qu'on remette son jugement en cause. J'imagine que certains n'ont pas apprécié, surtout dans la hiérarchie. »

Fils d'un militaire, Bonnamy a souvent déménagé lors de son enfance, révèle au téléphone sa sœur, qui l'héberge depuis sa suspension. La famille s'est ensuite fixée à Lille, où il a entamé ses études de médecine. « Simon, tu es le meilleur », disaient de lui ses camarades de faculté. Il ne se privait pas de le répéter, insensible au second degré. De même, il assurait pouvoir « exercer dans n'importe quel service d'urgence. Il faut du sang-froid et l'envie de bien faire, et tout ça, je l'ai. J'irai bosser au Raid, c'est fait pour moi ». Ce n'est pourtant pas chez les costauds du groupe d'élite de la police qu'il commencera son métier, mais en gériatrie et dans des Ehpad.

La personnalité agace, mais son avocat reste serein : « Mon client a exercé presque vingt ans dans de nombreux services. Il n'a jamais été condamné, n'a jamais été radié de l'Ordre des médecins, il n'a jamais encouru de plainte et son casier est vierge. Son métier, c'est de soigner, et il l'a toujours bien fait. Où est le problème ? »

Et c'est vrai : les enquêteurs du SRPJ semblent quelque peu embarrassés. Si Bonnamy a laissé des souvenirs, ils sont plus liés à son caractère... pour le moins étrange. Un témoin l'a croisé au Tennis Racing Club de Biot, dont il était aussi membre : « Il ne se mêlait pas aux autres. Au début j'aimais bien son esprit de compétition, mais c'était fatigant à la longue. Il ne voulait rien lâcher, il

m'en a voulu un jour parce que je l'avais battu. Ensuite, je me suis arrangé pour ne plus jouer contre lui. »
Ici, personne n'a oublié ce tournoi amateur en septembre 2010. Rapidement éliminé lors de la première phase, Bonnamy demande à collecter les résultats. À la fin de la poule, on fait le décompte et on constate que le médecin aurait remporté le plus grand nombre de sets. Impossible ! Le jury s'aperçoit alors que les cartons ont été grossièrement gommés. Bonnamy avait truqué les résultats à son avantage.
Les responsables de la Fédération française le convoquent pour une mise au point quelques semaines plus tard. Le directeur du Tennis Club n'en revient toujours pas : « Bonnamy est arrivé avec un avocat pénaliste très connu du barreau de Nice. C'était assez incroyable, certes nos tournois sont sérieux mais c'est amical, il n'y a aucun enjeu. Bonnamy a été très agressif, il s'en est pris à moi, à la secrétaire, on a tous été choqués. Des tricheries comme ça, je n'avais jamais vu. Quand on a su l'histoire avec les enfants de Grenoble, je n'ai pas été plus surpris que ça. »

Clara n'a pas cherché à me retenir.

En une fraction de seconde tout mon esprit est de nouveau accaparé par l'affaire. J'ai passé une partie de la nuit à zapper sur les chaînes d'infos, le lendemain aussi. Partout, on voit la même image au ralenti : Bonnamy arrêté par les flics à Grenoble, Bonnamy poussé dans leur voiture. Visiblement, il n'existe aucun autre enregistrement de lui, même pas une vieille photo d'identité. Il a su tout cacher.

Des pans entiers de sa carrière apparaissent cependant au grand jour : après ses études de médecine à Lille, il a été interne au CHU de Montpellier, en 1992 : trois tentatives d'homicide, deux morts subites inexpliquées au moment où il était de garde. On a aussi retrouvé sa trace à la clinique Saint-Pierre, et les trois pauvres dames assassinées (mais rien sur Manon ni Catherine). Il y a aussi madame Berkaoui, au Raincy, et bien sûr les gamins de cette école vers Grenoble. Mais il n'y a ni témoins ni preuves, pour ça, il aurait fallu que quelqu'un s'y intéresse, qu'on fasse des analyses ou des autopsies, ou qu'on saisisse les seringues, les poches à perfusion et les tubes.

Ces morts, tout le monde s'en fiche, les directeurs s'occupaient surtout des autorités de tutelle et des actionnaires, et plus encore des chiffres, des statistiques. Sur les plateaux des chaînes d'information en continu, les questions tournent en boucle, elles me hérissent, me serrent le ventre à en vomir. Qui surveille nos médecins ? Est-ce qu'on connaît assez leurs antécédents, leur casier judiciaire ? Le flou et la complexité des réponses nourrit la bêtise crasse des réseaux sociaux, le moutonisme des programmes d'info.

On y voit beaucoup la famille d'un certain Eddy, cinq ans en 1992. Opéré d'une appendicite à Montpellier, il a failli mourir d'un arrêt cardiaque en réanimation. Bonnamy intervient, le cœur repart. Vingt minutes plus tard, rebelote et deuxième sauvetage. Le garçon a survécu. À l'époque, personne ne s'est douté de rien.

Le visage des parents apparaît sur tous les écrans, dans le canapé jaune de leur maison proprette (pas Eddy qui va bien, mais il faut le protéger). La maman s'inquiète, il est fragile, il a redoublé une classe à l'époque, il n'a pas fait de bonnes études comme il aurait pu. Le père accuse l'hôpital, le mépris des médecins et des élites, ils sont des oubliés d'une banlieue de la ville à Saint-Jean-de-Védas, la preuve, pas un mot, pas un geste, pas d'excuses des autorités.

Porte-drapeaux de la croisade anti-Bonnamy, les parents d'Eddy me tapent sur le système, j'en suis presque jalouse. Bon sang, il n'est pas mort, leur Eddy ! Le ministre de la Santé les a reçus, un collectif leur paye un avocat et les déplacements.

Moi, rien.

Rentrée à Antibes, je me persuade qu'on va m'appeler mais rien, j'essaye de joindre Thomas, au SRPJ de Limoges, mais on me répond systématiquement qu'il s'est absenté. Je laisse un message au SRPJ de Lyon, où on m'explique que l'affaire se traite en réalité au détachement de Grenoble. J'appelle donc Grenoble. Au téléphone, une dame douce et polie refuse de me donner un nom. Elle me dit qu'elle note et qu'elle transmet. Et je comprends avec une atroce amertume qu'ils sont débordés d'appels, que tous les cinglés, tous les paranos, tous les complotistes de France et de Navarre appellent aussi, et que mon affaire, ma pauvre Manon, est noyée dans ce fatras d'homicides non résolus, de rancœur, de sottise, de terreur ancestrale de la mort.

Et je m'immerge dans les infos sans rien faire d'autre, à peine un ou deux extras pour Farid. La télé m'hypnotise, m'obsède.

La plupart des journalistes reprennent ce qu'ont déjà dit leurs confrères. La triche imbécile de Bonnamy au Tennis Club de Biot, un petit tour au Raincy, la clinique Saint-Pierre refuse de recevoir la presse, l'empoisonnement des enfants du côté de Grenoble. Là-bas aussi un collectif de victimes s'est constitué, mais ceux-là n'intéressent pas les médias, on ne sait pas trop pourquoi, ils ne doivent pas être télégéniques.

Et des experts, en veux-tu en voilà.

Une *spécialiste police-justice* qui n'a pas dû faire beaucoup de terrain, la voix étonnamment grave ; un psychiatre expert près des tribunaux ; un juge à la retraite devenu député, la mine compassée, un costume à 4 000 euros sur le dos, mains manucurées ; le représentant d'un syndicat d'infirmiers.

Ils ne sont jamais d'accord, c'est exprès.

— Quelle accumulation de faits tout de même, annonce l'ancien juge. Les policiers vont découvrir quelque chose… Bonnamy a dû faire un faux pas… il y aura d'autres témoins et d'autres crimes…

Le psy déroule sa théorie :

— Bonnamy met en péril ses patients pour intervenir au dernier moment, il apparaît comme un sauveur, celui qui accomplit les bons gestes, qui a les bons réflexes, qui détecte les problèmes et les résout. Et pendant ce temps-là, ses confrères sont dépassés. Sa cible, c'est eux, les autres médecins : il veut apparaître supérieur, infaillible. Il ne s'arrêtera jamais.

Les présentateurs sont scotchés :

— Donc, c'est bien un tueur en série ?

— *Serait…* Je précise qu'il est présumé innocent à ce jour, utilisons le conditionnel…

Le syndicaliste proteste, ben évidemment, si l'hôpital avait plus de moyens, ça se serait jamais produit. Hors sujet pour la présentatrice, qui passe le relais à la spécialiste police-justice.

— Je pense que son comportement se rapproche, pardonnez-moi l'expression savante, du *syndrome de Münchhausen par procuration…*

— … expliquez-nous…

— … vous savez, ces malades imaginaires qui veulent mettre en défaut le corps médical. Ils inventent des pathologies pour attirer l'attention sur eux. Bonnamy est vraisemblablement atteint de ce même phénomène, mais côté soignant : il crée le problème et ensuite le résout, pour attirer l'attention sur lui, en bref, pour paraître un héros.

L'ancien magistrat intervient, la lippe hautaine. Le syndrome de Münchhausen par procuration, ce n'est absolument pas ça. Pas du tout. La spécialiste police-justice s'offusque, mais si c'est ça. Le syndicaliste tente de reprendre la main, si seulement on n'avait pas coupé les crédits de la psychiatrie… L'ancien magistrat hausse le ton, non, ce n'est pas ça du tout, d'ailleurs dans la plupart des affaires, Bonnamy agit sans témoins et n'intervient pas par la suite. Ce n'est qu'un criminel froid, un type qui se sent surpuissant, sans empathie, qui se croit au-dessus des autres et de leurs règles, en somme, un banal psychopathe.

Donc un tueur en série. Cette fois, le psy n'est pas d'accord. Bonnamy a besoin de reconnaissance, il veut guérir une blessure narcissique qui remonte certainement à l'enfance, d'où son manque d'empathie.

On ne comprend plus rien. La présentatrice conclut que Bonnamy est mis en examen pour vingt-six cas d'empoisonnement sur personnes vulnérables, aucun mortel. Elle se dépêche de lancer la pub.

15

Finalement ils m'ont appelée un mois plus tard, en fin d'après-midi, dans un message court et direct, un capitaine de police souhaite m'entendre. Poret, du SRPJ de Lyon, antenne de Grenoble.

Au téléphone, j'ai du mal à m'en faire une idée. Sa voix semble très jeune, il paraît timide, déférent, s'excusant presque. Nous nous donnons rendez-vous pour une audition deux jours plus tard, au commissariat d'Antibes.

— Ah, il fait au moment de raccrocher, on a pas mal de journalistes sur le dos. Évitez de leur parler, ce serait bien. C'est déjà assez compliqué comme ça, d'accord ?

Je comprends sans comprendre. Qu'est-ce qui est si compliqué ? Ce qui est sûr, c'est que je n'ai pas l'intention de contacter quelque journaliste que ce soit.

Deux jours plus tard, je m'étonne en découvrant le capitaine dans le hall d'entrée du commissariat central d'Antibes, un bâtiment bardé de béton : il ressemble à tout sauf à un flic, on dirait plutôt un employé d'administration en veston gris, un type transparent, l'œil bleu derrière ses lunettes. Son collègue qui nous attend à l'étage est plus grand et plus lourd, plus âgé, une crinière bouclée noire, bizarrement vêtu d'un pull de cachemire trop grand, un comble vu son gabarit.

À peine assis, Poret me noie de banalités comme s'il me rendait une visite de courtoisie. Il appartient au SRPJ de Lyon, mais est détaché à Grenoble. Ah ? Je hoche la tête sans saisir la subtilité. Ensuite il me demande si j'habite Antibes, depuis combien de temps, eux, ils arrivent de Grenoble, la route a été un peu longue mais ça s'est bien passé. Il ne fait pas si beau que ça ici. Je ne suis pas seulement déçue, mais très nerveuse. Comment cet ectoplasme pourrait-il passer les menottes à un type comme Bonnamy, le faire craquer, le forcer à avouer ? Ça me paraît inimaginable.

L'odeur du café plastifié se répand dans le bureau. Pensif, le capitaine déchire sa sucrette et touille. Le géant tourne son gobelet entre de gigantesques phalanges couvertes de poils noirs, l'annulaire droit orné d'une grosse bague en argent de style gothique.

— Bien. Je suppose que vous savez pourquoi nous sommes ici…

Poret me scrute avec froideur.

— Pour ma fille ?

Il ne cille pas. Rien qu'en prononçant ces mots, j'ai senti mon émotion monter, presque me submerger.

— Racontez-moi s'il vous plaît.

Il me faut un effort pour dominer mes tremblements, placer ma voix, filer mes idées, puis je relate une fois de plus l'histoire depuis le coup de fil, depuis notre départ à Royan, comme je l'ai fait avec Delaune, avec Bako et les autres.

Poret note tout, paupières baissées, m'arrête parfois de la main, demande une précision, une date. Le Grand n'intervient presque pas, très urbain dans ses expressions, la voix grave. Je suis intarissable, me dévidant comme une pelote, les lèvres sèches, j'en bafouille presque et je répète certains points, pour être sûre qu'ils comprennent.

À la fin Poret esquisse un sourire. Replonge les yeux dans ses pages bleuies, il en a rempli une dizaine, certains mots soulignés, ceux des victimes ou des dates.

— Très bien. Très bien.

Cependant il paraît sceptique, et même un peu mécontent.

— Merci madame Leclerc, ajoute le Grand. Vous allez beaucoup nous aider.

Le capitaine approuve poliment du menton, mais je ressens un malaise, comme si j'avais raté un examen. Il manque quelque chose, mais quoi ? Poret consulte longuement ses notes, toujours plus perplexe.

Il referme brusquement son carnet.

— Vous avez porté plainte, pour votre fille ?

— Mon avocate m'a déconseillé de le faire. À l'époque elle a dit qu'il n'y avait aucun élément dans le dossier.

— D'accord. Dommage.

— Pourquoi dommage ?

— Pour rien. Vous dites que Bonnamy était à Paris la nuit où votre fille est décédée ?

J'acquiesce, il grimace très légèrement, contrarié, consulte de nouveau son infernal carnet, puis décidément non, le fait claquer. Je sens mes lèvres trembler. Je voudrais me lever, le prendre par le col et le secouer. Qu'est-ce qu'il me veut, à la fin !

— Ah, je voulais vous dire, c'est une mauvaise nouvelle. Mais le lieutenant Thomas a été victime d'un AVC il y a deux mois. Vous le saviez ?

Un coup au cœur. Thomas, sa grosse tête d'ours, ses yeux mi-clos, ses petits soupirs entre chaque phrase, sa lourdeur et son intelligence, la peine du passé qu'il trimballait avec lui. On n'imagine pas un tel homme fragile, malade, trahi par un minuscule caillot sanguin bloqué dans une artère.

— Comment il va ?

— Pas bien du tout. En fait il ne peut plus communiquer du tout.

— C'est… je suis désolée.

— Vous pouvez. Thomas avait constitué un dossier. Un dossier personnel sur Bonnamy, il vous en avait parlé ?

Je secoue la tête. Pourquoi *personnel* ? Pourquoi pas un dossier officiel ? Les yeux brûlants, je réalise qu'il faisait exactement comme moi, comme je l'avais pressenti lors de notre rencontre à Limoges. Il menait l'enquête de son côté, il accumulait les renseignements en attendant mieux, il n'avait pas oublié Bonnamy, il guettait son heure. En me rencontrant, il voulait surtout savoir si je possédais des preuves ou des éléments matériels, quelque chose de concret. Mais ce n'était pas le cas, et il n'avait pas insisté.

— On a retrouvé son dossier, enfin une partie, c'est comme ça qu'on a eu votre nom. L'affaire Berkaoui, je pense que vous êtes au courant ?

— Oui. Au Raincy.

Les deux hommes échangent une œillade entendue.

— Dans son dossier, Thomas parlait d'analyses médicales. Les analyses de madame Berkaoui. Il vous en avait parlé ?

Son regard neutre me glace.

— Il ne me faisait pas spécialement confiance.

— Mais vous avez été le voir à Limoges.

— Oui. Mais il ne m'a pas parlé de ce dossier. Il m'a posé des questions et ensuite, il m'a plutôt conseillé d'arrêter d'enquêter sur Bonnamy.

— D'accord. C'est important madame Leclerc. Vous n'avez jamais eu ce dossier dans les mains ? Vous êtes sûre ?

— Pourquoi je vous mentirais ?

— Il s'agit d'analyses médicales, les analyses sanguines de madame Berkaoui, juste après sa mort, précise le Grand d'un ton légèrement plus aimable. Ça ne vous dit rien ?

— Je vous ai dit tout ce que je savais.

Poret crispe les lèvres, agacé.

— Et vous, est-ce que vous avez des choses de ce genre ? Je veux dire, des analyses médicales, par exemple celles de la clinique à Royan… Est-ce que cette… (il recherche le nom dans son carnet)… Catherine avait gardé des dossiers ?

— Bien sûr que non, elle me l'aurait dit, je le fixe, le rouge aux joues et au front.

Et vous, vous n'avez rien, vous êtes sûre ? C'est important, il nous faut quelque chose, vous comprenez ? Je comprends. JE COMPRENDS !

Mon cri a surpris le capitaine. Dans ses yeux la colère pétille, mais pas contre moi. Il se lève en silence, hermétique, et je comprends qu'ils n'étaient venus que pour ça. Les analyses de madame Berkaoui.

Que je n'ai pas, évidemment.

Ils n'ont rien.

Rien contre Bonnamy.

J'ai relu mes vieilles notes, avec une envie dévorante de tout jeter. Je me revois à la supérette des Moustiers, en train d'acheter mon cahier et mes stylos, puis dans le mobil-home, à tout noter, mémoire et recherche dérisoires.

Mes notes ne servent à rien.

Manon est morte pour rien, tout a été détruit.

Je fais le compte de ce qui est paru dans la presse et j'ajoute *mes* morts (Manon, Catherine, ces deux hommes au Samu de Laon) : dix assassinats, vingt et une tentatives au moins, parce qu'il y en a certainement d'autres ailleurs, qu'on n'a pas encore trouvés.

Mais zéro preuve.

L'amertume m'envahit, me submerge, la douleur, la haine. J'apprends que Bonnamy est toujours en liberté surveillée, quelque part du côté de Lille, mais les médias ne s'y intéressent plus trop. La grosse histoire s'enlise peu à peu. Par hasard, je tombe sur un reportage qui promet des *révélations*. Musique dramatique, commentaire au diapason. On voit les enquêteurs à Grenoble (de très loin, au téléobjectif), puis une rue étroite aux maisons de brique. La caméra rase le sol, portée à bout de bras, file le long de murs colorés et d'une allée, s'arrête devant une porte dont surgit une silhouette masquée de flou.

— Simon Bonnamy ne veut parler à personne, dit la femme, une certaine *Murielle C.* Mon frère n'est pas un tueur en série. Je le connais depuis toujours, si c'était un psychopathe, on s'en serait aperçus, non ?

Assise dans sa voiture, la journaliste est ensuite filmée en contrebas, le téléphone portable à l'oreille. Elle a réussi à *parler à Bonnamy*, annonce une voix off tonitruante, ponctuée d'une envolée de trompettes et de cymbales.

Après la pub, la séquence reprend, j'ai de longs frissons en entendant le reporter poser sa question, son smartphone en mode haut-parleur :

— Que dites-vous de ces accusations de crime contre vous, monsieur Bonnamy ?

— Docteur Bonnamy… Madame, je ne reconnais rien du tout. J'ai un métier que j'adore, pourquoi j'aurais fait des choses pareilles ?

Visiblement, il n'a pas lâché un mot de plus.

Un monstre.

Je rêve de l'étrangler.

Sortir, il n'en est plus question depuis l'épisode de la journaliste à l'interphone. Murielle n'aimerait pas que d'autres arrivent, qu'ils fassent le guet dans la rue, qu'ils se passent le mot. C'est compliqué chez elle, me dit-elle (qu'est-ce que ça peut me faire ?). C'est vrai, des reporters traînent dans les cafés alentour, ils ont filmé des rues, cherché mon école, tenté d'interroger mes enseignants d'autrefois, des passants. Puis ils se sont lassés, ils sont partis.

Ils se lasseront tous, ils n'auront rien de moi. Rien.

En attendant je rumine, assis à ma fenêtre, on voit des jardins en longueur, tous pareils, avec leurs cabanes au fond, les chats qui passent et repassent, les jours sans goût. Parfois j'appelle mon avocat, je sens son impatience, je lui donne mes consignes qu'il n'aime pas mais respecte, et ça marche. Ils n'auront rien.

Ce n'est pas faute de chercher.

La juge d'instruction doit avoir trente ans, une blonde au visage en lame de couteau, pas de lèvres, sûre d'elle en apparence, mais je la sens fragile et nerveuse et c'est bien normal, je dois la déstabiliser, changer ses petites habitudes. Je suppose qu'elle vit dans une maison bourgeoise en centre-ville ou dans une banlieue tranquille, avec enfants et mari. Je n'aime pas sa façon de gommer sa féminité, je n'aime pas ses boucles d'oreilles qui grelottent quand elle parle.

Le palais de justice de Grenoble ressemble à un paquebot de verre, perché à un carrefour près de la gare. Des hommes et des caméras m'attendaient en bas, je les ai ignorés, et j'ai ignoré leurs questions bien que tout ça me mette hors de moi.

La juge m'interroge cette fois sur Montpellier, comme si je me souvenais de tel ou tel patient ! Puis sur mes activités de-ci de-là, Antibes, Le Raincy, sautant d'un sujet à l'autre d'une voix sèche, la gorge rétrécie par le stress.

— L'arrestation à Roissy était illégale, lance mon avocat.

Elle sursaute.

— Il n'y avait pas de délit de fuite à Grenoble. Ce n'était qu'une convocation simple. Elle n'a pas été notifiée dans les règles à mon client, vous ne pouvez donc pas le poursuivre pour le motif de délit de fuite.

Le coup porte, elle ne s'y attendait pas. Ne me dites pas que c'est votre ligne de défense. Ce n'est pas dans votre intérêt monsieur Bonnamy. C'est dilatoire. Vous n'êtes pas chargée de mes intérêts. Votre intérêt est de collaborer et de dire la vérité. La vérité est que je n'ai tué personne et que votre dossier est vide.

Courageuse, elle tente de savoir ce que je faisais exactement à Saint-Martin-d'Hères, et pourquoi je n'étais plus médecin.

Je croise les bras, attendant simplement que mon avocat l'achève.

— Madame le juge, mon client ne répondra plus à vos questions.

— Pourquoi ?

— Vous l'avez entendu de sa bouche : l'arrestation n'était pas légale, nous avons déposé un recours devant la chambre d'accusation. Nous demandons l'annulation de tous vos actes.

— Vous n'avez aucune chance. C'est dilatoire.

Elle s'est décomposée, et ce n'est qu'un début.

— Mes actes seront maintenus. Vous feriez mieux de collaborer !

Je souris, ravi de la voir fusillée debout. Son nez palpite, son cou palpite, ses petites breloques aux oreilles palpitent, du coin de l'œil je vois aussi sa greffière toute rouge et gonflée. Une petite grosse qui m'a regardé avec dégoût et je jouis à cet instant de la voir aussi désemparée que sa maîtresse.

L'avocat lance ses bombes les unes après les autres, un vrai chapelet comme à Dresde en 1944, à la fin il n'en restera pas grand-chose, du gros dossier de la petite juge. La pauvre, elle encaisse en serrant ses petits doigts, ils sont drôles, on dirait des brindilles. Je pense à elle enfant, une petite fille sage qui croit en de belles choses et qui a voulu s'occuper des affaires des grandes personnes, qui veut distribuer les bons et les mauvais points, châtier les méchants.

Mais face à moi elle n'est qu'impuissance, au bord des larmes, la chambre d'accusation risque vraiment d'annuler ses actes, le dossier de sa carrière.

Deux mois plus tard, deuxième audition toujours à Grenoble.

Les journalistes m'ont oublié, un très bon signe selon Reinbach. La jugette porte un gros pull gris, et toujours ses hideux colifichets aux oreilles, les joues creuses, des cernes sous les yeux, elle doit mal dormir en attendant la décision de la chambre. Je sens son énervement, son épuisement de fillette qui voudrait me punir mais n'y parvient pas.

Elle revient sur l'affaire de Saint-Martin-d'Hères. Et pourquoi je ne suis pas resté médecin, pourquoi j'ai voulu être fonctionnaire, et bla-bla-bli et bla-bla-bla…

Je réponds tout de même, bon prince :

— Je n'étais pas fonctionnaire, j'étais contractuel.

Elle s'obstine. Est-ce que j'ai voulu me cacher en prenant ce poste ? Et pourquoi j'ai mis de l'anti-limaces dans l'eau des gamins ? Et pourquoi ci, et pourquoi ça…

Je n'ai jamais mis d'anti-limaces nulle part. Je n'étais plus en poste à ce moment-là. En effet, vous étiez en fuite. Non je n'étais pas en fuite, j'avais démissionné. Quand j'ai repris un poste en gériatrie au CHU d'Antibes, c'était sous mon vrai nom. Je ne me suis jamais caché.

Elle pointe le menton sur moi comme un canon.

— Entre Saint-Martin-d'Hères et Antibes, il s'est écoulé trois ans. Où étiez-vous ?

— Nulle part. Je me suis reposé, j'avais de quoi vivre.

— Je vous rappelle que la charge de la preuve vous revient, lance Reinbach. Et je vous rappelle aussi que mon client n'a jamais été radié de l'Ordre des médecins, et qu'il n'apparaît dans aucun fichier.

Rien à répondre de ce côté-là.

Elle revient sur l'affaire de Mons, à mon grand plaisir.

— Mon client a été lavé de toute charge d'empoisonnement pour cette affaire, rétorque mon cher avocat, la face épanouie, il en rit presque de plaisir. Il a eu un mois de prison avec sursis pour l'équivalent de non-assistance à personne en danger, probablement pour calmer d'éventuelles protestations publiques. *Un mois avec sursis.* Ce serait la peine réservée à une tentative de tuerie de masse ? Enfin, je me permets de vous rappeler que Mons est en Belgique, et qu'il sera difficile de rejuger cette affaire dans une juridiction française, madame le juge.

Elle tremble comme une feuille, demande une pause. J'ai vu qu'elle a changé de greffière. L'usure du temps.

Ensuite, on en vient à l'album. Le fameux.

Heureusement, il n'y a pas eu de fuites dans la presse, je subodore que la magistrate tremble pour sa procédure, elle préfère sans doute le garder pour la suite. D'ailleurs, ce n'est pas *mon* album mais celui de papa, il est mort quand j'avais presque quatorze ans, et c'est à ce moment-là que je l'ai découvert, et mis la main dessus.

Je me revois à cette époque, un gigantesque marronnier occupait le côté gauche du jardin, devant le mur. Un jour, j'avais volé la carabine de papa, une Winchester USM1, je l'adorais, cette arme légère, et le recul donnait de sacrés coups à l'épaule. Je m'amusais à tirer les merles dans le marronnier, je n'étais pas si doué, et surtout j'avais une peur bleue (plus exactement, j'étais terrorisé) à l'idée que papa s'aperçoive de mes emprunts, à cause des munitions, je ne savais pas s'il les comptait ou non. J'avais touché deux oiseaux, le premier était tombé comme un pavé, je me souviens encore du bruit sur la terre et les feuilles, l'autre a agité les ailes une dizaine de secondes, comme en prise directe avec la mort, puis il a dégringolé aussi, quelque chose s'était coupé en lui. Ces deux morts-là m'ont durablement impressionné.

Mon père venait de quitter cette vallée de larmes, mais je n'avais rien vu venir, et pourtant on était allés le voir à l'hôpital, mais j'étais jeune et stupide à cette époque, tellement stupide, bête à manger du foin, n'importe qui aurait compris mais pas moi, j'étais sûrement trop terrifié pour réfléchir. Je croyais qu'il se rétablirait et qu'il repartirait bientôt pour ses opérations à l'extérieur, à la guerre, et qu'on serait un peu au calme, mais non, il était vraiment à l'hôpital en train de crever et je n'ai rien vu venir, rien du tout.

Il nous a reçus dans son pyjama trop grand, si maigre que son cou paraissait un conglomérat de tuyaux secs sous sa peau jaune, il était encore plus effrayant que d'habitude, à en lâcher la vessie, ça arrivait souvent, même quand il était loin de la maison.

Quand il est mort enfin, je me suis jeté sur le lit en faisant semblant de pleurer alors qu'aucune larme ne venait, mais il me semble que c'est ce qu'on attendait de moi, de nous trois, les survivants. À l'église, un coussin de velours écarlate était posé sur son cercueil, comme un gros doudou froid, avec trois décorations militaires. Et des hommes en uniforme autour, qui me semblaient immenses.

Nous n'avons pas déménagé, simplement maman a changé de chambre et l'ambiance s'est modifiée, comme après un hiver interminable, avec moins d'effroi quotidien, et curieusement, je me suis mis à admirer mon père. J'étais tombé sur son album en fouillant dans une armoire, je l'ai feuilleté avec une boule dans la gorge, la salive me venait et des contractions dans le bas-ventre. Je l'ai gardé en secret et souvent regardé, et un peu plus tard, vers quinze ans, j'ai ajouté mes propres photos, et c'était toujours aussi troublant et bon de l'ouvrir et d'y passer du temps. Le Colonel y avait mis tout son cœur, avait fait de grosses recherches, une des séries les plus fascinantes montrait des Chinois découpés vivants, d'horribles plaies révélant la complexité des organes, d'autres, décapités par des soldats japonais ; sur toute une page, des ribambelles de têtes coupées en noir et blanc, une autre consacrée à la Shoah, les montagnes de cadavres décharnés, les gamins rachitiques victimes des médecins nazis, leurs membres difformes, leurs yeux creux, et ces images ont bercé mon adolescence, pas une semaine ne passait sans que je me délecte de mon lot de pendus, d'incendies, de corps broyés, anéantis.

Des gens sur les photos regardaient les désastres et tous ces corps, j'étais comme eux en me demandant si tout ça, si tout ce mal était bien réel.

Par la suite, j'ai volé des livres illustrés dans les bibliothèques pour compléter le travail de papa, puis j'ai fini par arrêter, mais j'ai toujours conservé l'album dans un coin, le papier lisse et jauni à force de le toucher, et toujours ces papillons dans le ventre, rien qu'à m'en approcher.

16

Finalement, Bonnamy a été mis en examen pour trois empoisonnements avec préméditation au CHU de Montpellier, dont un mortel (toutes les autres charges ont été écartées). Il était temps : à quelques mois près, ces crimes présumés étaient prescrits. Les médias unanimes s'accordent à dire que le dossier d'accusation est fragile, et d'ailleurs Bonnamy est resté libre chez sa sœur, sous contrôle judiciaire. Les flics de Grenoble ne sont jamais revenus vers moi, j'ai revendu mon ordinateur flambant neuf. J'esquive Dominique, redoutant qu'il continue ses recherches rien que pour me plaire. Pourtant je n'aime pas le fuir, je sais sa peine et sa douceur, je sais au fond de moi que nous aurions pu nous rapprocher.

Parfois, je pense à ce pauvre Thomas, cloué sur son lit à Limoges après son AVC. J'ai appris en contactant le commissariat qu'il n'a récupéré ni la marche ni la parole, un légume. Il est comme moi. Cette histoire l'a broyé de l'intérieur, l'a démoli. Je lui ressemble, impuissante et paralysée. Il possédait peut-être la seule preuve qui aurait pu envoyer Bonnamy derrière les barreaux, à savoir une analyse sanguine de madame Berkaoui, mais il ne peut rien faire et rien dire, emmuré dans son silence, dans son corps inerte comme à l'intérieur d'un sarcophage.

Comme moi.

Noël passe, puis le Nouvel An. Un jour, j'ai vu mon reflet dans une vitrine, celui d'une femme sèche, un fantôme, une enveloppe dépossédée depuis longtemps de ce qu'elle contenait autrefois – une personne vivante. Dominique m'a envoyé une gentille carte, puis un SMS comme je ne répondais pas :

Anne, si je t'ai fâchée excuse-moi. Si tu ne veux plus de message dis-moi. Si tu veux me parler dis-moi. Bref, comme tu veux. Bonne année et prends soin de toi. Dominique.

Tu n'as rien fait de mal, ne t'inquiète pas.
Je te rappellerai. Bonne année à toi aussi.

Ma réponse est brève, volontairement. Je ne veux plus que m'occuper de ma fille et de Noah, de moi un peu. J'ai arrêté les extras, commencé une formation à la chambre de commerce. Oh oui, ma vie va changer.

Le passé pourtant me rattrape. Enfin, Bonnamy me rattrape, comme une drogue dure vers laquelle tout vous ramène, en définitive.

En allumant ma radio, j'entends son nom, encore une fois. Du nouveau. On parle de lui dans un flash d'info. Il s'est passé quelque chose à Tours. Je n'entends pas bien et je pousse le volume, mais une série de coups de klaxon me fait revenir à la réalité, je suis en pleine circulation.

Au flash suivant, je comprends qu'on a trouvé quelque chose de sérieux. Cette fois, il pourrait bien partir en détention préventive.

Aux infos, ce qu'on voit le plus est une petite rue devant un cimetière, bloquée par des gendarmes. Dans la région de Tours, donc. Des caméramans filment au téléobjectif une camionnette blanche qui se gare au loin, précédée par une escorte. Elle attend un long moment puis repart, précédée de motards en bleu, sirènes allumées.

Selon le commentateur d'une chaîne d'info, les enquêteurs ont appris que Bonnamy a exercé dans une clinique Clément-Marot du côté de Tours, juste après l'affaire des enfants empoisonnés à Saint-Martin-d'Hères, je fais le calcul, c'est à peu près en 2008 ou 2009. Il n'y est pas resté longtemps, un an et demi maximum, avant de partir subitement pour Antibes, fâché avec tout le monde. Mais cette fois, on aurait *trouvé des traces*. C'est du moins ce que répète le journaliste, il le répète sans cesse, comme s'il l'espérait plutôt.

Quelles traces, il n'en sait rien. Il estime cependant qu'on en trouvera en autopsiant certains corps, d'où ces exhumations au cimetière.

Chaque fois que j'entends parler de ce rebondissement, que je fixe un écran ou lis un article, mon cœur se pince, une sorte d'euphorie me prend mais aussi de la frustration, comme un joueur écarté d'une finale. Clara m'appelle, inquiète. Noah te réclame, tu sais ? Mais oui je sais, je sais. À force de me montrer obsédée par ce *nouveau développement* de l'affaire Bonnamy, je rate une séance de formation à la chambre de commerce, j'arrive en retard à la suivante, à la moindre pause je me précipite sur les actualités sur mon smartphone, j'y passe des heures et une partie de mes nuits, jusqu'à ce que les yeux me piquent, jusqu'à l'écœurement.

AFFAIRE BONNAMY.
ENFIN UNE AUTOPSIE ?

PAR NOÉMIE COLOMBE
LE 3 JANVIER 2013 À 13 H 47,
MODIFIÉ LE 5 JANVIER À 11 H 05

Libre depuis son arrestation au mois de juillet 2011, l'inquiétant docteur Bonnamy échappera-t-il à la détention provisoire ? Rien n'est moins sûr depuis que les enquêteurs du SRPJ ont découvert que le multirécidiviste présumé a exercé en 2008-2009 à la clinique gériatrique Clément-Marot, dans la banlieue proche de Tours.

Lorsqu'il commence aux urgences médicales, au printemps 2008, il semble parfait pour le poste, rompu aux pratiques du Samu, mais aussi fin connaisseur des pathologies liées au grand âge. Mais, jugé trop brusque et manquant d'empathie, il est mal accepté, notamment par son supérieur, le Dr. Sergi, qui le considère « incompétent », doté « d'un ego démesuré, inversement proportionnel à ses capacités médicales ». Fin 2008, Sergi obtient gain de cause : le nouveau venu est muté dans le service de gériatrie.

Mais entre Noël et le jour de l'an surviennent dans ce service deux « événements indésirables graves » (EIG), le terme pour les accidents médicaux : deux patients en réanimation décèdent en quatre jours. On attribue les faits au manque d'effectifs, particulièrement criant à cette époque de l'année.

Pas moins de 7 EIG vont survenir, toujours en gériatrie, dans les six mois suivants. Jamais les chiffres n'ont été si mauvais, pourtant la direction de la polyclinique n'a pas alerté l'agence régionale de santé (ARS).

La crainte du scandale

Dans le service, l'ambiance est devenue détestable. « On se méfiait tous les uns des autres », confie une ancienne cadre du groupe médical. Entre Sergi et Bonnamy, les tensions s'aggravent. Les deux hommes ne se parlent plus, mais échangent des e-mails musclés. Bonnamy traite son ancien supérieur de « comploteur » et de « petit bras ». Pour Sergi, Bonnamy est tout simplement un « nul ». Il écrit à la direction de l'établissement et à celle du groupe pour leur dire qu'il le pense « dangereux et incompétent », selon lui un homme à « écarter et [à] signaler auprès du procureur ». Les deux médecins en viennent aux mains dans la cafétéria de la polyclinique.

Toujours selon cette ancienne cadre qui a voulu garder l'anonymat, la direction refuse d'écarter Bonnamy et préfère étouffer l'affaire, « par peur du scandale ».

« Mon client est resté à son poste parce qu'il est innocent, réfute maître Reinbach, l'avocat de Simon Bonnamy. Il s'agit d'une guerre d'ego, qui n'a rien de médical. Le docteur Sergi doit lui-même répondre d'au moins 3 EIG sur les deux années passées. Et personne ne l'accuse d'être un tueur en série ! »

Le docteur B se serait suicidée à cause d'EIG

Mais une autre affaire est apparue lors du séjour du docteur Bonnamy à Tours : la mise à l'écart du docteur B, une anesthésiste qui exerce dans le service de réanimation voisin de celui de gériatrie. Dans les premiers mois de 2009, elle est confrontée à 7 EIG incompréhensibles. Des arrêts cardiaques à répétition pour cette femme très estimée, à la carrière jusqu'ici irréprochable. Poussée à la retraite – possiblement sous la pression de Bonnamy –, elle ne s'en remettra pas. Fragile psychologiquement et souffrant de dépression à la suite de cette mise à l'écart, le docteur B sera retrouvée morte quelques semaines plus tard, vraisemblablement suicidée au Tracrium, un puissant anesthésiant.

J'ai longtemps fermé les yeux, horrifiée.

Un suicide au *Tracrium*, comme pour Manon.

Bonnamy ne fait aucun effort pour essayer de brouiller les pistes.

Et il n'est certainement pas la victime d'un complot médical, de hasards malheureux, ou de l'acharnement d'une petite juge. Non, c'est un monstre. Il a tué cette femme médecin exactement comme il avait tué Manon, à force de coups bas et d'humiliations, il l'a harcelée et méprisée, piétinée, peut-être même qu'il lui a *lui-même* injecté, ce Tracrium.

Ma colère est revenue d'un coup, comme au premier jour, ma conviction que j'aurais dû sauver ma fille et que je devais maintenant réparer ma faute, cette faute à laquelle tant d'autres avaient succédé. Le soir, j'en ai pleuré de rage. Tous ces morts, c'est de ma faute. J'aurais pu les empêcher si j'avais été plus courageuse.

Je me suis renseignée sur cette femme médecin, j'ai voulu tout savoir d'elle : anesthésiste à Tours depuis plus de trente ans, elle était trois fois grand-mère, estimée, très investie dans les associations locales. Il y avait eu tant de morts dans son service qu'on l'avait surnommée *Docteur Pas-de-Chance*. L'horreur. Elle ignorait que Bonnamy orchestrait une campagne contre elle en sous-main. Il s'en donnait à cœur joie, il disait qu'elle était gâteuse, qu'elle avait la vue basse, qu'elle *mettait n'importe quoi dans ses seringues*, mieux valait qu'elle parte à la retraite avant que tous les clients ne meurent. Ah ah, c'est si drôle.

Par contre en sa présence, il était prévenant, il l'encourageait et elle lui en était reconnaissante, totalement aveuglée. La direction l'avait forcée à renoncer aux grosses opérations, mais un autre incident était survenu, un patient endormi pour une banale cœlioscopie, mort brusquement en salle de réveil. Accouru par miracle, Bonnamy n'avait rien pu faire.

Le lendemain, elle quittait la clinique sans un mot d'adieu, dévastée. Quelques semaines plus tard son mari l'avait retrouvée noyée dans son bain, après s'être injecté une dose de Tracrium.

Lorsque j'ai croisé Bonnamy à Antibes, il venait de quitter Tours, laissant derrière lui cette femme anéantie, assassinée j'en suis sûre, et tous ces morts, comme un renard qui a dévasté un poulailler, son chemin marqué de traînées de sang.

J'ai réfléchi presque toute la nuit.

À la mort de Manon aussi il était loin d'elle, à Paris quand on l'avait retrouvée morte à Royan.

Et s'il s'était fabriqué un alibi ? S'il l'avait tuée clandestinement, la nuit… Qui a vérifié ? Personne, j'en suis presque sûre.

Je ne vois presque rien d'où je suis. À mes pieds, un mur de béton, un tabouret, une table et un grabat vissés au sol, devant moi, un bout de cour et tout le reste est masqué par une annexe du bâtiment. La rage le dispute à la honte depuis la fouille à l'entrée, moi penché en avant, nu, on vous examine l'anus et vous vous rhabillez dans un silence indifférent.

Puis des couloirs, des odeurs, des bruits qui résonnent sans arrêt, s'entrechoquent, des cris, on se croirait encagé dans une animalerie, comme un gros morceau de viande englouti, pas digéré. On m'a dit qu'il valait mieux rester en cellule, mon affaire est médiatique, je suis médecin, supposé riche, les autres détenus pourraient s'en prendre à moi. D'accord, je reste enfermé. Comme ces cloportes, je me tords le cou pour essayer de revoir où sont passées les montagnes qu'on aperçoit au loin, quand on arrive ici avec les gendarmes.

Alors, ils sont tombés sur l'histoire de la polyclinique à Tours. Sur mes démêlés avec Sergi, sur la tragicomédie de cette vieille peau avec ses yeux bleus, l'anesthésiste-que-tout-le-monde-aime. Détruite, consumée de l'intérieur, et hop. Pour les corps, il se pourrait qu'ils détectent des traces de morphine ou de potassium, mais qui me les a vu faire, les injections ? Quel témoin ? Quelle caméra de surveillance ? Qu'ils sont stupides. Ça peut être moi ou n'importe qui d'autre.

Je constate que ma petite juge est rongée par le doute, elle a dû maigrir, sans doute se fâcher avec son petit mari, car elle en a un, ingénieur je crois, elle a cru me réduire au silence, m'écraser en me jetant en prison, mais j'en sortirai bientôt, pas de doute. Je crois que j'aimerais l'étriper, enfin non, lui injecter une bonne dose de ricine et la regarder se tordre pendant des heures, crever de diarrhée et d'hémorragie, de détresse respiratoire, voir la lumière s'éteindre dans ses prunelles, la mort serrer ses mâchoires et raidir ses membres. Oui, j'adorerais.

Au parloir, Reinbach m'a de nouveau promis de me faire sortir en me tapotant le bras, mais je le sens distant et agacé, on ne se supporte plus tous les deux, mais comme il est excellent et que je lui donne une sacrée visibilité, il ne moufte pas. Chacun joue sa partition, bien obligé.

Cognements métalliques à la porte. Elle s'entrouvre, un détenu me tend un plateau-repas, referme sans un mot. Ici même les regards sont prisonniers, chacun les retient pour qu'ils restent bien à leur place, et ils ne montrent rien qui soit susceptible de compromettre leur propriétaire.

Le *déjeuner* consiste en une bouillie jaune et rosée qui ne sent rien, même pas chaude. Je n'y touche pas.

Un minable expert a tripatouillé mon écriture, auditionné mes appels enregistrés pendant que j'étais sur écoute, regardé mon album. Il a dû rencontrer des témoins, je ne sais pas lesquels. Il paraîtrait que je suis fasciné par la mort, et donc voilà pourquoi, messieurs-dames les jurés, je suis devenu médecin, j'aime côtoyer la mort, n'est-ce pas. C'est tellement simple. Et aussi, je peux tuer comme je veux, administrer du poison à tour de bras, puisqu'il paraît que je me sens plus fort que la mort, que j'aime la maîtriser devant les autres.

Pathétique et ridicule. Grotesque. Enfantin.

La juge m'a jeté ces conclusions à la face, lors d'une audition. Elle croyait me déstabiliser, ou me mettre hors de moi, que sais-je.

— Il ne s'est pas trop foulé, votre psychologue. Je ne l'ai même pas rencontré, il travaille comment ? Par divination ?

Même mon avocat a sursauté.

— L'expertise est très claire. Elle est accablante et elle sera versée au dossier d'accusation.

— C'est de la merde votre expertise.

Reinbach s'empresse d'intervenir. Il attend toujours des preuves et des charges, pas de ces rapports à charge pondus sous la pression, ce charabia verbeux qui sert la soupe à l'accusation. Je demande, j'exige une contrexpertise ! Elle n'ose répondre, le teint crayeux de rage. Autour d'elle on doit l'admirer, elle protège la société, elle en extirpe le mal. Ici elle est sur un ring, elle se prend coup sur coup et ne peut riposter. Elle n'est pas de taille, elle est minable. Poids plume face à deux poids lourds (j'admets, Reinbach a du talent). Et moi je me dis : qui est-elle pour faire ce travail ?

Retour en cellule.

Le prisonnier de l'étage supérieur m'éructe dessus. Ce pantin veut faire passer ses messages à une cellule juste sous la mienne, des petits papiers enroulés et attachés au bout d'un fil. Mais son bidule s'est accroché dans un recoin sous ma fenêtre. Il me suffirait d'une pichenette pour le libérer mais je recule en silence. Il me menace, me traite de tous les noms, agite son fil sans réussir à le décoincer. C'est drôle.

Une autre expertise décortique soi-disant mon enfance, cette fois je suis hors de moi. Je revois papa, oui il m'épouvantait, ma vessie, tout mon bas-ventre se tordait et se liquéfiait quand il rentrait à la maison. Oui, il était strict, avec nous, très strict, c'est vrai qu'il buvait entre deux opérations à la tête de son régiment, non il n'a jamais montré le moindre signe d'intérêt ou de tendresse. À cause de tout ça selon cet expert-là, je me crois mal-aimé, inférieur. Et alors ? Ça les regarde, peut-être ? De quoi ils se mêlent ? POUR QUI ils se prennent ?

— C'est FAUX !

La juge a tressailli, un éclair d'inquiétude, mais aussi de victoire, au fond du regard. Elle croit que je vais craquer, la sotte femme. Reinbach sursaute aussi, il me broie l'avant-bras, je sens son haleine au café, son parfum mêlé à la transpiration.

— Calmez-vous Simon. Calmez-vous.

Je me reprends vite mais mes narines sont très écartées et je halète presque en écoutant la suite de ce ramassis d'immondices. Donc, je me suis senti inférieur, avec une estime de moi au ras des pâquerettes, et donc j'ai développé une personnalité *psychopathique*. Je sais la différence entre bien et mal, je n'ai ni empathie ni remords (de l'empathie, si, un peu – du remords, je ne crois pas, c'est vrai). Et narcissique au dernier degré (pas faux, ça).

— Qu'avez-vous à dire, monsieur Bonnamy ?

Elle triomphe.

— *Docteur* Bonnamy. C'est n'importe quoi. Il y a six mois, avant les inculpations, votre clown m'aurait trouvé bien sous tous rapports.

Mais elle continue sa lecture à voix haute :

— *Le sujet n'a pas été aimé par son père, d'où un sentiment de faiblesse permanent. Paradoxalement, Simon Bonnamy développe un complexe de supériorité. D'où une forme de mégalomanie, une prise de risque qui peut paraître insensée, des empoisonnements quasiment sous le nez des témoins, peut-être une forme de défi jeté aux autres. Son narcissisme l'empêche d'éprouver la peur. Bien qu'il ne l'exprime pas ouvertement, il semble extrêmement en colère d'être poursuivi en justice. Il s'estime humilié par la situation.* Qu'en pensez-vous monsieur Bonnamy ?

Je ris aigrement, bouillonnant de fureur. Ils n'ont pas à mêler papa à ces histoires, c'est entre LUI et MOI. Le soir, j'en fais des cauchemars. Un rectangle de lumière s'ouvre dans l'obscurité, sa tête et ses épaules se découpent en contrejour, il avance et me prend par le cou, et je crois qu'il me frappe, ses coups font un bruit très précis, comme de la viande claquée, quelque chose qui vous découpe vivant, *tchac tchac*, je pleure encore longtemps ensuite.

17

Un matin, j'apprends que Bonnamy a été libéré, de nouveau sous contrôle judiciaire. Apparemment, les autopsies des corps à Tours n'ont rien donné, ni les témoignages. Pas assez de charges.

Il ne reste presque plus rien dans le dossier.

Pendant deux ou trois jours, l'affaire enfle les gros titres, on convoque les experts et chroniqueurs de service sur les chaînes d'info, on en parle à l'Assemblée, un député fait une proposition de loi pour mieux encadrer les médecins. Les docteurs de l'Assemblée protestent, pas besoin d'une nouvelle loi, ils sont très bien encadrés, ils sont même *corsetés*, quasi brimés. L'avocat de Bonnamy organise une conférence de presse. J'étouffe de haine en revoyant les lunettes et les cheveux blonds de ce monstre, son apparence lisse, placide sous l'affolement des flashes.

— Comme nous l'avions annoncé, dit l'avocat ventripotent (bouffi de vanité, de joie naïve), mon client a été libéré. La chambre d'accusation a annulé tous les actes de procédure concernant l'affaire de Saint-Martin-d'Hères. Nous attendons sereinement le procès d'assises, s'il a lieu un jour car vous savez tous d'ores et déjà que les autopsies en cours n'ont rien révélé de probant…

Les questions fusent, mêlant divers noms d'hôpitaux ou de victimes présumées. Certaines fictives. Que répond-il aux déclarations des parents du petit Eddy qui…

Reinbach éteint le brouhaha en levant la paume.

— Le docteur Bonnamy s'expliquera sur tous ces points l'heure venue. Je le redis, il est innocent de toutes les charges qui pèsent sur lui. Nous déplorons depuis le début une instruction partielle et partiale. J'appelle solennellement les médias à respecter la présomption d'innocence. Un dossier d'accusation ne se construit pas sur des raisonnements et des hypothèses, mais sur des faits. Sinon il s'agit d'un roman.

Je sais que Clara m'en voudra, mais je ne peux rien lui dire. Sinon elle essayerait de me retenir, elle appellerait la police. Elle ne comprendrait pas. Alors, je suis simplement passée chez elle un après-midi. Je n'ai rien annoncé, même pas que j'avais arrêté ma formation à la chambre de commerce.

Tout en bavardant, je surveille Noah qui marche maladroitement – déjà –, se dandinant poings serrés, l'œil rond et très fier de lui, gazouillant. Clara a ri, je donne le change. Mes larmes, je les cache aux toilettes, c'est trop insupportable. Tout va bien maman ? Mais oui tout va bien, je suis juste un peu patraque. Tout va bien ne t'en fais pas. Mes pauvres précautions n'y changent rien, je la sens inquiète, sa chaînette frémit sur son cou, au rythme des battements de son sang. De mon sang.

— Mais qu'est-ce que tu as, tu ne veux pas me dire ?

— Rien, je suis fatiguée. Bon, je vais te laisser…

— Comme tu veux.

Elle voit que je mens mais se contente de prendre ma main et nous restons là, mais je ne supporte pas cet adieu muet, et une larme jaillit, tremblante sur ma joue.

— Mais qu'est-ce que tu as maman ? Dis. Parle-moi s'il te plaît.

Jamais je n'ai été si proche de lui dire. Je n'ai pas le droit de les quitter, elle et Noah. Mais je sais aussi que rien ne sera jamais réparé, que je ne suis plus avec elle depuis longtemps, bien trop longtemps.

— Tu sais, je voulais te dire… J'ai pas toujours été gentille avec toi.

Elle sourit, pose l'index sur mon visage pour l'essuyer.

— Tu as fait ce que tu as pu.

Je prends ses doigts et les écarte, le souffle haché. C'est la dernière fois que je touche ma fille, je crois qu'elle comprend.

C'était il y a trois semaines.

Depuis, je dors dans un petit hôtel, parfois dans ma voiture.

À Lille, plus précisément Lambersart.

Mes journées, je les passe assise au volant de ma petite voiture, emmitouflée dans mon déguisement et ma triple couche de vêtements, fenêtres très légèrement entrouvertes pour éviter la condensation, guettant sans relâche la maison jaune où vit Bonnamy.

Ça n'a pas été si compliqué de tomber dessus, grâce à ce fameux reportage *qui promettait des révélations*. J'ai longuement regardé la séquence où la caméra rasait le sol, filmait les façades d'une rue étroite, jusqu'à une allée et une porte dont surgissait Murielle C, sa sœur, entièrement floutée et la voix déformée.

Je savais que c'était à Lambersart, d'autres journalistes l'avaient dit.

Sur un ordinateur de la chambre de commerce, j'ai fouillé Internet, une application permet de se balader en 3D dans les voies de n'importe quelle ville. J'ai dressé la liste des rues de Lambersart et les ai explorées une à une. Il suffisait de trouver une allée encadrée d'un côté d'une maison rouge et de l'autre d'une jaune, celle de cette fameuse Murielle C. Les fenêtres sont entourées de briques couleur émeraude. Même flouté, cela apparaissait clairement sur la vidéo.

Il m'a fallu trois séances de trois heures pour y parvenir : Bonnamy loge au 117 rue Kléber à Lambersart. Alors j'ai pris la route vers le Nord.

Je me gare dans les environs de la maison, il y a toujours de la place. Redoutant que Bonnamy sorte et me reconnaisse, je dissimule mon visage sous une perruque blonde achetée à Antibes, des fausses lunettes de vue, un manteau noir informe. Mais il ne quitte jamais la maison. Je vois seulement parfois sa sœur, une femme mûre aux traits mous, méfiante. Elle a un mari, deux enfants, une femme de ménage et deux voitures qu'ils garent dans une cour derrière, où l'on accède par l'allée attenante.

Personne ne m'a repérée, ni les ASVP, même pas ce clochard qui, un soir, a longuement pissé contre ma roue, puis s'est roulé un pétard. Le froid, je ne le ressens pas, ni l'impatience, j'attends, comme un carnassier, téléphone coupé.

Seul Dominique pourrait se douter (vaguement), mais il n'appelle jamais. C'est lui qui m'a expliqué comment chercher une adresse exacte sur Internet, du moment qu'on connaît la ville, et ce à quoi ressemble la façade. J'avais voulu le revoir une dernière fois, et pas seulement pour lui demander ça. On s'était donné rendez-vous pour dîner.

Ça avait été curieux d'entrer tous les deux dans ce restaurant, pour une fois qu'on n'était pas en tenue de travail, à courir, les bras chargés, parmi les tables. On a parlé de nos vies d'autrefois, comme s'il y avait du retard à rattraper. J'aurais voulu faire des études, mais j'ai rencontré Michel et Manon est arrivée, et ça s'est passé autrement, voilà. Lui aurait rêvé de travailler pour le cinéma mais il avait échoué dans une banque, cadre supérieur, ensuite il avait divorcé, ça s'était horriblement mal passé (tout au long de son récit, ses lèvres tremblotaient, ses paupières débordaient) et on lui avait arraché son enfant et son existence s'était arrêtée là, coupée net. Il était parti dans le Sud sans trop savoir pourquoi et s'était retrouvé serveur intérimaire, à faire des extras.

Plus tard nous avons marché le long de la baie, dans le bouillonnement des galets, de la Méditerranée, parfois nos coudes se touchaient et je regrettais que les choses s'arrêtent là. J'aimais son parfum, le son de sa voix et le fait qu'on ne s'ennuie pas ensemble.

Nous nous sommes arrêtés au pied de mon immeuble, rue des Lits-Militaires.

— Pour Bonnamy, tu vas aller au procès ?

— Pour quoi faire ?

Pour ça, j'aurais dû prendre un avocat, me porter partie civile. Il y aurait eu des frais, de nouvelles attentes trahies. C'était trop tard.

Dominique m'a pris la main, attirée contre lui, mes seins contre sa poitrine, pleine et dure, chaude, et on s'est embrassés, doucement, mais c'était un baiser d'adieu et de regret et je l'ai repoussé, les tempes bourdonnantes.

Il avait eu une moue amère.

— Tu vas faire quoi maintenant ?

Je n'ai rien dit.

Le lendemain, j'ai pris la route pour le Nord, Lambersart.

Cet imbécile de Reinbach m'a convoqué à son cabinet, bien que je lui aie plusieurs fois dit que je ne voulais pas, on s'était bien assez parlé comme ça, et puis j'en avais assez d'aller chez lui, mais en bon prédateur, il préfère me rencontrer sur son propre territoire. Il a bien fallu que je cède. Non qu'il m'impressionne, ce pantin joufflu fier de sa montre en platine hors de prix, de son bureau en chêne massif, des hautes fenêtres à meneaux, sûrement aussi de sa femme et sa maîtresse, le tout assorti à sa vanité, à sa soif de jouir et d'être plus malin que tout le monde.

Mais j'ai encore besoin de lui pour porter l'estocade à tous ces juges, me sortir de cette affaire la tête haute.

Il me toise par-dessus l'empilement des dossiers.

— Bon. J'ai la date du procès. Six mois. Ça peut paraître long, mais en fait c'est très rapide, et c'est très bien, ça veut dire qu'ils n'ont rien de neuf.

J'ignore ses déblatérations sur les autopsies qui ont révélé des traces de produit, mais en fait, rien ne dit que je les ai injectés moi-même, ces produits, *et cetera, et cetera*. Merci je savais. Rien de nouveau sous le soleil. J'enlève mes lunettes pour les nettoyer, et je n'aime pas son regard charbonneux, suspicieux.

— Il faut qu'on se prépare pour le procès, je voulais vous en parler de vive voix.

— J'écoute.

Alors, il me cite une affaire assez célèbre, du côté de Lyon, un type soupçonné d'avoir assassiné sa jeune fiancée, riche héritière d'un empire industriel. On n'a jamais retrouvé le corps, et pourtant il a été condamné à la perpétuité, vous me suivez ? Et ?

Il embraye sur une autre affaire de condamnation sans cadavre.

— Monsieur Bonnamy, l'absence de corps, de témoins ou d'autopsie probante ne vous protège pas, vous comprenez ?

Je lui rabats le caquet avec une autre affaire célèbre, un professeur à la faculté de médecine, il était quasi évident qu'il avait tué sa femme, on avait même trouvé une goutte de son sang sur la moquette et dans l'escalier. Sauf qu'on n'avait ni corps ni preuves. Et lui, il a été acquitté haut la main.

Maître Reinbach serre le poing, comme s'il s'entraînait déjà pour le procès, tous les regards braqués sur lui, quatre cents paires d'oreilles suspendues à sa grosse voix mâle.

— Oui, bon d'accord. Ce que je veux vous dire, monsieur Bonnamy, c'est qu'il va falloir changer d'attitude. Changer *personnellement* d'attitude. Ce que vous êtes, le message que vous devez faire passer, c'est que vous êtes un médecin seul face à l'institution. L'hôpital manque de moyens et de personnel, il y a donc des bavures et on vous fait porter le chapeau parce que vous avez un caractère fort et que vous êtes indépendant.

— C'est la vérité.

Un court soupir de défiance. De lassitude.

— Écoutez-moi s'il vous plaît. L'accusation mise tout sur l'histoire du tueur en série. Un prédateur de sang-froid en blouse blanche. Le sale type donneur de leçons, le mégalomane. Vous avez vu les expertises…

— Les experts sont des connards.

— Ce n'est pas la question. Ne leur donnez pas de billes. Ne jugez pas les juges, ils détestent ça, ils ne vous pardonneraient pas. Profil bas. Vous êtes un homme libre et indépendant qui ne veut pas faire comme tout le monde, donc le système essaye de vous briser. C'est ça que les jurés doivent comprendre, et l'opinion aussi, d'accord ? Si les jurés nous suivent, vous êtes acquitté. Comprenez qu'il n'y a presque rien dans le dossier, c'est déjà énorme. Ne prenez pas les juges et les experts de haut, faites le modeste, bon sang, mettez-vous les jurés dans la poche, je sais que vous savez le faire. Ne les inquiétez pas. On gagnera tout, on gagnera l'appel et la cassation. Croyez-moi.

Dans ses yeux, l'envie féroce de gagner, par orgueil et parce que c'est son métier. Je le méprise et il m'énerve, mais je sais qu'il a raison. Après tout, ce ne sera pas la première fois que je joue la comédie.

Je reste un long moment immobile face à l'énorme masse de dossiers en cours. Avec une grosse envie de tout envoyer balader.

Le patron me harcèle. Ça avance pas, nom de Dieu, putain, ça avance pas. Je sais que ça n'avance pas mais si tu as une idée, tu es le bienvenu. Ce matin, il a tourbillonné dans mon bureau pendant plus d'une heure en me bombardant de questions, cherchant la faille, la piste oubliée. Comme si je ne savais pas tout ça. Comme si l'instruction n'était pas close.

Il ne m'a jamais aimé, moi non plus. Je pense qu'il est jaloux, il n'aime pas mon calme, lui en surtension, une pile électrique, il n'aime pas mes méthodes, il n'aime pas que je me foute à ce point de la hiérarchie et de mon avancement. Ça l'inquiète. Il croit flairer un piège. Non. Tout le monde n'est pas comme lui, obsédé par le pouvoir. Tout le monde n'a pas la science infuse.

Cette enquête, ça a été un enfer. Tout bute, tout traîne, les portes s'ouvrent sur du vide. Pourtant au départ, c'était comme une recette idéale, avec tous les bons ingrédients, les épices, l'eau, le beurre et les casseroles. Mais merde, il a toujours manqué l'allumette, le petit truc qui lancerait la cuisine, qui en ferait un bon plat, un bon petit plat pour le procès d'assises.

C'était bancal au début. Ça l'est encore plus maintenant. Bancal, foireux, un dossier pourri. Bonnamy va nous laminer.

Pour empêcher ça, il aurait fallu un dossier médical complet, avec des analyses avant-après, ou alors un témoin direct, ou alors une saisie du matériel juste après l'EIG, *événement indésirable grave*, ou alors un cadavre indubitablement relié à cet homme.

Mais aucun directeur d'établissement, aucun médecin, aucune institution, aucune famille n'a fait ce qu'il aurait fallu.

Il n'y a rien, nom de Dieu, rien du tout.

Frédo arrive avec les cafés, encore une fois on se demande quoi faire. Déterrer d'autres corps, la juge refuserait maintenant que le dossier est clos. Même en Tunisie, on n'a rien trouvé.

Le téléphone a sonné.

— Capitaine Poret, SRPJ, j'écoute.

Mon interlocuteur a une voix sourde et lointaine, comme s'il parlait à contrecœur ou sous la menace, et je veille à ne pas rompre l'échange, ménageant des silences, de toute façon je ne suis plus pressé maintenant. C'est un certain Dominique Ferrandi, résident à Antibes. Antibes, des petits voyants s'allument dans mon esprit tandis que je note le nom et l'heure de l'appel.

C'est au sujet d'Anne Leclerc. Je crois que vous la connaissez. Oui, je la connais. Alors, je dois vous avertir... à propos de quelque chose qui la concerne.

— Qui la concerne de quelle façon, monsieur Ferrandi ?

Au bout du fil, il hésite. Je ne le crois pas capable de raccrocher, trop poli ou craintif pour ça, mais il pourrait aussi bien décider de se taire, et je ne saurai jamais ce qu'il a voulu me dire.

— Je pense que vous saviez qu'Anne... Leclerc avait quelque chose à voir avec l'affaire du docteur Bonnamy ?

Je sais. Mais j'en dis toujours le moins possible pour ne pas l'effrayer, je le sens fragile, presque honteux, prêt à interrompre l'appel.

— À la télévision, ils ont montré des images de la maison où le docteur Bonnamy vit en ce moment.

Ça aussi je le sais. Ces abrutis de journalistes ont masqué le décor mais avec un peu de patience, n'importe qui peut la retrouver, cette façade colorée reconnaissable entre mille.

— Je crois qu'Anne Leclerc a trouvé l'adresse, et je crois qu'elle est partie là-bas. Pour...

La fin doit être trop difficile à dire, mais je comprends. C'est évident.

— Qu'est-ce qu'elle vous a dit exactement, monsieur Ferrandi ? Qu'est-ce que vous savez ?

— Précisément, rien. Elle n'a rien dit. Mais ça fait trois semaines qu'elle n'est plus chez elle. Elle ne répond plus au téléphone, enfin seulement le soir. Comme si...

— Comme si ?

— Comme si elle se cachait pendant la journée. J'ai...

Je l'encourage d'une voix plus douce, en y mettant toute ma compréhension.

— J'ai ouvert sa boîte aux lettres. Il y a des courriers de relance de sa banque, un avis de recommandé. Elle ne paye plus ses loyers. J'ai l'impression aussi qu'elle a fait un crédit revolving. Un crédit à la consommation.

— D'accord. Elle a peut-être simplement voulu disparaître quelque temps ?

Dans le silence, j'entends un chuintement. Ferrandi pleure.

— Elle est là-bas, j'en suis sûr. À Lambersart. Elle va le tuer...

Je ne prends plus de notes depuis un bon moment.

— Vous êtes qui pour Anne Leclerc ? Son petit ami ?

— Je ne suis rien. Rien du tout.

Il pleure toujours, sans prendre la peine de le cacher.

Il paraît surpris d'entendre son nom.

Je le vois se raidir, chercher quelque chose autour de lui et dans un éclair, je me dis qu'il va continuer à marcher, m'échapper. Ce serait si simple. À cet instant tout mon être est tendu, gorgé de colère à force d'attendre, mon esprit tourne vite, si vite, et je sors l'arme que je cachais sous mon sac, et la braque sur lui.

Elle est vraiment très légère, pourtant ma main tremble, je me prends à rêver. Et si je tirais ? Ce serait fini, ce serait plus juste. Mais trop simple aussi, parce qu'il ne souffrirait pas, il n'aurait même pas le temps de m'en vouloir et de me haïr, aussi fort que je l'ai haï moi-même.

— Qu'est-ce que vous voulez ?

Il m'a reconnue, sans l'ombre d'un doute.

Sa voix froide, sans émotion, résonne en moi comme un coup de gong, vibre jusqu'aux tréfonds de mon âme, me glace, m'entraîne au bord de la terreur et du tremblement. La première fois que je l'ai entendue, cette voix, c'était dans son petit pavillon miteux, dans la campagne derrière Royan, il portait un carton sur les bras, je me souviens très précisément avoir vu un pull bleu de Manon, et son plaid bariolé emporté de Pornic. Il avait jeté le carton négligemment devant moi au sol, j'entends encore le bruit et ce souvenir me suffoque presque.

Dès cet instant, j'ai voulu me venger.

Et jamais je n'ai changé d'idée, au fond.

Je me suis garée à quelques mètres, sur un emplacement de livraison repéré tout près du cabinet Reinbach. Lorsqu'auparavant j'avais enfin vu Bonnamy sortir de chez sa sœur à Lambersart, emprunter sa voiture et rouler, j'ai su qu'il venait voir son avocat. Je n'ai plus eu qu'à attendre.

D'une main, je lui montre la portière.

— Asseyez-vous à la place du conducteur.

Il me lance un regard dénué d'expression, là sans être là, je sens toute la distance qu'il met entre lui et les gens, son ironie et son désintérêt profond, et c'est probablement de cette façon qu'il considérait Manon, à la fin, quand il ne voulait plus d'elle. Des gens se hâtent autour de nous dans le froid vif. Quelques touristes se prennent en photo sur les marches de l'opéra. Personne ne fait attention à nous.

Il fait un pas, comme au ralenti, je suis sûre qu'il échafaude des théories, qu'il aimerait bien détaler, ou du moins tenter de le faire, mais il y a le petit rond noir du canon, à trente centimètres de sa poitrine, impossible de l'ignorer, d'ignorer la puissance de son instinct de survie. Il panique.

Ses épaules s'affaissent, geste infime de capitulation.

— La clé est sur le contact, démarrez.

Les mots passent mal mes lèvres, je m'assieds derrière lui et j'appuie aussitôt le canon dans sa nuque. Ses cheveux blonds et lisses à quelques centimètres de moi, je ne sens pas son odeur, cet homme est lisse comme la mort.

— Qu'est-ce que vous voulez ?

— Démarrez.

Il obéit, et le bruit du moteur m'inonde de joie, une joie cruelle et destructrice, quelque chose de puissant que je n'ai jamais connu. Les façades en pierre de taille du centre-ville défilent de part et d'autre, dans le chuintement mouillé du pavé sous les roues.

Dans le rétroviseur, je vois une partie de son front, ses cheveux plats, l'entourage doré d'un verre correcteur. J'entends sa respiration, heurtée, je vois un peu ses doigts contractés. Je perçois sa peur d'enfant, de l'enfant qu'il n'a jamais cessé d'être, un enfant terrorisé et destructeur devenu un monstre.

Le parking est tout proche maintenant.

— Qu'est-ce que vous me voulez ?

La salope ne répond pas. Une brusque chaleur m'est venue. Ce con de Reinbach, pourquoi me faire venir chez lui ? Pour m'apprendre à jouer la comédie, me faire une leçon de choses comme à un enfant de primaire, me montrer qu'il est le plus malin ? Voilà où j'en suis maintenant, le sale con. Je savais que je devais me méfier, il a suffi d'un instant d'inattention pour qu'elle surgisse, cette folle. Cette femme au visage mince, croisée à Antibes, et que j'ai aussitôt fuie, comme on fuit quelque chose de très ancien, une faute oubliée, une faute gravissime enfouie dans le passé.

Pour l'instant mes réflexions sont arrêtées, comme engluées par la chaleur qui me brûle, le dos, les mains, le front. Elle me fait prendre la direction d'un parking public, à chaque fois que je fais mine de parler, elle appuie son putain de revolver, c'est douloureux. Je ne l'entends pas respirer, je ne sens aucune crainte dans sa voix. Elle est folle, si j'essaye de sortir, elle va tirer, c'est évident. Prenez un ticket. Écoutez arrêtez, il y a des caméras partout, on va savoir que c'est vous. L'acier froid me perce la nuque.

Premier sous-sol, après la barrière automatique.

Les pneus crissent sur la peinture épaisse et fraîche, mouillée de noir et de gris.

Deuxième sous-sol, je m'engage dans le cri bref et suraigu des pneus.

— Vous êtes qui ? Qu'est-ce que vous voulez ?

— Vous savez très bien qui je suis.

Mon bas-ventre se contracte, comme quand j'étais petit et que papa entrait dans la pièce, une griffe me broie l'estomac. Oh oui, je me souviens d'elle, je me souviens de son regard quand elle était passée me voir avec son mari dans mon pavillon à Médis, c'était un peu après la mort de Manon. C'est vrai qu'elle a le même visage, vieilli et minci, durci, mais j'y revois un peu de cette gentille petite Manon, si pleine d'espérance, si sûre d'elle à sa façon.

J'en avais été amoureux, je crois.

Troisième sous-sol.

La frayeur, la terreur, m'empêche de penser. Jamais éprouvé ça aussi fort. Même pas avec papa, en tout cas c'était différent. Les mètres défilent comme des kilomètres. Et des flashes reviennent. Manon, ma petite fiancée à Royan. Ce jour funeste où elle est entrée dans cette chambre de la clinique Saint-Pierre.

Elle a tout de suite compris.

Et ne m'a pas laissé le choix.

18

— Arrête, mais qu'est-ce que tu fais !

Tout a commencé par cette phrase-là, ces mots-là exactement.

C'était un après-midi poisseux, le soleil tapait fort sur le vieux bâtiment, les stores chauffés à blanc de bandes lumineuses horizontales. Tout dormait dans le service, avec cette odeur doucereuse du vieux qui meurt à petit feu, à petites plaintes, à petits grognements, et je ne crois pas qu'elle m'ait vu faire, en tout cas elle était entrée et m'avait arraché la perfusion des mains.

— Qu'est-ce que tu fais, Simon ?

J'ai préféré ne rien répondre, heureusement elle n'a pas insisté, elle examinait le tube souple et la poche de morphine, je la lui ai vite reprise. Dès cet instant je l'ai définitivement haïe, elle, tellement à l'aise avec les autres, dans son corps et son métier. Je n'ai pas supporté son intervention, son intrusion. Ce moment était à moi, un moment sacré alors que j'étais seul au monde, jamais elle n'aurait dû s'en mêler.

Pourtant elle a insisté, s'enfermant sans le savoir dans le piège.

— Qui t'a demandé de faire ça ? C'est la famille ?

Elle pointait l'emballage de l'index, j'ai eu peur qu'elle appelle quelqu'un. La morphine devait disparaître. Ensuite il n'y aurait plus de trace et quoi qu'elle dise, ce serait parole contre parole, je pourrais toujours dire qu'elle avait mal vu, mal interprété mon geste.

Elle est interne. Moi, médecin. Elle ne sait pas tout. Moi, si.

— Je sais très bien ce que je fais.

Rien trouvé d'autre à dire.

Et je suis sorti en coup de vent avec la poche que j'ai aussitôt détruite dans un chemin creux, derrière la clinique, écumant de rage. Une petite étudiante de rien du tout qui s'en prenait à moi, un urgentiste, un gériatre ! Les jours suivants, j'ai été très mal, très inquiet, mais elle n'a parlé à personne, même pas à cette Catherine Machin, la connasse de surveillante qui me regardait de travers.

Ensuite, la peur a fait place à la fureur.

À l'époque je vivais à Médis donc, une maigre commune dans la campagne, à dix kilomètres de Royan. Une location décatie jamais vraiment aménagée, je ne comptais y recevoir quiconque. Je ne faisais pas le ménage ni ne rangeais, sauf les briques de lait vides soigneusement empilées, *idem* pour les emballages de chocolat aplatis, toujours la même marque et le même produit. Pour dormir, c'était un matelas de mousse au sol.

Ensuite Manon est venue.

Je pense que mon assurance l'avait séduite, je parlais net et fort, ironique, certains n'aimaient pas mais pas elle, dès le début je me suis rendu compte qu'elle n'avait jamais eu de vrai fiancé, juste des amours de passage, des types jeunes et sans intérêt, pas comme moi. Dès le début j'ai aussi perçu son espèce de dégoût, j'ai vu qu'elle n'aimait pas l'amour avec moi, elle ne gémissait pas et ne prononçait pas un mot, attendant patiemment que je termine mon affaire, et c'est tout.

Très vite j'en ai eu assez d'elle, de sa confiance, de sa naïveté et de sa franchise, elle était moqueuse aussi, bien trop.

J'avais passé toute la nuit à ranger avant qu'elle s'installe chez moi, elle est arrivée avec sa valise et plusieurs cartons, découvrant la maison avec une petite grimace, m'avait forcé à déplacer le matelas au sous-sol intégral (mais je n'ai pas voulu me défaire de mes briques de lait et de mes emballages de chocolat). J'avais balayé, passé la serpillière, mais ce n'était pas assez pour elle, j'ai boudé tout l'après-midi.

Ce soir-là, le premier soir pourtant, je suis parti vers onze heures, prétextant des dossiers à finir à la clinique. Très tard dans la nuit, je suis rentré de meilleure humeur et nous avons fait l'amour. Mais le charme était rompu, une méfiance installée, je le lisais dans ses regards.

Elle regrettait.

Elle *me voyait*. Tel que je suis. Et moi aussi je regrettais de l'avoir fait venir. C'était une erreur, j'admets.

Ensuite il y a eu l'album.

C'était un samedi, un soir elle pleurait.

Je l'ai ignorée, j'ai laissé refroidir son plat et je lui ai dit qu'il était dégueulasse.

Qu'est-ce que c'est, cet album ? De quoi tu parles ? Tu sais très bien de quoi je parle, ton album caché à la cave. Qu'est-ce que c'est ?

Elle me dévisageait, les yeux agrandis, rougis, moches, des cernes qui mangeaient ses joues, et à cette époque déjà son teint était plus terne et mat, comme la surface d'un lac pollué.

— Ne fouille pas mes affaires.

— Je n'ai pas fouillé. Il était posé sur la commode. Tu peux me dire ce que c'est ?

— Un vieux truc. Rien.

Tous les adolescents sont traversés par des idées noires, j'étais comme les autres. Je le lui ai dit mais elle me regardait comme un extraterrestre, sans comprendre, je suppose qu'elle, elle était saine, parfaite, sans pensées tordues, elle avait un papa et une maman normaux, elle avait de l'amour, elle était toujours mieux que les autres, hein, c'était ça.

— Tu ferais mieux de le ranger. Ou de le jeter, non ?

Elle a tourné le dos, mais quand même à cet instant je la trouvais déjà moins droite et fière, moins lumineuse, moins jeune fille, fragilisée. Et les jours suivants j'ai vu que tout lui pesait à la clinique. Ce soir-là, je m'étais relevé pour prendre l'album, je ne l'avais pas regardé depuis longtemps (c'est vrai qu'il était mal rangé, et c'était exprès, pour voir ce que ça lui ferait si elle tombait dessus), je me suis installé au sous-sol sur mon vieux canapé, après je l'ai posé bien en évidence sur une pile de briques de lait.

Et je suis remonté à l'étage et je l'ai prise, elle n'a rien dit et son silence, son inertie m'ont tellement déçu. J'ai été si mal à l'aise. Je me suis demandé si elle avait joui avec moi, ne serait-ce qu'une fois. Même la première, en fait.

Par la suite, j'ai souvent eu l'impression qu'elle m'enregistrait, comme un correspondant de guerre filme des horreurs, accumule des choses insupportables et ça le ronge de l'intérieur. Son attention me hérissait à la longue, j'avais parfois l'impression qu'elle voulait me guérir ou m'absoudre. Une partie de moi aurait aimé lui raconter, lui dire la porte qui s'ouvre et délivre sa lumière, le Colonel s'avance dans la lumière, il sent l'alcool, je ne sais plus ce qui se passe ensuite sinon que la terreur entre en moi, dans chacune de mes cellules, injecte son cancer, et ce cancer me ronge à chaque instant, et me pousse à la mort. Une autre partie de moi me forçait au silence, et je redoutais de parler pendant mon sommeil, qu'elle pénètre mes pensées et me revoie, gosse, avec papa et mes terreurs nocturnes.

À la longue, le plus insupportable était cette impression qu'elle me scannait en permanence, qu'elle voyait tout de moi, tous mes secrets, mon recalage du poste de médecin de l'armée – *Sujet peu apte aux situations d'urgence, manque de compétence en médecine traumatique* –, je ne l'ai jamais digéré ce rapport. Les sales cons de militaires. *Ils ne me méritaient pas*, voilà la vérité.

Elle devinait mes entretiens truqués, les directeurs subjugués, je savais comment les impressionner et ça marchait toujours.

Elle était mal à l'aise, elle subodorait quelque chose, mais ça n'allait pas plus loin, comme un flic trop jeune qui a tous les éléments sous le nez mais justement, c'est trop proche, il n'arrive pas à prendre du recul pour voir l'ensemble, pour qu'éclate l'évidence.

Elle se doutait.

Elle se doutait pour l'anti-limaces.

Elle avait trouvé un article de la *Libre-Belgique*, pourquoi je l'avais gardé celui-là ? J'admets. Pas malin.

Elle devinait mes envies d'incursions dans les chambres, mon observation attentive du couloir avant, mes gestes rapides et précis, mon amour de *l'odeur de la mort*, ma force et ma puissance quand je réglais les perfusions, que le liquide entrait à plein jet dans les veines du patient, et il criait, et c'était très vite fini. Puis mon rire interne et l'ondée orgasmique.

Elle devinait la honte et la colère de ceux qui avaient compris mon jeu mais n'y pouvaient rien, les infirmières à Montpellier, le procureur en Belgique...

Elle savait, elle me guettait, et elle m'avait surpris.

C'était beaucoup trop.

Après l'affaire de la perfusion – on vivait ensemble depuis un ou deux mois peut-être –, j'ai changé de stratégie. Plutôt que de continuer à lui faire la gueule, j'ai viré de cap et je me suis montré charmant. Ce revirement l'a déstabilisée, affaiblie un peu plus, ce qui m'a secrètement comblé. Dans le même temps, je me vengeais d'elle dans son dos, je la dénigrais avec art, constamment, et ça a bien marché.

On la regardait différemment. Les gardes de nuit, les petites responsabilités, étaient confiées à d'autres. En ma présence (et d'après mes suggestions répétées), une surveillante lui avait demandé si elle ne voulait pas prendre un peu de vacances, si elle ne se sentait pas trop fatiguée. Un jour elle avait fait tomber des pansements, l'infirmier s'était empressé de tout ramasser avec une mine compatissante, je sais, c'est pas facile de tenir hein ?

Une semaine plus tard, je l'ai surprise à pleurer, elle m'a fait part de ses doutes, de ces petites humiliations, et je l'ai consolée bien sûr. Mais c'est vrai qu'elle avait peut-être besoin de repos, de se changer les idées ? Au passage, mine de rien, je lui ai expliqué que oui, le directeur la jugeait trop tendre et naïve, pas très douée pour ce métier, on parlait d'elle en salle de repos, et pas en bons termes.

Évidemment, tout ça venait de moi. Je la travaillais au corps pour l'isoler de ses amis, me réjouissant jour après jour de la voir se flétrir, une belle fleur qui perd son oxygène.

Puis il y a eu cette fameuse nuit.

J'ai laissé tomber mes mines de fiancé gracieux. *Paf*, changement de direction, d'un seul coup.

Ses lasagnes, c'était de merde, je n'y toucherais pas. En fin de compte elle ne faisait que de la merde, ici comme à la clinique, elle était bien la seule à ne pas s'en rendre compte. La petite avait encaissé comme elle pouvait, le visage décavé, les yeux brûlants et rouges, jamais probablement elle n'avait subi ça et plus je m'en rendais compte, plus ça m'excitait et plus j'en rajoutais, je n'avais pas trop de peine à prendre la place du bourreau, je connais ça par cœur.

Tu n'es qu'une merde, mets-toi bien ça dans le crâne. Tu ne seras jamais médecin. Arrête. Mais arrête. Arrête Simon. Tu vas te faire virer de la clinique, qu'est-ce que tu croyais, et ainsi de suite…

J'ai continué longtemps en tournant dans la pièce devant elle, collée devant le mur comme une fusillée, mais pourquoi elle me pourrissait la vie comme ça, pourquoi je m'emmerdais avec cette nullité, cette mocheté ? Elle pleurait des ruisseaux, de la morve au nez et au menton. Elle a quitté la pièce, je l'ai suivie, j'en avais marre, mais marre, et à la fin j'ai quitté la maison, mais avant j'ai pris soin d'emporter son sac à main avec son téléphone, et je l'ai enfermée à clé dans la pièce à vivre.

Trois heures plus tard je l'ai retrouvée en position fœtale, recroquevillée sur le canapé, je lui ai jeté son sac sur le ventre.

— Si c'est ça que tu cherchais… J'ai préféré que tu ne fasses pas de conneries. Ça te changera un peu.

Elle s'est révoltée, m'a jeté le sac à la figure, je l'ai prise tout contre moi. Arrête. Mais arrête. Tu es devenue dingue. Arrête. C'est toi, arrête. Tu es fou ! Tu es un malade !

Elle hurlait, une vraie crise de nerfs, elle me tapait à coups de poing.

Je l'ai prise par les cheveux, mais oui bien sûr je suis fou, frappe-moi vas-y, je suis fou et je vais sûrement te tuer.

Son joli visage était déformé par les pleurs, le chagrin, la honte de supporter ces horreurs, les regrets de s'être elle-même jetée dans mes bras, de ne pas réussir à me quitter. Elle hoquetait de terreur. Je l'ai repoussée comme un pantin, elle a attrapé son fourre-tout au vol en se tordant les chevilles, puis elle est descendue au sous-sol en se cognant partout. J'ai voulu la suivre dans la mini-buanderie mais elle avait tiré le verrou. Et comme je ne voulais aucune trace sur elle, je me suis calmé, et me suis assis par terre sans plus rien faire.

— Tu vas passer ta nuit ici ? Tu as du linge à laver ?

Elle ne répondait pas.

Plus tard, en plein milieu de la nuit, j'ai entendu sa voix, j'ai cru entendre qu'elle laissait un message à quelqu'un. J'étais trop endormi pour comprendre ce qu'elle disait, en tout cas son interlocuteur n'a pas décroché. Ça avait été vraiment court, une phrase ou deux, pas plus.

Il était 3 h 20 du matin.

Le lendemain très tôt, le jour venu des carreaux sales m'a réveillé. J'avais dormi à même le béton contre la porte de la buanderie, dans la poussière et les odeurs de lessive, d'huile et de moisi. Je suis remonté, j'ai pris une douche et je suis sorti sans m'occuper plus de la fille. J'ai décidé de ne plus lui parler, de la mettre à part, d'éviter ostensiblement de lui confier la moindre tâche.

Elle a fini par déménager. Un peu plus tard ses parents sont venus à Royan mais je les ai fuis. Ils n'ont pas essayé de me voir. J'en ai déduit qu'elle ne leur avait pas raconté. Elle avait trop honte.

Alors j'ai décidé de la crever.

Je pourrais bouger, tenter quelque chose, mais je m'abstiens, je la sens nerveuse, prête à tirer. Ce serait lui offrir ce qu'elle attend donc non, je reste sans bouger.

Elle appuie son canon dans ma nuque.

— C'est vous qui avez tué Manon.

On y est.

Un silence, j'avale ma salive, me lèche la lèvre supérieure. C'est une affirmation, pas une question, mais je ne lui ferai pas le cadeau d'une réponse. Je ravale pour de bon mon sourire, les mains bien à plat sur le volant ainsi qu'elle me l'a demandé deux fois déjà, comme dans les films de gangsters.

— Qu'est-ce que vous allez faire ? Me tuer ?

— C'est possible.

Je remarque un peu de joie dans sa réponse, du soulagement. Un frisson passe, Manon avait le même timbre de voix.

— Tout le monde saura que c'est vous.

— Je vous ai posé une question.

— Je n'ai rien à vous dire. Je n'ai pas tué votre fille, elle s'est suicidée.

— Vous mentez, vous avez toujours menti, à vous-même, à tout le monde. Dites-le, que c'est vrai.

— Que c'est vrai, quoi ?

Bon sang, ma bouche se dessèche. Elle voudrait la vérité. Cette pauvre femme voudrait *la vérité*. Au fait, je ne suis plus très sûr qu'elle veuille vraiment tirer. Tuer n'est pas si simple, à vrai dire. Paupières closes, je cherche l'air un instant, et passent d'autres souvenirs de Royan.

Après la nuit du coup de fil, Manon est partie, et s'est trouvé un appartement à Royan, en centre-ville. Un petit immeuble gentil. Mais elle n'avait pas réussi à rompre, il lui arrivait de dormir chez moi, dans le salon, et moi dans la chambre. Si naïve. Vraiment, elle voulait *m'aider*, me *comprendre*. Mais comprendre quoi ? Une nuit j'ai fait un petit essai. J'ai mis dans son verre un peu de sédatif, elle s'est endormie comme une masse. Je l'ai regardée dans le noir, elle n'était pas si vilaine, les traits fins et élégants, si féminins, il fallait bien le reconnaître, de la grâce, mais des poches sous les yeux. Et si profondément endormie qu'elle en ronflait, comme un bébé aux lèvres vermeilles brillantes.

Mais je la haïssais. Elle m'avait *vu*, elle savait qui je suis vraiment et c'était une souillure, une honte. Je suis resté longtemps dans un rayon de lune, et tout autour la vieille campagne de Saintonge dormait, à peine troublée par le bruit du vent, d'un oiseau de nuit.

Puis, j'ai fouillé ses affaires et vérifié ses SMS. Il n'y avait rien à l'attention de ses parents ni de personne, elle n'avait pas parlé. Les jours précédents, j'avais pris mes précautions à la clinique, fouillé le serveur qu'on utilisait pour nos e-mails, fouillé ses boîtes, la professionnelle et la personnelle. Rien non plus. Mes calomnies restaient invisibles et d'autant plus cruelles, et c'était très bien ainsi.

Cette fois-là je l'ai laissée dormir.

Puis j'ai attendu le congrès médical à Paris, ce fameux congrès qui n'avait qu'un intérêt : me permettre de m'absenter une nuit, pour un aller-retour définitif. Vers vingt-deux heures, j'ai quitté la ville, atrocement nerveux. J'avais garé ma voiture loin de l'hôtel en banlieue, hors de vue des caméras de surveillance. Arrivé par les nationales vers quatre heures du matin, j'ai utilisé le double de ses clés pour entrer chez elle. Elle n'a rien entendu, je lui ai injecté une micro-dose de Tracrium.

Même la piqûre ne l'a pas réveillée. Elle sommeillait encore à notre arrivée sur le bord de mer, une demi-heure plus tard. Elle mâchouillait des bouts de phrases, la pauvre, j'ai dû la porter pour descendre de sa voiture jusqu'à la plage, en faisant attention à ne pas buter sur les rocs, ou glisser sur le varech.

Je l'ai déposée assise au sol et j'ai dû reprendre mon souffle, tremblant de fatigue et d'excitation, le front et le dos inondés de sueur. Je lui ai fait avaler du whisky, une sacrée dose. Ensuite les somnifères, avec un peu de tendresse en sentant dans ma main la chaleur de sa nuque, ses cheveux légers qui volaient dans la brise, la mer qui bouillonnait, se retirait et revenait, se retirait et revenait.

Elle disait quelque chose.

— Arrête. Arrête. S'il te plaît.

Elle avait compris. Ses yeux déjà un peu vitreux. J'aimais.

— Prends. Prends tout. C'est presque fini.

Elle bavait un peu, quel merveilleux visage, et que c'était dommage d'en finir comme ça. Ses cils vibraient légèrement, elle essayait d'accrocher mon regard sans y parvenir, les globes oculaires révulsés, je n'en voyais que le blanc. Une fois les cachets avalés, une dose énorme, je lui ai injecté une autre ampoule de Tracrium, complète cette fois. Dans son sac, j'ai placé deux facturettes, celle des somnifères, une autre pour la bouteille d'alcool. Un court instant, j'ai contemplé son beau visage, pâle, tragique et déjà calme.

C'était déprimant et je n'ai pas attendu, je suis reparti, j'ai regagné le centre-ville et repris ma voiture. J'avais gardé les deux ampoules de Tracrium, les seringues, les aiguilles et les boîtes de somnifères, les gants en latex, la petite bouteille de whisky bon marché. J'ai tout aspergé de désinfectant, j'ai tout brûlé et dispersé au hasard d'une halte au retour, tout le reste de la nuit j'ai roulé jusqu'à Paris, évitant l'autoroute, et faisant le plein avec des bidons d'essence achetés à l'avance.

Il était midi lorsque j'ai retrouvé le congrès, et là j'ai répété à qui voulait l'entendre que j'étais crevé, que je passais de conférence en conférence depuis neuf heures du matin. Ils n'avaient aucun moyen de vérifier. Le lendemain, j'ai brûlé mes vêtements et dans un autre endroit, j'ai détruit l'ordinateur de la fille.

Il ne raconte rien, je le savais. Trop lâche.

Je le lui dis, il encaisse et frémit de fureur.

— Sortez.

Il en sursaute, ce bloc d'indifférence devant moi, ce mouvement produit comme un éclair blanc se reflétant dans le pare-brise. Tout est silencieux dans la ouate de l'habitacle, et chaque froissement de vêtement s'amplifie bizarrement, avec nos deux respirations plus rapides.

Je vous ai dit de sortir. Je ne sortirai pas. Sortez, fichez le camp. Vous allez tirer dès que j'aurai fait un pas. Je ne tirerai pas, vous ne méritez pas. Sortez maintenant.

Il prend son inspiration, la poignée s'ouvre dans un déclic feutré et il pousse la portière en grand, lentement, pose un pied dehors tandis que s'élève une odeur d'huile et d'essence, de poussière de moteur.

Un pas, puis deux, puis il court jusqu'à la porte du niveau, qui grince puis claque, et son écho retentit dans les profondeurs du parking, me laissant seule.

Je sors à mon tour, écœurée d'émotion.

19

Je suis arrivé à Lille deux jours après sa mort.

Le parking avait été rouvert, une fois les prélèvements faits par les techniciens, malgré tout j'ai demandé à voir le troisième sous-sol, où on avait trouvé son corps et sa voiture. Un commandant du SRPJ m'accompagnait, un peu plus jeune et sport que moi, la barbe et les cheveux argent, souple et bonhomme à la fois, un peu méfiant aussi, il doit croire que je vais lui piquer son affaire.

Pourtant je lui ai clairement annoncé la couleur à mon arrivée :

— Je vais demander le rattachement à la procédure Bonnamy.

Il a haussé l'épaule, son regard un peu rapace perdu dans le vide.

— Je m'en serais douté.

Je traînais un gros remords. L'appel de Ferrandi ne m'avait pas suffisamment inquiété. Je n'avais pas cru Anne Leclerc capable de s'en prendre à Bonnamy. D'abord parce qu'il était ultra-prudent, son parcours le prouvait amplement. Ensuite parce que les flics du commissariat de Lambersart qui assuraient son contrôle judiciaire m'avaient assuré qu'il ne sortait jamais de chez sa sœur. Il aurait fallu qu'Anne s'introduise dans sa maison par la ruse ou la force, ou qu'elle monte un guet-apens en pleine rue (voilà un petit moment que je l'appelle Anne, je n'ai cessé de penser à elle pendant le trajet depuis Grenoble, en train. Je revois son visage, je la revois lors de son audition au commissariat d'Antibes. Belle. Belle, fière et dure, tourmentée comme une figure de tragédie. C'est exactement ainsi que je la vois maintenant).

Bref, j'avais été con. Négligent et con. Dans le train, j'ai retourné l'affaire dans tous les sens, sans tout comprendre.

Ce qu'on savait sans aucun doute possible, c'est que Bonnamy et Anne se trouvaient dans la voiture de cette dernière, lui au volant, elle à l'arrière. Ce qui était en soi une bizarrerie, vu la fin de l'affaire. À 16 h 05, le véhicule était entré dans le parking Opéra et s'était garé au fond du troisième sous-sol, dans un angle mort pour les caméras.

Neuf minutes plus tard exactement, Bonnamy ressortait à pied.

Sur les images saisies par la vidéosurveillance, le médecin marche vite, les yeux masqués derrière le reflet de ses lunettes ringardes, mais très agité, tout son visage est moiré, artificiel, inachevé, comme peint à grands traits en aplats grossiers.

Vingt-huit minutes plus tard, une mère de famille avait découvert le corps d'Anne en entrant au troisième sous-sol. Elle était assise dos au mur près d'un pilier, hors-champ pour les caméras, et donc le gardien du parking n'avait rien remarqué.

— Si tu veux voir le corps, elle est à l'IML, me dit le flic de Lille.

Je refuse d'un geste.

Il me montre ses photos sur son smartphone. D'abord le décor, les piliers et le sol peint, luisant, puis elle, la tête penchée d'un côté, une main tordue sur son ventre, et l'autre cachée sous ses fesses. Je n'ai pas de raison pour que ce cadavre-ci m'émeuve plus que les autres, pourtant une sourde tristesse m'étreint à la vue de ce visage en gros plan, de ses yeux clos à jamais, elle paraît dormir, ce qui est bête à dire, je veux dire qu'elle a l'air enfin tranquille, et pourtant ce n'est pas beau à voir, les lèvres brillent sous le néon brutal, et je distingue aussi des taches sombres sur son manteau.

Nous ressortons sans un mot du parking. Il a plu et la grande avenue luit, l'air repeinte à neuf. Mon regard se promène sur la place de l'Opéra, les marches et le fronton chargé de sculptures triomphales sous un soleil timide. Un beffroi se dresse plus loin, à l'angle d'un bâtiment, face aux façades tarabiscotées de la Vieille-Bourse. Tout me chagrine.

Appelé sur les lieux dès la découverte du corps, le commandant avait vite identifié un homme blond sur les vidéos de contrôle. C'était plutôt facile, son signalement était connu de quasiment tous les services d'enquête du pays. Moins d'une heure plus tard, il arrêtait Bonnamy chez sa sœur, à l'heure du dîner.

Bien entendu, il agissait en flagrance, sous l'autorité du procureur. Lequel avait aussitôt prévenu la juge d'instruction en charge du dossier Bonnamy à Grenoble, qui m'avait tout de suite alerté à l'antenne du SRPJ. Au téléphone, la voix de la magistrate était blanche et sèche, je n'ai pas réussi à savoir si c'était de la joie ou de la panique. Encore une complication dans l'affaire. Un drame et des emmerdes.

De retour dans son bureau au commissariat de Lille, le beau gosse aux cheveux argentés me confie le dossier qu'il vient d'ouvrir, mince pour l'instant. Je lis un peu de regret dans son attitude, j'imagine qu'il aimerait être celui qui va mettre un point final à la carrière de Bonnamy, y gagner en notoriété et en reconnaissance, mais ça signifierait aussi une grosse charge de travail et des risques judiciaires, car rien n'est simple, dans cette histoire.

Et mon émotion monte dès l'instant où j'ouvre la chemise jaune. D'abord, le visage d'Anne sur une photo imprimée, assise sur le sol du parking. Je m'y attarde. Même avec ses rides, elle possède la beauté d'une statue grecque. Mais elle n'est plus rien maintenant, seulement une procédure criminelle, des souvenirs.

C'est à moi de prévenir sa famille. Je sais que son mari vit à Pornic, elle était divorcée, enfin, séparée. Sa fille et son beau-fils sont à Antibes. Il faut appeler ce Dominique Ferrandi aussi, celui qui s'inquiétait d'elle. Tu veux que je le fasse ? Non, je vais le faire. Ça va aller.

Beau-Gosse soupire, il reste là, les bras ballants, comme s'il respectait un genre de période de deuil.

— Quelle merde.

Ses yeux aussi demeurent longtemps sur les traits d'Anne, sa beauté simple, la fatigue et les tensions envolées. J'ai été dur avec elle, indifférent, j'en ai des remords. Mais à l'époque, j'étais obsédé par la recherche de ces putains d'analyses perdues de madame Berkaoui. À Antibes, j'avais pris en note toutes ses déclarations, son espèce d'enquête privée, sachant très bien que je n'en ferais rien. À ce moment, j'en savais déjà bien plus long qu'elle. Enfin, je croyais.

Et Dieu que je me trompais.

Je prends connaissance du PV d'audition de Bonnamy. Entendu devant nous, etc. le mis en cause déclare :

Je sortais de mon entretien avec mon avocat maître Jérôme REINBACH, au 18, avenue FAIDHERBE à LILLE, et j'ai été abordé par une femme que je ne connaissais pas. Il était environ seize heures. M'ayant menacé d'une arme, cette femme s'est présentée comme la mère d'une nommée Manon LECLERC, que j'ai connue comme interne à la clinique SAINT-PIERRE près de ROYAN où je dirigeais un service entre 1999 et 2000. Toujours sous la menace de cette femme, le MEC[1] *déclare avoir été forcé de prendre le volant jusqu'au parking OPÉRA, rue CARNOT à LILLE. Le trajet a pris moins de dix minutes. Une fois*

1. Le mis en cause.

stationné au troisième sous-sol vers le fond, Anne LECLERC a voulu me forcer à avouer que j'avais tué sa fille, Manon LECLERC, ce que j'ai refusé de faire. Je ne connais pas ses motifs mais je pense qu'elle a agi parce qu'elle est déséquilibrée et influencée par ce qui est dit dans la presse, à savoir que je serais un tueur en série, ce que je conteste. L'échange a duré moins de dix minutes je pense. Elle m'a ensuite dit de partir. Je pensais qu'elle allait tirer mais elle n'a pas tiré, je ne sais pas pourquoi. Je déclare n'avoir exercé aucune violence contre Anne LECLERC, et que c'est bien elle qui me menaçait. J'étais de plus assis sur le siège du conducteur et elle derrière, sur la banquette passager, et je n'aurais pas pu m'en prendre à elle. Lorsque je suis sorti, je n'ai cherché à m'en prendre à elle en aucune manière et je suis parti du parking.

Un dernier regard sur le visage d'Anne, sur la photo, et c'est comme un adieu. Maintenant, je la vois différente, une forme d'admiration monte, que je garde pour moi pour l'instant.

— Il explique comment la mort d'Anne Leclerc ?

— Il ne l'explique pas. Il dit qu'elle est dingue. Qu'elle s'est suicidée parce qu'elle veut lui faire porter le chapeau.

Un adjoint nous a rejoints. Beau-Gosse s'assied et tire pensivement sur une cigarette électronique. L'odeur douce envahit aussitôt le bureau.

Un éclair de doute passe au fond de ses prunelles, si bleues. Il n'ignore évidemment rien de la faiblesse des charges contre Bonnamy, nos échecs, les procédures annulées, le manque de preuves matérielles, de témoignages... le manque d'une autopsie convaincante... Évidemment qu'on peut penser à un suicide d'Anne visant à incriminer Bonnamy, l'acte d'une mère désespérée.

— On a retrouvé une arme ?

— Nulle part. (Je réussis à refréner un soupir de soulagement.) La seule chose qu'on a trouvée, c'est une bouteille en plastique à côté du corps. Elle est au labo. On pense qu'elle contenait du poison.

— Donc elle aurait été empoisonnée ?

— J'ai les résultats de l'IML, il faut que je les imprime mais je te la fais courte. Anne Leclerc est décédée à la suite d'une absorption massive de... méta... quelque chose. De l'anti-limaces...

Il recrache une bouffée de cigarette électronique.

— Au moment où nous l'avons interpellé, Bonnamy avait commencé de faire brûler sa veste, apparemment celle qu'il portait dans la voiture d'Anne Leclerc. Mais le feu n'a pas bien pris, il en reste un bon bout, le gars du labo a sniffé, il me dit que ça sent très fort le pesticide, à haute dose. Il était presque sûr d'avoir des analyses positives. Ça veut dire qu'il est sûr de son coup à quatre cents pour cent. On a envoyé la voiture chez les experts, je ne serais pas étonné qu'on retrouve de l'anti-limaces sur les sièges.

— Des traces de lutte ?

— Aucune. Ni sur lui, ni sur elle. Il n'y a eu aucun contact entre eux *a priori*.

Donc la déclaration de Bonnamy ne tient pas.

Anne Leclerc n'a pas pu le menacer *sans arme*, et ensuite le libérer *sans raison*. Ce pistolet, c'est donc une invention de Bonnamy. Si en revanche on décèle des traces d'anti-limaces sur ses mains et ses vêtements, ainsi que sur les sièges de la voiture, comme le confirmeront certainement les différentes expertises, c'est qu'il a forcé Anne Leclerc à ingérer le poison. Il l'a attirée dans la voiture par la ruse ou la menace, lui a fait boire le produit, et a pris la fuite.

Tout ça tient parfaitement. Et pour une fois, il y a des preuves et un corps.

À la fin de ma démonstration, Beau-Gosse affiche une grimace sceptique.

— C'est pas un peu curieux, quand même ?

— Qu'est-ce qui est curieux ?

— Il a pris d'énormes risques.

— Bonnamy a toujours pris d'énormes risques. Il aurait pu se faire choper vingt fois et ça n'est jamais arrivé. Mais pas cette fois-ci... Où est le problème ?

— Personnellement je n'en vois pas.

Il sourit, une lueur de plaisir au fond des yeux.

Je reprends la photo d'Anne pour la contempler à nouveau, un long moment, jusqu'à l'amertume. Même la joie, la joie sauvage de savoir que Bonnamy va tomber pour de bon ne me console pas, le chagrin vient aussitôt après. Et je sens que l'image de cette femme, triste et belle, et morte, me hantera toujours.

Une semaine après, Bonnamy a été de nouveau incarcéré à la maison d'arrêt de Grenoble. Face à la juge d'instruction, il en est resté à ses déclarations premières : Anne Leclerc l'a menacé avec une arme pour le forcer à avouer le meurtre de sa fille, mais comme il n'a pas cédé, il a pu repartir. Ensuite de quoi il présume qu'elle s'est suicidée, puisque cette femme est folle à lier.

La magistrate l'a inculpé pour meurtre avec préméditation. Ce qui a fait hurler Bonnamy aussi bien que son avocat. Quelle préméditation ? La juge d'instruction a balayé leurs arguments, elle tenait enfin sa revanche, du solide pour la cour d'assises. Les jurés vont penser que Bonnamy a voulu faire disparaître Anne Leclerc, qu'il a cédé à la colère ou à la haine face à une maman éperdue de douleur. Il l'a attirée d'une manière ou d'une autre dans ce parking pour la supprimer par le poison.

Je ne suis pas aussi tranquille que la juge d'instruction, j'estime le dossier fragile, un peu bancal, voire incohérent. Pourquoi

Bonnamy monte-t-il dans cette voiture s'il n'est pas menacé ? Pourquoi éliminer cette femme ? Quel danger représente-t-elle pour lui ? Et s'il l'a tuée dans un accès de colère, pourquoi n'y a-t-il aucune trace de violence ? Elle ne se serait pas défendue, pas du tout ? C'est difficile à croire.

Ces questions vont ressurgir au procès, ça ne fait aucun doute. Bonnamy et son brillant défenseur sont tout à fait capables de démolir l'accusation et de l'emporter dans l'esprit des jurés.

Quelques jours plus tard, je reçois par la Poste une grosse enveloppe, qui contient un petit cahier d'écolier couvert de notes et de dates, soigneusement manuscrites.

La première page est ainsi rédigée :

Récit de tout ce que j'ai appris sur Simon Bonnamy et ses meurtres en série

Pour moi cette histoire a commencé le 2 mars 2000, lorsque nous avons reçu un appel de Manon Leclerc, ma fille alors âgée de 28 ans, qui travaillait dans la région de Royan, à la clinique Saint-Pierre à Mornay, en Charente-Maritime (28, route de Riboullet, 17230 Mornay).

À l'époque, ma fille louait un appartement 23, rue Émile à Royan.

Elle vivait en concubinage avec le docteur Simon Bonnamy, 1, route de Saint-Georges à Médis, Charente-Maritime. Simon Bonnamy était son chef de service à la clinique Saint-Pierre.

L'appel de Manon a eu lieu à 3 h 20 du matin mais je ne l'ai découvert que vers 8 heures, après avoir pris mon petit déjeuner avec mon autre fille Clara, qui devait partir pour Nantes pour ses études.

Aussitôt après avoir allumé mon téléphone portable, j'ai découvert le message suivant :

« Maman, je t'appelle. Ça ne va plus du tout avec Simon. Il a des problèmes à la clinique, il me fait payer. Il me fait peur. Je voudrais que tu viennes me chercher. »
J'ai aussitôt rappelé Manon car j'étais très inquiète...

Je découvre toute l'enquête d'Anne sur plus de quarante pages. Et lorsque je lis les dernières lignes, mes yeux se brouillent et je suis touché au plus profond. Mes appréhensions s'envolent. Cette fois, l'accusation tiendra.

Dominique Ferrandi décroche presque tout de suite lorsque je le rappelle :

— Ah, c'est vous. Alors, vous avez reçu le courrier ?

— Je l'ai bien reçu, merci. J'ai une question : est-ce que vous avez lu le cahier à l'intérieur avant de me l'envoyer ?

— Non, Anne ne voulait pas. Elle m'a juste donné l'enveloppe avant de partir pour Lille. (Il veut dire Lambersart, évidemment.) Elle m'a fait promettre de vous l'adresser s'il lui arrivait quelque chose.

— Merci, Dominique, vous avez bien fait

Sa voix s'altère, bientôt il pleure.

— Est-ce que... Est-ce que ce sera utile ?

Moi aussi je suis au bord des larmes. Ça ne m'arrive jamais au boulot. Oui. Oh oui, nom de Dieu, ce sera utile.

J'ai tout remis en ordre. Toutes mes notes, tous les noms et toutes les adresses, tout ce qui s'est passé et tout ce que j'ai découvert. Et j'ai tout recopié sur un cahier, un nouveau, pas celui d'origine, celui des Moustiers.

Car Bonnamy voudra se défendre.

Je suis sûre qu'il dira que je l'ai *forcé* à monter dans ma voiture, qu'il n'avait aucune raison de me tuer, il dira que je suis dingue, et le pire, c'est qu'il est possible qu'on le croie. Il ne faut pas, il ne faut à aucun prix.

Alors j'ai ajouté cette conclusion à mon récit :

Voilà. Tout ce que j'ai appris se trouve dans ce cahier. Je ne pouvais plus rien découvrir, alors j'ai voulu parler à Simon Bonnamy. Je sais qu'il refuse de voir les familles des victimes, mais j'ai quand même réussi à le contacter par courrier. Il m'a appelée pour me dire qu'il voulait bien me rencontrer. Il a promis de me dire la vérité et m'a donné rendez-vous à Lille. Je sais que ce n'est pas quelqu'un de bien mais je n'en peux plus de son silence. Je n'en peux plus de souffrir. J'espère qu'il me dira enfin la vérité devant son avocat, comme il me l'a promis au téléphone.

Je certifie que j'agis bien avec toute ma conscience.

Avant de partir à Lambersart, je confie mon cahier à mon ami Dominique Ferrandi et je lui demande de le donner à la police, au cas où il m'arriverait malheur.

Fait à Antibes, le 2 février 2013.

Anne Leclerc

Bien sûr que je n'ai pas écrit à Bonnamy.

Bien sûr qu'il ne m'a rien promis, qu'il ne m'a jamais donné rendez-vous chez son avocat. De toute façon, je me fiche de ce qu'il pourrait me raconter, je n'attends rien de lui. Ce qu'il dit ou pense n'existe pas. Rien n'existe d'autre que cette conviction profonde qu'il a assassiné Manon, et que je dois me venger.

Qu'il le prouve, maintenant, qu'il *n'a pas reçu* de courrier. Qu'il ne m'a pas donné rendez-vous !

Ah bon, vous ne deviez pas rencontrer Anne Leclerc ? Pourquoi elle l'écrit, et pourquoi vous montez dans sa voiture alors ? Elle ME MENAÇAIT ! Ah oui, et avec quoi monsieur Bonnamy ? Avec son écharpe ? Ses lunettes de soleil ? Je ne l'ai PAS EMPOISONNÉE ! Ah oui ? Et c'est pour ça qu'on a retrouvé toutes ces traces de poison sur vos mains et sur vos vêtements ? Une vraie inondation. Mais merde, je ne l'ai pas touchée, la bouteille, c'est même précisé dans VOTRE RAPPORT ! Exact. Le rapport dit qu'il n'y a *aucune empreinte* sur la bouteille. Ni les vôtres, ni celles de la victime. Franchement, vous ne trouvez pas ça curieux, ça ne vous étonne pas ?

Oh que j'aimerais être vivante pour assister à la scène !

La justice cherche depuis des mois un cadavre et des preuves, elle aura les deux. Un homicide avec préméditation. Des traces sur le coupable présumé.

Puisque je ne peux plus vivre, puisque plus rien n'a de sens, puisque l'amour n'est plus possible, ce corps sera le mien.

L'idée au début n'était pas si facile à admettre. Je me suis crue folle, aussi folle que Bonnamy. J'ai voulu renoncer mais je l'ai vu se pavaner, j'ai vu comme il tenait les juges à distance, comme il se moquait d'eux et des victimes, comme il avait fait sauter une partie des preuves. Et j'ai réalisé qu'il pourrait bien ne *jamais* être condamné. J'ai vu son arrogance, j'ai repensé à lui dans son petit pavillon minable du côté de Royan, avec les affaires de Manon. Et la haine n'a fait que monter, comme une drogue dure, c'était à moi de le tuer, quitte à me perdre.

J'ai acheté de l'anti-limaces. Je l'ai versé dans une banale bouteille d'eau minérale. L'odeur était atroce, j'ai pris soin de faire ça dans un champ à l'écart de la ville, ensuite j'ai jeté mes vêtements et l'emballage du produit, qu'on ne puisse pas remonter jusqu'à moi.

Pour le pistolet, ça a été un peu plus compliqué. Je l'ai finalement trouvé dans une brocante, c'est l'une de ces répliques d'armes qu'utilisent les adeptes d'*Airsoft*, ce jeu de guerre où l'on tire des billes à air comprimé. Mais ces engins semblent plus vrais que nature.

J'ai longtemps guetté Bonnamy à Lambersart, et un jour où il sortait enfin, je l'ai suivi. Très vite, j'ai su qu'il se rendait chez son avocat. C'était le moment. J'en ai eu la nausée, mais je n'ai pas lâché. En attendant la fin du rendez-vous, j'ai aspergé mes sièges avant et mes manches avec le concentré de pesticide. J'en ai mis sur le volant. Il en aurait forcément plein les mains. Autant de preuves qu'il a voulu me forcer à en boire et que je me suis défendue, donc il y en a partout. Quelle autre explication ?

Nous avons roulé jusqu'au parking, ça a été le plus dur, heureusement, il a cru que l'arme était vraie. Lorsque je me suis retrouvée seule, je suis sortie de la voiture, très vite, étouffant presque d'émotion, et j'ai couru jusqu'à l'escalier qui communique avec l'extérieur, dépourvu de caméras de surveillance. J'ai nettoyé l'arme au détergent, je l'ai démontée et j'ai jeté les morceaux dans plusieurs bouches d'aération. Ensuite, j'ai nettoyé très sérieusement la bouteille qui contenait l'anti-limace. Je me suis débarrassée du reste de détergent dans une poubelle.

Puis j'ai bu le poison, j'ai tout bu en tenant la bouteille par la manche de mon pull pour n'y laisser aucune trace, le plus vite possible pour ne pas penser, c'était horriblement amer et presque aussitôt le liquide a commencé à me brûler, la fièvre à monter, tout s'est mis à tourner autour et à l'intérieur, j'ai eu la sensation que mes veines se dilataient à un point extrême, que cette migraine absolue allait faire éclater ma tête.

Je suis ressortie dans le parking en longeant le mur pour éviter les caméras jusqu'au bout, je marchais déjà dans la ouate, à demi tordue par la douleur.

Et la mort s'est installée, et j'ai pensé à Manon, encore une fois, une dernière fois, sa figure si belle, la courbe de ses lèvres et celle de ses sourcils, sa beauté et sa pureté, sa gentillesse absolue, ma fille perdue. Et j'ai aussi pensé à Clara et Noah, un peu à Dominique et à cet instant des larmes ont jailli mais j'avais si chaud, j'étais si mal que je n'en étais pas sûre.

Mes pensées se sont arrêtées et je suis tombée assise, incapable de tenir ma tête, submergée de flots de salive et de sueur, et j'ai pensé à ma vie interrompue dix ans plus tôt, à ma vie maintenant donnée pour enfin réparer les choses.

Remerciements

À ma première lectrice, dont rien ne me lasse,
À Marlou et Véro,
À Frédéric Thibaud pour sa confiance renouvelée,
À l'équipe de City Éditions, en particulier Morgane, Raphaëlle et Sébastien,
À Claire Bélet (Le Champ rond) pour ses précieuses remarques.
Enfin, à Sacha Erbel, Michael Fenris, et une troisième qui se reconnaîtra et que je salue bien bas.

L'AFFAIRE DES CORPS SANS TÊTE

JEAN-CHRISTOPHE PORTES

1791. On découvre des cadavres dans la Seine, nus et la tête coupée. Malgré l'émoi populaire, Victor Dauterive, jeune officier de la nouvelle Gendarmerie n'a guère le temps de s'en préoccuper : Lafayette, son mentor, l'a chargé d'arrêter Marat, ce dangereux agitateur qui appelle au meurtre des aristocrates. Mais la mission tourne vite au cauchemar. Les vainqueurs de la Bastille sont-ils de vrais patriotes ou des activistes corrompus ? Existe-t-il vraiment un Comité secret agissant en sous-main pour le roi ? Et n'y aurait-il pas un lien avec ces corps flottant dans la Seine ? Peu à peu, Victor Dauterive lève le voile sur un effrayant complot, une conspiration qui pourrait changer le cours de la Révolution...

Une enquête de Victor Dauterive dans la France révolutionnaire.

L'AFFAIRE DE L'HOMME À L'ESCARPIN

JEAN-CHRISTOPHE PORTES

Paris, 1791. Un jeune homme est découvert assassiné dans un quartier populaire. Il est nu, à l'exception d'une paire d'escarpins vernis et cela ressemble à un vol qui a mal tourné. Mais quand on apprend que le jeune homme fréquentait les milieux homosexuels et qu'il travaillait pour un journal politique, l'affaire prend une tout autre tournure. Le gendarme Victor Dauterive découvre que cet assassinat est lié aux intrigues se jouant au plus haut niveau du pouvoir. Depuis la fuite à Varennes, Louis XVI a été suspendu de ses fonctions et, dans l'ombre, le parti du duc d'Orléans fait tout pour s'emparer du pouvoir. Dans les bas-fonds de la capitale, entre aristocrates et révolutionnaires, Dauterive ne sait plus à qui se fier. La corruption, l'avidité et les trahisons sont monnaie courante et le danger est à chaque coin de rue. Surtout quand on s'approche un peu trop près de la vérité...

Une nouvelle enquête de Victor Dauterive dans la France révolutionnaire.

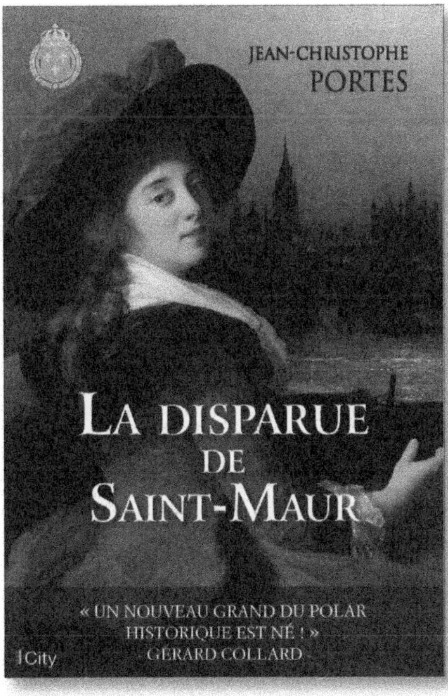

LA DISPARUE DE SAINT-MAUR

JEAN-CHRISTOPHE PORTES

En cet hiver 1791, la France est au bord du chaos. Depuis sa fuite à Varennes, Louis XVI est totalement discrédité. Royalistes et nouveaux députés se menacent, armes à la main et la tension est extrême. C'est dans ce contexte explosif qu'Anne-Louise Ferrières disparaît. La belle et mystérieuse fille d'aristocrates désargentés, encore célibataire à trente ans, n'a pas été vue depuis une semaine. Et une semaine, avec ce froid polaire... Plus personne ne s'attend à la retrouver en vie. Enlèvement ? Suicide ? Fuite ? Étrangement, la question semble laisser sa famille de glace. Loin de dissuader le gendarme Victor Dauterive, cette indifférence hostile excite sa curiosité. Et il flaire chez les Ferrières des manigances qui débordent largement le cadre familial…

« Un nouveau grand du polar historique est né ! »
(Gérard Collard)

L'ESPION DES TUILERIES

JEAN-CHRISTOPHE PORTES

En 1792, la guerre entre la France et l'Autriche éclate. C'est dans ce contexte très explosif que le gendarme Victor Dauterive est chargé d'une délicate mission : escorter un convoi transportant la paye de l'armée, une petite fortune de 500 000 livres. L'affaire tourne au désastre quand le convoi est brutalement attaqué et dévalisé. Dauterive se lance alors sur les traces des voleurs qui sèment des cadavres dans leur fuite. La piste le conduit jusqu'aux Tuileries, au cœur du chaudron révolutionnaire. Le palais, infesté d'espions, est le centre de toutes les convoitises et de tous les complots. Des bas-fonds de la ville au sommet de l'État, entre révolutionnaires et partisans du Roi, le jeune officier va devoir choisir son camp dans un jeu qui pourrait bien devenir mortel...

Une enquête de Victor Dauterive dans la France révolutionnaire.

LA TRAHISON DES JACOBINS

JEAN-CHRISTOPHE PORTES

Été 1792. Alors que l'armée austro-prussienne menace Paris, le lieutenant Victor Dauterive se préoccupe surtout de la disparition de Joseph, son petit serviteur. Le garçon a été enlevé et a sans doute disparu dans l'enfer de Bicêtre, la prison des fous, des voleurs et des enfants... Mais une autre mission l'éloigne de ses recherches lorsqu'un policier, qui s'intéressait à une affaire de corruption dans l'entourage de Danton, est retrouvé assassiné. Ce n'est que le premier d'une série de meurtres qui continue avec celui de la femme de chambre de Marie-Antoinette et qui laisse présager le pire. Entre trahisons, complots et espionnage, Dauterive va devoir mener une nouvelle enquête à haut risque. À l'heure où se prépare l'invasion des Tuileries, il va devoir choisir son camp... et tenter de survivre.

Une enquête de Victor Dauterive dans la France révolutionnaire.

L'ASSASSIN DE SEPTEMBRE

JEAN-CHRISTOPHE PORTES

Été 1792. Les Prussiens envahissent la France pour tenter de mettre fin à la Révolution. Ils assiègent Verdun, dernière ville forte avant Paris. Victor Dauterive, missionné par Danton, doit convaincre le commandant de la garnison de tenir bon jusqu'à l'arrivée des renforts français. Mais dans la ville, l'agitation est à son comble et un mystérieux jeune homme parvient peu à peu à persuader les habitants qu'il est dans leur intérêt de capituler. Le commandant qui refusait de se rendre, est retrouvé mort, assassiné. Dauterive doit agir au plus vite pour sauver la Révolution. Entre complotistes royalistes, révolutionnaires aux abois et espions étrangers sans scrupules, il va naviguer en eaux troubles. Une nouvelle mission qui pourrait bien lui coûter la vie...

Une enquête de Victor Dauterive dans la France révolutionnaire.

city-editions.com

Achevé d'imprimer en janvier 2021
sur les presses de la Nouvelle Imprimerie Laballery
58500 Clamecy
Numéro d'impression : 012632

Imprimé en France

La Nouvelle Imprimerie Laballery est titulaire de la marque Imprim'Vert®